講談社文庫

# 十字屋敷のピエロ

新装版

東野圭吾



講談社

目次

## おもな登場人物——

竹宮水穂《たけみやみずほ》　竹宮家の十字屋敷《じゅうじやしき》に一年半ぶりに戻ってきた。

竹宮宗彦《むねひこ》　竹宮産業社長。前社長竹宮頼子《よりこ》の夫。

竹宮佳織《かおり》　宗彦の一人娘。水穂の従妹《いとこ》。

竹宮静香《しずか》　竹宮産業創始者・幸一郎《こういちろう》の妻。頼子の実母。

竹宮頼子《よりこ》　幸一郎の長女。

竹宮琴絵《ことえ》　幸一郎の次女。水穂の母。

近藤和花子《こんどうわかこ》　幸一郎の三女。

近藤勝之《かつゆき》　和花子の夫。竹宮産業取締役。

青江仁一《あおえじんいち》　十字屋敷に下宿している大学院生。

永島正章《ながしままさあき》　竹宮家に出入りする美容師。

松崎良則《まつざきよしのり》　頼子たちの従兄。竹宮産業取締役。

三田理恵子《みたりえこ》　宗彦の秘書。

梅村鈴枝《うめむらすずえ》　竹宮家の家政婦。

悟浄真之介《ごじょうしんのすけ》　ピエロを追う人形師。

ピエロ　悟浄の父が作った人形。悲劇を呼ぶといわれる。

# 十字屋敷のピエロ

（ピエロの目）

狭くて暗い箱の中から解放された時、僕の前には男の顔があった。男は僕の身体を眺《なが》めたのち、満足そうに一度だけ頷《うなず》いた。彼が何に満足したのか、僕にはわからなかった。

彼は僕を小脇にかかえると、僕が今まで入っていた箱を元の場所に戻し、灯《あか》りを消しながら部屋を出た。この部屋はどうやら物置のような場所らしい。

男は僕をかかえたまま細い階段を上がっていった。階段を上がったところは、豪華なシャンデリアを飾ったラウンジのような場所だったが、彼はそこを通り過ぎて、さらに上に続く階段に足を向けた。この階段は少し広かった。

階段の上は扇形の吹抜になっていて、上がったところに黒くて小さな棚が置いてあった。男は棚の上の埃《ほこり》を掌《てのひら》で軽くはらうと、そこに僕を置いた。ひんやりとした感触が、僕の足の裏から伝わった。

男は少し離れてから、もう一度僕を眺めた。そして頷く。眼光に、刃物のような鋭さがある。危険を予感させる何かが漂っている。

彼は何かを呟《つぶや》いた。だが声が小さくて僕の耳には届かなかった。よし、という形に唇が動いたようだが、間違いかもしれない。

彼は僕を棚の上に残したまま、去っていった。

とりあえずその棚の上が、僕の最初の落ち着き先ということになったわけだ。

僕はまわりに視線を配ってみた。目の前には濃い臙脂《えんじ》色の絨毯《じゅうたん》を敷きつめた廊下が横切っている。その廊下を挟《はさ》んで二つの部屋が向かいあっており、さらにその先はバルコニーのようだった。バルコニーの向こうには夜の闇が迫っている。そして反対側を見ると、廊下はもう一本の廊下と交差していた。

壁の色も深い茶系統だった。落ち着いてはいるが、なんとなく暗い色調だ。それに天井には小さなライトが点々とあるだけで、あまり照明としての役目は果たしていないように思えた。

僕の感覚が正確ならば、僕がこの家にやってきたのは二日前だ。都内の骨董品店から送られてきたのだ。だが到着後は、一度も包装を開けられることもなく物置にほうりこまれていた。したがって、ここがどこで、誰が住んでいるのかさえも僕は知らないのだ。

それにしても静かな夜だ。

屋敷全体が静寂に飲みこまれている。先程の男の呟きが、まだそのあたりに凍りついたまま残っているのではないかと思えるほどだった。

だが少しして、この静けさが破壊された。

突然獣のような叫び声が響きわたったのだ。その声は、不吉な風のように細い廊下をかけぬけていった。

ドアの開く音がした。開いたのは、廊下が交差しているところの、さらに奥にある部屋のドアだった。そこから姿を見せたのは二人の男女で、男が若い女を両腕で抱きかかえていた。女は男の首に腕を回している。二人は驚いた顔つきで、こちらの方を見ていた。

次の瞬間、突然僕の目の前の階段を誰かが駆け上がってきた。白いネグリジェを着た女で、肩まである髪を振り乱している。女が僕の前まで来たかと思うと、いきなり強い力を受けて僕は絨毯の上に落ちていた。何が起こったのか、さっぱりわからない。絨毯の上に横たわった僕に、女が長い髪をかきむしり、再び人間のものとは思えぬ叫び声を上げてバルコニーに向かって走りだすのが見えた。彼女が外に通じるドアを開けた時、冷たい風が入りこんだ。

「頼子《よりこ》、どうしたんだ？」

男が声をかけた。だが女の耳には彼の声は届かなかったらしい。彼女はバルコニーに出ると、何の迷いも見せずに手すりによじのぼり始めたのだ。

「よりこっ」

「お母さんっ」

男女が同時に叫んだが、その時にはもう女の身体は宙にあった。若い女の悲鳴と男の絶叫。と同時に女の肉体の落ちる音がした。

# 第一章　車椅子

1

二月十日、土曜日。

屋敷の前まで来た時、竹宮水穂《たけみやみずほ》はすぐにはインターホンのボタンを押さず、まずゆっくりと建物全体を見渡した。

その家は北欧風の二階建てだった。白い壁に焦茶色の屋根が映えている。正面からではわからないが、もし建物を上空から見たならば、東西南北に棟が伸びた十字の形をしていることに気づくはずだった。そういうことから、ここ竹宮家の邸宅を『十字屋敷』などと地元の人々は呼んでいる。

水穂はわけもなくため息をひとつつくと、コートのポケットから手を出して、インターホンのボタンを押した。じきに反応があった。聞こえてきたのはお手伝いの鈴枝《すずえ》の声だ。水穂が名乗ると、すぐに入ってきてくれと彼女はいった。

門をくぐると、板石が敷き並べられている。水穂はバッグを持っていない方の手をコートのポケットにつっこみ、ひんやりとした風に長い髪をなびかせながらその上を歩いた。

彼女が玄関に近づいていくと、タイミングをはかったようにレリーフを施した厚い扉が内側から押し開けられた。

「これは水穂お嬢様、お久しぶりでございます」

鈴枝が笑顔で彼女を迎えてくれた。以前に較《くら》べて少し痩《や》せたようだ。顔の皺《しわ》も増えたように思える。が、ぴんと背筋を伸ばした姿勢は相変わらずだった。

「こんにちは、鈴枝さん。元気だった？」

「はい。お嬢様もお元気そうで、安心いたしました」

鈴枝が頭を下げた時、奥から床をこするような音が近づいてきた。水穂が目を向けると、黒いセーターにグレーのロングスカート姿の娘が、車椅子に乗って現れた。日本的な顔だちの美しい娘だが、まだ少女のような繊細さを残している。しかし、彼女が今年二十歳になるはずだということを水穂は自分との年齢差から知っていた。水穂は先月二十五になった。

「早かったのね」

車椅子の娘は弾んだ声でいった。

「久しぶりね、元気？」

にっこり笑って応じながら水穂は靴を脱いだ。

「元気よ、とても。元気が余ってるぐらい」

そういって娘は、うふふと笑った。

彼女の名前は佳織《かおり》といった。ここ竹宮家のひとり娘だ。生まれつき足が不自由で、ずっと車椅子の生活を続けているのだった。

佳織に案内されて、水穂はリビングのソファに腰を下ろした。居間というよりも、何かの博物館といった趣で、骨董品の蓄音機や精巧に作られたドールズ・ハウス、変形した輪をつないだもの、寄せ木細工などが置いてある。一見したところでは脈絡がなさそうだが、じつはどれもパズルになっている。この家の主人である竹宮宗彦《むねひこ》が、こういったものを集めるのが趣味なのだ。

知恵の輪のひとつを水穂は手にとった。ケースには『DRAGON』と印刷してある。フランス製のもので、カブトの形をした輪をもう一方の輪から外《はず》すのが目的らしい。

「ところで今夜も叔母《おば》様はお見えにならないんですってね。とても残念だわ」

いかにも残念そうに佳織はいった。

「お正月からずっと、アトリエにこもりっきりよ。あの人にはお盆も正月も関係ないみたい。変人なのよ」

知恵の輪をいじりながら水穂は苦笑を浮かべた。

「芸術に情熱を燃やしておられるということでしょ？　うらやましいわ。あたしも叔母様から絵を習おうかしら」

「やめた方がいいわ。筆を手にしたら、あの人は鬼のように変貌するんだから」

水穂の冗談に、佳織はくすくすと笑った。

水穂の母竹宮琴絵《ことえ》は、佳織の母頼子《よりこ》の妹だ。父の正彦《まさひこ》は三年前に亡くなり、それ以来水穂と琴絵は姓を竹宮に戻して母子二人で気ままに暮らしている。正彦も芸術家だったが、琴絵も日本画を描いているのだ。

「ねえ、オーストラリアの話を聞きたいわ。素敵なところなんでしょう？」

佳織は少し甘えた口調でいった。一人娘同士ということもあって、佳織は昔から水穂の妹のようなものだ。

「もちろん素敵よ。土地が広大なのは当然だけど、空まで広くて、しかも高く感じるの。不思議よね」

水穂は少し前までオーストラリアにいた。大学を卒業以来いろいろな仕事を経験したが、今ひとつ心に響くものがなく、気分を変えるつもりで行ってみたのだった。

「いいなあ、あたしも行ってみたいわ」

佳織はきらきらと輝いた目を、遠くを見るように斜め上方に向けた。オーストラリアの大地を彼女なりに思い浮かべているようすだった。

——どうやら心配することはないようね。

水穂は佳織の元気なようすを見て、ひとまず安心した。

佳織の母頼子は、昨年暮れに亡くなっている。身体の不自由な佳織にとって、いつも自分を深い愛情で包んでくれる母親がいなくなったことは、谷底へ突き落とされるような衝撃だったに違いない。正直なところ、彼女の涙に付き合う覚悟で水穂は今日ここへやってきたのだった。今日は頼子の四十九日なのだ。

「そうだわ、先日は本当にごめんなさいね。お葬式に出られなくて」

水穂は謝った。頼子の死を知った時、彼女はまだオーストラリアにいて、その時はどうしても帰国するわけにはいかない用があったので葬式は欠席したのだ。

「いいのよ、そんなことはどうでもいいの」

そういって佳織は不自然に歪《ゆが》んだ笑顔を作って少し視線を下げた。だがすぐに目を戻すと明るい声で、

「それよりお茶でも飲まない？　このまえリンゴ茶というのを試してみたら、とてもおいしかったのよ」

といって車椅子の向きを変えかけた。

「待って、リンゴ茶は後でいいわ」

水穂は右手を軽く上げた。「その前に伯父《おじ》様に御《ご》挨拶《あいさつ》しなくちゃ。今、どこにいらっしゃるの？」

「お父さんならお墓よ。和花子《わかこ》叔母様たちと一緒に」

「そう……じゃあ、おばあさまも？」

「いいえ、おばあさまはお部屋にいらっしゃるわ。最近疲れ気味だから勘弁してもらうって。今はたしか……永島《ながしま》さんがいらしてると思うけれど」

水穂は、おやと思った。『永島』という名を出す時、佳織が少しためらいを見せたように感じられたからだった。

「じゃあ御挨拶させてもらうわ。でも永島さんが来ていらっしゃるなら、少し待った

方がいいかしら？」

「大丈夫よ、もう終わる頃だから。行きましょ」

「ええ。――それにしてもこの知恵の輪、難しいわね。本当に外れるのかしら？」

先程《さきほど》からひねくり回しているが、水穂の手の中の輪は、一向に外れる気配がない。

「貸してみて」

水穂が渡すと、佳織は数秒動かした後、あっさりとそれを外した。

「見事なものね」

水穂は感心していった。

「どうってことないわ、仕掛けを知っているんだもの。水穂さんはパズルだとか、手品だとかは好きなの？」

「興味はあるわね」と水穂はいった。

「伯父様はそういう関係の書物をたくさんお持ちなんでしょ？」

「さあ……今度お父さんに訊《き》いておくわ」

「お願いするわ」

「あたしはパズルなんて嫌いだな」

佳織は吐き捨てるみたいにいった。「種を知ってしまったら、それでおしまい。また次のものが欲しくなるのよね。一種の麻薬よ」

「伯父様はその麻薬に冒されているというわけね」

ソファから腰を上げ、壁に飾ってある巨大なジグソー・パズルの絵を眺《なが》めながら水穂はいった。絵はどこかの風景画である。佳織の父宗彦は、このところジグソー・パズルに凝《こ》っているという話だ。

「本当にそうよ。生半可《なまはんか》なものでは満足できなくなるの」

佳織は真剣な顔つきでそういうと、「さあ、行きましょう」と水穂を促《うなが》した。

リビングの隅には一メートル四方ぐらいの四角い柱があり、天井に向かって伸びている。小型のエレベーターだった。佳織のことを考えて、車椅子のまま自由に上り下りできるようにしてあるのだ。水穂は佳織と共に乗りこむと、操作ボタンを押した。

エレベーターを出ると毛足の長い絨毯を敷きつめた廊下に出た。水穂がこの家に来るのは久しぶりである。十文字に交差した廊下も懐かしかった。

十字屋敷と呼ばれるこの家を建てたのは、水穂や佳織の祖父にあたる竹宮幸一郎《こういちろう》だった。幸一郎は林業からスタートし、不動産やレジャー産業まで扱う竹宮産業を築いた男だ。旺盛な行動力と頑健な肉体を誇っていたが、一年半ほど前に病気で他界した。

幸一郎には男児はなく、長女の頼子を筆頭に、琴絵、和花子と三人の娘がいた。そこで頼子が婿養子を取って、竹宮家を存続させたのだった。その婿養子となったのが、幸一郎の部下の一人だった宗彦だ。

また三女の和花子も竹宮産業の社員と結婚している。水穂の母・琴絵だけは全く畑違いの芸術家と結婚したわけだが、これには幸一郎もあまり反対はしなかったらしい。というのは、彼もまたそういう方面に強い興味を持っていたからだった。

この奇妙な建物の中にいると、幸一郎が多少芸術に関心を示していたということが、水穂にも何となく納得できるような気がした。

水穂と佳織は北側に伸びた廊下を進んだ。途中に階段があって、その向かいの壁際に飾り棚を置いてあった。棚の上には五十センチほどの大きさの人形が乗っている。少年が立っていて、その左に仔馬がいるというものだ。仔馬は真っ赤な鞍《くら》をつけていた。

階段は東側廊下の途中にもある。その脇にもやはり同じように棚があって、そちらには壺を飾ってあったことに水穂は気づいていた。

廊下を挟《はさ》んで二つの部屋が向かいあっているが、その左側が彼女らの祖母静香《しずか》の部屋だった。

部屋に入る前に佳織はさらに車椅子を進ませ、バルコニーに出た。水穂も黙ってあとについていった。

「この手すりによじ上って、そうして飛び下りたのよ」

佳織はバルコニーの手すりを触《さわ》りながらいった。水穂は彼女の横に立ち、下を見下ろした。この建物は斜面に建てられているので、北側の棟だけは三階建てになっている。地下室と呼ばれる一番下の階は物置とオーディオ・ルームになっていて、そこから裏庭に出ることができるのだ。裏庭には芝を敷いてあるが、通り道はコンクリートで舗装されていた。バルコニーの真下も舗装されているが、たぶん頼子はその上に落ちて死んだのだろう。

「引き止めることはできなかったの？」

今さらいってもしかたのないことだが、水穂はつい尋ねていた。

「あたしには何もできなかったわ」

佳織は悲しげな表情を見せたあと、それをこらえるように大きく呼吸した。

「あの時あたしは自分の部屋でお父さんと話をしていたんだけど、突然恐ろしい叫び声が聞こえたの。お父さんはあたしを抱きかかえて、部屋を出たわ。すると誰かが階段を、ものすごい勢いで上がってくるのが見えた――」

「それが頼子伯母様だったのね？」

水穂がいうと、佳織は少し間を置いてから、こっくりと頷《うなず》いた。

「そうしてこのバルコニーに出たと思ったら、次の瞬間には飛び下りていたの。あっという間の出来事よ」

「そう……ほかには誰もいなかったという話だったわね」

「ええ。みんな出かけていて、あたしとお父さんだけだったの。お父さんはあたしを車椅子に座らせてから、裏庭に下りていったわ。あたしはここから、お母さんのようすを見下ろしてた」

佳織はバルコニーの手すりを握りしめ、その時の情景を思いおこすように瞼《まぶた》を閉じた。「お母さんは白い花びらみたいだったわ。白い花びらが地面に落ちたみたいだった」

水穂は再び下に視線を向けた。佳織が母親を深く愛していたことを水穂は知っている。その時の彼女の悲しみを思って、水穂は言葉を失った。

「ノイローゼだったんだろうって、お父さんはいったわ」

佳織は瞼を開いた。「仕事のことでイライラして……夜もあまり眠れなかったみたいなんですって」

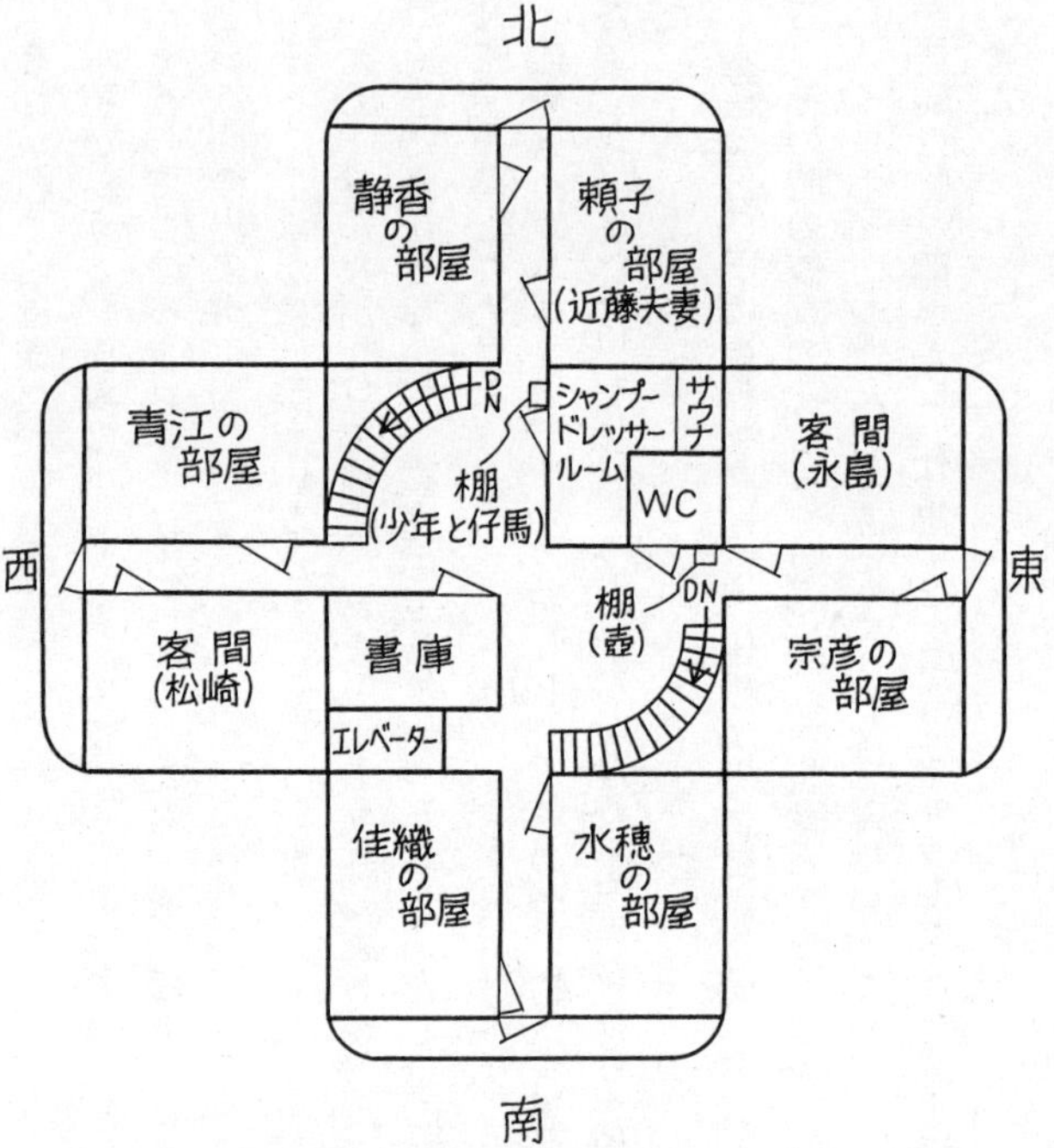
北
静香の部屋
頼子の部屋（近藤夫妻）
青江の部屋
DN
シャンプードレッサールーム
サウナ
客間（永島）
棚（少年と仔馬）
WC
西
東
DN
棚（壺）
客間（松崎）
書庫
宗彦の部屋
エレベーター
佳織の部屋
水穂の部屋
南

# 十字屋敷 2F

北

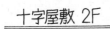

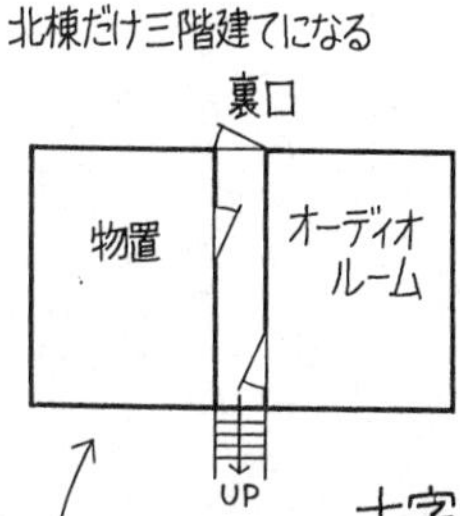


十字屋敷 北棟地下室

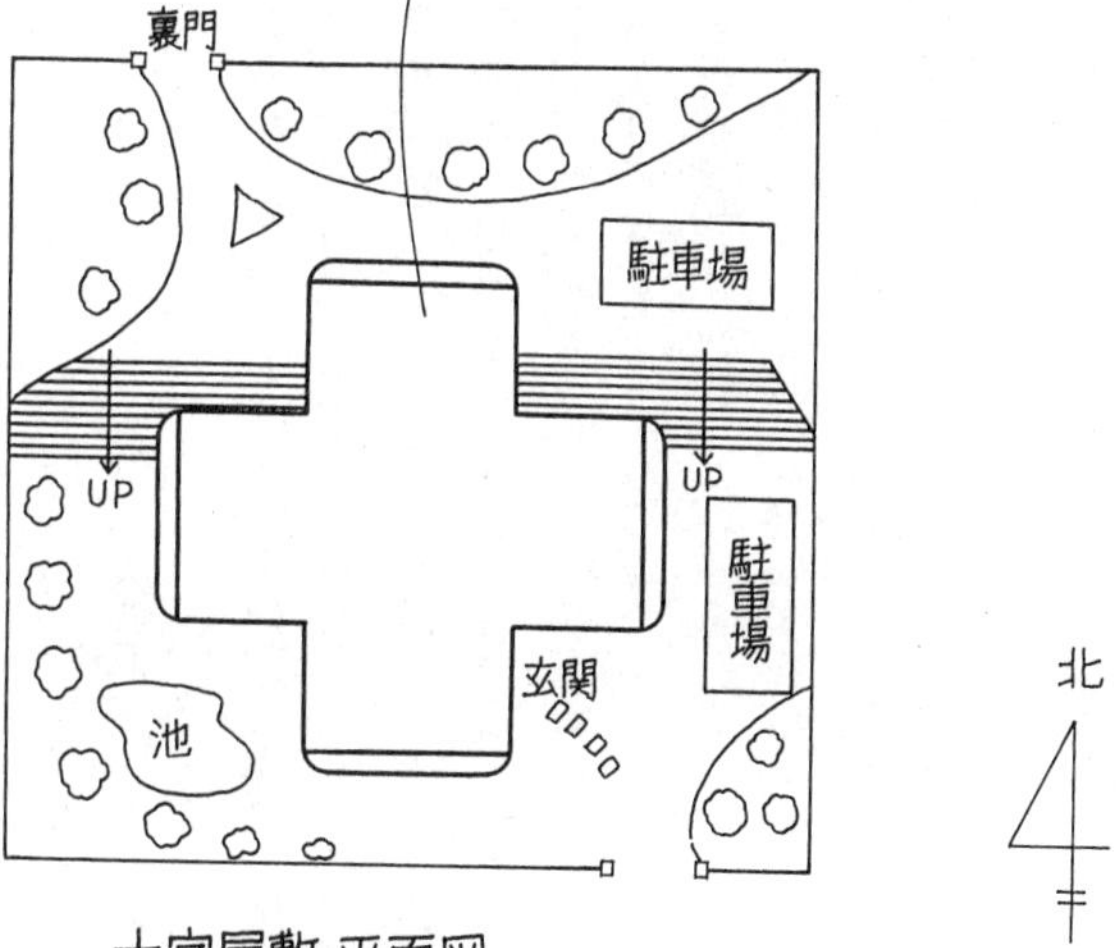


十字屋敷 平面図

「ふうん……」

水穂は頼子のことをよく知っている。ノイローゼが原因らしいと聞いてはいるが、今もまだ信じられない気分だ。

頼子は長女ということもあるが、幸一郎の三人の娘の中では特に出来がよかったという話だった。地元の名門女子大付属の小学校から高校まで常にトップクラスで、大学も一流国立大の経済学部を出ている。卒業後は竹宮産業に入り、営業企画部に配属された。彼女はそこで幸一郎譲りの行動力と独創性を発揮し、次々と新しい企画を実現させていった。回りも最初は社長の娘の道楽と考えていたようだが、次第に彼女のバイタリティに引っ張られるようになったということだ。

幸一郎としては実力のある部下を頼子の婿《むこ》にし、その男に竹宮産業の未来を託すつもりだったが、頼子の才能を見守るうちにそんな必要がないことに気づいた。彼女を直接自分の後継ぎにすればいいわけである。彼は頼子を次期社長候補として育てることにした。そして婿養子には、頼子が自由に選んだ男を受け入れることにした。それが相馬《そうま》宗彦という男だったのだ。

このように頼子は典型的な才女だった。だが決して仕事オンリーの冷たい女性ではなかった。幸一郎が死んで社長となってからも、情のこまやかさには変わりがなかった。音楽や絵画を楽しむという、豊かな情感も持っていた。

そして誰からも愛されていた。

その頼子が自殺したというのだ。しかも発作的に。ノイローゼで――

「ごめんなさい」

と佳織は寂しい笑顔を作った。「こんな話、するつもりじゃなかったの。水穂さんが来たら、もっと楽しい話をしようと思っていたのよ」

「いいのよ」

水穂は車椅子を押してバルコニーを離れ、静香の部屋の前まで進んだ。

佳織がノックすると、中から老婦人の柔らかい声が返ってきた。佳織に続いて水穂が部屋に入っていくと、安楽椅子に腰かけていた静香が、「まあ」と大きな声をあげた。

「水穂、いつ来たの？　久しぶりねえ。たしか一年ぶり……かしら」

静香は丸い顔に笑みをたたえて彼女を迎えた。皺は刻まれているが、その肌は白く滑らかそうだ。そして銀色の髪はこの洋館ふうの建物に、ぴったりと似合っている。

「おじいさまのお葬式以来だから一年半ぶりですわ。御無沙汰《ごぶさた》しています」

水穂はぺこりと頭を下げた。

「よく来てくれたわね。さあ、立っていないで座ってちょうだい」

静香にいわれて、水穂はカーペットの上に座布団を敷いて座った。床暖房を施してあるせいで、足元はとても暖かい。

「水穂さんは、たしかオーストラリアへ勉強しに行っておられたんでしたよね？」

静香の横で鞄《かばん》の整理をしていた永島正章《まさあき》が訊いてきた。永島は近くで美容院を経営している。月に何度かはこうして静香の髪を整えにやって来るという話だ。

「勉強ってことはないんです。勝手きままに暮らしてきただけです」

「それが大きな財産になりますよ、きっと。これからは国際化に対応できないといけませんからね」

永島は浅黒く日焼けした顔で、二、三度頷きながらいった。たしかまだ三十五歳のはずだった。筋肉質の細身で、皮膚にも張りがある。

「ところでセットは終わったみたいね」

佳織が、静香と永島の顔を等分に見ながらいった。

「終わったわよ」

静香は自分の髪を触りながら穏やかに答えた。

「今は永島さんにお説教されていたところなの」

「説教じゃありません」

水穂たちが驚いたのを見て、永島があわてていった。「お身体に気をつけてくださいと申し上げていたんです。健康状態というのは、髪や肌にはっきりと現れますからね。奥様はこのところかなりお疲れのようです。――ところでジョギングの方はお止めになりましたね？」

ジョギングと聞いて、水穂は驚いて静香を見た。

「おばあさま、ジョギングをしてらしたの？」

静香は今年で七十になるはずだ。

「ずっと続けてたのよ。でも永島さんにいわれたの。もう年だから止めろって」

「そういう意味ではなく、健康維持にはジョギングよりもウォーキングの方がいいんです。散歩は毎日しておられますね？」

「それぐらいやらないと身体がなまっちゃうわよ」

「結構です。それをお続けになってください」

永島と静香の会話が一段落したので、水穂は室内に目を向けた。昔はよくこの部屋で遊んだこともあったが、ここ数年は殆《ほとん》ど入ったことがない。壁には幸一郎が集めたという変わった骨董品をいろいろと飾ってあった。北欧バイキングが使ったというボウ・ガン、江戸時代の懐中時計——

自分の真後ろの壁に目をやった時、水穂はどきりとした。そこに人が立っていると思ったからだ。見るとそれは巨大な肖像画だった。描かれているのは正装した幸一郎だ。背景はどうやらこの十字屋敷らしい。幸一郎は白い手袋をつけた掌を、腰の前で軽く組んでいた。

「驚いたでしょう？」

水穂の表情を読んだらしく静香がいった。「最初は会社のロビーに飾るはずだったのだけれど、趣味が悪いって皆さんがおっしゃって、それでこの家に飾ることにしたの」

「おじいさまの遺言のことは覚えているでしょう？」

佳織も横から水穂に尋ねてきた。「遺言の中に、自分が死んだら肖像画を会社に飾ってくれっていうのがあったわよね。それでお父さんが注文していたらしいけど、半年ぐらい前に届いたの」

「ふうん……」

水穂はもう一度肖像画を見た。派手な装飾を施した額縁の端が、天井まで届いている。創業者の肖像画をロビーに飾るなんて、たしかに趣味が悪いと思う。

「先月までは廊下に飾ってあったのよ。でも和花子たちが嫌がるから、この部屋に移したの。遺言だから仕方がないとも思うけれど、こうして部屋の中に飾っておくのも気味が悪いものよ。夜中に、絵の中から抜けだしてくるんじゃないかと思うくらい」

静香の台詞《せりふ》に他の三人が笑った時、ドアをノックする音が聞こえた。水穂がドアを開けると、お手伝いの鈴枝が外に立っていた。

「この家の御主人に是非会いたいという方が、門のところにお見えなんですが」

鈴枝は少し抑えた声でいった。

「あらそう。宗彦さんたちはまだ帰ってないのね」

「はい。霊園の帰りに寄るところがあるとおっしゃってましたし」

「そう。じゃあ私が会うしかないかしら。いったいどういう人なの？」

「はあ、あの……それが」

鈴枝は皆の顔を見て、それから思いきったようにいった。「人形師だとおっしゃっています」

「人形師？」

静香は不審気に首を傾《かし》げた。「人形師って、人形を作る人のこと？」

「だと思います」

「なぜ人形師がうちに用があるのかしら？」

「さあ」と鈴枝は首を傾げた。

「もしかしたら、お母さんに関係があるのかもしれないわね」

佳織がいった。「ほら、お母さんは骨董品だとかに興味をお持ちだったでしょう？　その関係じゃないかしら」

「ああ、そうねえ」

静香は軽く頷いた。「じゃあちょっと会ってみましょうか。鈴枝さん、その方を応接間の方にお通ししてちょうだい」

わかりました、といって鈴枝は立ち去った。

人形師というのが興味深くて、水穂と佳織も同席することにした。永島は今夜また来るといって帰っていった。頼子の四十九日なので、今夜は皆が集まることになっている。

水穂たちが応接間に行くと、そこには変わった風貌の男が待っていた。緑がかった黒い上着を着て、黒いスリムのズボンを穿《は》いている。その下のシャツは白で、襟《えり》には白く長いリボンを蝶ネクタイ代わりに結んでいた。年齢は三十前といったところだろうか、どちらかといえば色白で、少し痩せている上に西洋人的な彫りの深さを持っている。そうしたことから、水穂はまず映画に出てくる吸血鬼を連想した。

水穂たちが入っていくと男は素早くソファから立ち上がり、ロボットみたいな動きで頭を下げた。

「突然お伺《うかが》いして申し訳ありません」

男の声はやや金属的な響きをしていたが、気になるというほどではなかった。

「どうしてもお話ししたいことがあったのです。私はゴジョウという人形師です」

そういって男が差しだした名刺を静香は受け取り、

「ゴジョウさん……変わったお名前ね」

といってから水穂たちの方に回した。名刺には『人形師　悟浄真之介《ごじょう》』と印刷してあった。

「私は当家主人の竹宮宗彦の義母です。こちらの二人は孫娘です」

水穂たちが会釈したので、悟浄はもう一度頭を下げた。

「さて、ではお話を伺いましょうか」

全員がソファに腰を下ろすのを確認してから静香が切りだした。「何でも、とても重要な話だということですね。でも最初に断っておきますけど、私たちは人形については全くの素人ですから、そのつもりで話してください」

それに対して悟浄は、

「人形に関する専門的な知識など、全く不必要です」

と、きっぱりとした口調で答えた。

「ただこれから私が申し上げることを、馬鹿げた冗談だとは思わないでください。多少信じにくい点もあるかもしれませんが、どうか最後まで聞いていただきたい」

「なんだか怖い話みたいね」

静香は笑顔のままいった。

「ええ」

悟浄は真剣な顔つきでいった。「とても怖い話だといって差し支えないでしょう」

彼の言葉に水穂が息を飲み、隣の佳織が背筋を伸ばした時、ドアが遠慮がちに開けられて鈴枝が現れた。彼女はやや固い表情で、運んできた紅茶をそれぞれの前に置いた。

「ピエロの人形をお求めになりましたね?」

悟浄が訊いてきた。

「ピエロ?」

静香はティー・カップを口元に運びかけていた手を止めた。

「どういうピエロかしら」

「身体が木製で、黒い帽子をかぶっています。服は白です。都内にある骨董品屋によると、少し前にこちらの方が買われたという話だったのですが」

「ピエロねえ……」

そういってから静香は、ああと掌を打った。「あの人形ね。二ヵ月ほど前に頼子が買ったものだわ」

「じゃあ、あの時の？」

佳織が眉を寄せて静香の顔を見た。

「そうよ。あの時、廊下の棚に飾ってあったピエロの人形よ」

「あの時って？」と水穂は訊いた。

「頼子が自殺した時のことよ。あの時、階段の横の棚にそのピエロの人形を飾ってあったの」

「へえ……」

返す言葉が見つからず、水穂は口を閉ざした。代わりに口を開いたのは人形師だった。

「ピエロを買った方はお亡くなりになったのですか？」

「ええ」と静香は答えた。「自殺しました。今日が四十九日なのです」

「そうでしたか」

人形師は深くうなだれ、しばらくそのまま動かなかった。彼はどうやら本気で頼子の死を悲しんでいるようだったが、なぜ彼がそれほどまでに悲しむのか、水穂にはわからなかった。

「遅かった、ということですね」

独り言みたいに彼はいった。

「遅かったって？」と静香。

悟浄はゆっくりと首をふり、そしていった。

「あの人形は悲劇のピエロといって、あれを手に入れた人は必ず不幸になるというジンクスがあるのです。あのピエロの前の持ち主は、交通事故で家族全員を亡くしましたし、その前の持ち主は発狂して自殺したんです。そのほかにも、あのピエロに関する不吉なエピソードは、掃いて捨てるほどあります」

彼は三人の反応をたしかめるように目を動かした。

ひとしきり時間が過ぎた。

悟浄の一言で、広い応接間の空気が一気にはりつめたようだった。その緊張をほぐすように、静香が相変わらずの穏やかな声で、「そうなの、悲劇のピエロっていうの」といった。

「で、そのピエロをどうしたいとおっしゃるの？」

「あの人形は私の父が作ったものなのです」と悟浄はいった。

「父は亡くなりましたが、あの人形のことは最後まで気にかかっていたようです。何とか取り戻して、しかるべき方法で処分してほしいといいました」

「つまり買取りたいということね？」

「そうです。もちろん、お求めになった価格に、少しプラス・アルファした代金を出させていただくつもりですが」

「お金のことはいいけど……ちょっと待っててちょうだい。今、その人形を持ってきますから」

そういって静香は応接間を出ていった。

若い女性二人を前にしても悟浄は少しも気にしたようすがなく、しきりに壁の絵や置物を眺めていたが、そのうちに窓際の棚の上に目を止めた。

「ジグソー・パズルですね」

「ええ」と返事したのは佳織だ。「父の趣味で……いろいろな部屋に作りかけのパズルを置きっぱなしにしてあるんです」

水穂も腰を浮かせて、そのパズルを見た。おばあさんがガチョウに乗って空を飛んでいるという、妙な絵だった。殆ど完成間近というところで、あとは青い空を残しているだけだ。

「この絵はマザー・グースのようですね。絵本の一部なのかもしれない」

悟浄は納得したようにいうと、またソファに腰を落ち着けた。

「ピエロの人形のことだけど」

水穂は佳織の方を向いていった。「さっき見た時は、階段の横の棚には少年と仔馬の人形が置いてあったわね」

「そうよ。お母さんが自殺した後、気味が悪いといって、ピエロはおばあさまがしまっちゃったの。じつをいうとね、あの棚にはずっと仔馬を連れた少年の人形を置いてあったはずなのに、あの日に限って見慣れないピエロの人形が飾ってあったのよ。そんなことから、悟浄さんの話じゃないけれど、本当にあの人形が不幸を呼んだように思えたものよ」

「不思議なことですが」と悟浄はいった。「あの人形には、そういう力があるのです」

どきりとするほど深刻そうな声だった。水穂は思わず彼の目を見た。彼は少し茶色がかった瞳を彼女の方に注いだまま、首を縦に二度動かした。

　そのまま沈黙していると静香が戻ってきた。手に箱を抱えている。彼女はソファに座り直すと、箱のふたをとった。箱の中はガラスケースで、静香はケースごと取り出した。そしてテーブルに置いてから、ケースをあけた。

「これです」

　人形師は頷いていった。

「間違いありません。悲劇のピエロです」

　それはつい先程悟浄が描写したとおりの代物だった。黒い帽子、白い絹の衣装、そしてどことなく不気味で悲しげな表情。

「これを廊下に飾ってあったの？」

　水穂が尋ねると静香は頷いた。

「ちょうどあの日だけ飾ってあったのよ」

「そうらしいわね。だけどどうしてその日にかぎって？」

「聞くところによると、宗彦さんが置いたらしいわ」

「伯父様が？」

「ええ。頼子が買って届けてもらったものだというので、気をきかせたということよ。でもあんなことがあったので、それ以来私の部屋に置いてあったの」

悟浄はケースごと人形を手にとって二人のやりとりを聞いていたが、それをテーブルの上に戻すと、

「譲っていただけますか？」

と真剣な目で訊いた。だが静香は少し顔を傾けた。

「残念ですけど、すぐにはお返事できないわ。これは私の娘が買ったもののようですけど、その娘が死にましたから、娘の主人の方にきかないと」

「では御主人はいつお帰りになりますか？　その頃にもう一度お伺いします」

「夜には帰ると思うけど、今夜はお客さまが多いから駄目ね。私の方から話しておきますから、明日来てくださいな」

「明日……ですか」

悟浄は唇をかみ、テーブルの上で組んだ自分の指先に視線を落とした。そんなようすから、この人は本当にピエロのジンクスを信じているのかもしれない、と水穂は思った。

「わかりました。では明日改めてお邪魔します」

「悪いわね」と静香がいった。

「いいえ。突拍子もない話に時間をさいていただき、ありがたく思います」

悟浄は立ち上がり、脇に置いてあった黒いコートを羽織った。コートはマントのような形をしていて、水穂はまた吸血鬼を思い浮かべた。

応接間を出ると、静香は鈴枝を呼び、人形を地下の部屋に持っていくよう指示した。

静香や佳織と共に、水穂も悟浄を玄関まで送った。彼はこの十字の形に建てられた家に興味を持っていたようだが、そのことについては一言も発しなかった。

「この家には幸福だけが訪れますように」

玄関で静香と握手を交わしながら彼はいった。

「ありがとう、あなたにもね」

「では、また明日」

そして人形師は十字屋敷を出ていった。


（ピエロの目）

四十九日間、僕は眠っていたようだった。

白いネグリジェの女が飛び降りた直後、僕は誰かに抱えられた。その人間の身体に妨げられて何も見えず、それが誰であるのかはわからなかった。何をされるのかと思ったが、結局何も起こらず、僕は再び絨毯の上に転がされた。目の前には女が飛び降りたバルコニーが見えた。そうしてしばらく横たわっていた。

そのうちに何か物音が近づいてくるのに気がついた。見ると、車椅子に乗った女性が僕の横を通り抜けていくところだった。彼女は何か放心したように、ぎこちない動きをしていた。

車椅子の女性は、バルコニーまで進むと下を眺め、ずいぶん長い間そこで大きな声をあげて泣いていた。彼女が泣くのをやめたのは、何人かの男たちの声が聞こえてきたからだった。僕には見えなかったが、男たちは階段を上がってきたようだった。彼等はずいぶん時間をかけて、バルコニーに出たり、車椅子の女性に無神経な質問をしたりしていたが、やがてまた去っていった。車椅子の女性もいなくなった。その間、誰も僕を抱き起こしてはくれなかった。

それからまたかなりの時間がたち、話し声が聞こえてきた。二人の女性の声だ。一方は車椅子の女性の声だった。そしてもう一人はかなり年老いた感じがした。

「とにかく佳織は部屋で休んでいなさい」

老婦人の方が車椅子の女性にいっている。それで僕は彼女の名前が佳織であることを知った。

「でもこんな時に……」

佳織の声は小刻みに震えていた。

「わかってるわ」

老婦人は深いため息をついたようだった。「でももうどうしようもないのよ。さあ、私の部屋で一緒に休みましょう」

車椅子の進む音が近づいてくる。それは僕の耳もとまで迫ってきて止まった。

ここで僕はようやく拾い上げられた。拾い上げてくれたのは、銀色の髪をした、品の良い顔の婦人だった。

「見かけない人形ね」

彼女の言葉に佳織は頷いた。

「いつからこんなものがあったのか、全然わからないの」

「そう……なんだか、少し気味の悪い人形ね」

老婦人は首を傾げ、それから腕を伸ばして僕の身体を摑《つか》んだ。「目障《めざわ》りだからしまっておきましょう。ここにはほかの物を置けばいいわ」

そして彼女は僕を部屋に持っていき、物置から箱とケースを取ってきて、僕を押し入れの奥深くに閉じこめたのだった。ガラスケースの中だと、僕には外の物音は聞こえなくなる。

再び外に出たのはついさっきだった。

応接間のようなところに連れていかれたのだが、そこに悟浄がいるのには驚いた。あの男、またしてもこの僕を追って来たらしい。

悟浄が帰ったあと、僕はお手伝いの女性によって地下室に連れていかれた。また物置かと思ったがそうではなかった。物置の向かいのドアを開けると、そこは小奇麗なオーディオ・ルームになっていたのだ。その中にレコード・ラックも兼ねた整理棚があった。下の方は引き出しになっている。棚の上には何十本ものカセットテープを入れたケースが置いてあり、さらにその上にはジグソー・パズルの箱を立てかけてあった。箱にはナポレオンの威張りくさった絵が描かれていた。僕はカセットのケースの前に置かれた。ちょうど後ろからナポレオンに見下ろされる格好だ。

そして僕をそこに残したまま、お手伝いの女性は灯りを消して出ていった。

## 2

夕方になって宗彦たちが帰ってきた。水穂がリビング・ルームで佳織と話をしている時だった。

「やあしばらく。また一段と美人になったようだね」

珍しく軽口を叩《たた》きながら宗彦は二人の向かいに腰を下ろした。水穂は笑みを作って、彼や和花子たちに挨拶をした。

宗彦はかつて胃腸を悪くしたこともあり、痩せていて、顔色もあまりいい方とはいえなかった。頰骨《ほおぼね》がはっていて、眼窩《がんか》はくぼんでいる。頼子が死んだことで彼が会社を継ぐことになったわけだが、大企業の社長というにはあまりにも神経質そうだ。本人もそれを気にしているのか、口のまわりに蓄えた髭《ひげ》と金縁眼鏡で人相の貧弱さをカバーしていた。

逆に貫禄があるのは、和花子の夫である近藤勝之《こんどうかつゆき》だった。上背はあまりないが、昔柔道をしていたというだけあって、広い肩と厚い胸板を持っている。横に広がった顔は脂ぎっており、精力が余っているという印象だった。

「オーストラリアに行っていたそうだが、向こうの男どもは情熱的だろう？　水穂ちゃんなんかは口説かれて困ったんじゃないか」

こういうと勝之は大口を開けて笑った。この叔父が先程から、ちらちらと自分の腿《ふともも》のあたりに視線を走らせていることに水穂は気づいている。今日彼女はダークブラウンのタイト・ミニを穿《は》いているのだ。

「そんなことありませんわ。日本人よりも、ずっと紳士的ですから」

皮肉をこめていいながら、水穂はわざと大きな動作で脚を組みかえた。

和花子はそんなやりとりを黙って聞きながら微笑んでいる。やや小柄で地味な顔立ちをしているが、日本的な美人といえるだろう。頼子や佳織と共通していることだ。幸一郎の三人の娘の中では水穂の母琴絵だけが異国的な顔だちで、水穂もそちらの方の血を受け継いでいるようだった。

宗彦たちのほかに、水穂の知らない女が一人いた。モノトーンのスーツを着た若い女だった。若いといっても、三十は過ぎているだろう。プロポーションを誇示するように、背筋を伸ばし胸をはっている。ややつり上がり気味の目と、すっと通った鼻筋は、すましたネコを連想させた。

宗彦の紹介で、この女性は三田理恵子《みたりえこ》という名前で、宗彦の秘書だということがわかった。

「よろしくお願いいたします」

彼女はモデルみたいに胸をはったままお辞儀をした。そして低いがよく響く、魅力的な声をしていた。

「さて、じゃあ我々は部屋でひと休みするかな」

宗彦がそういって腰を上げたので、近藤夫婦も階段に向かった。そして当然のように、三田理恵子も彼等の後に続いた。

「お父さんの奥さん気取りなのよ」

彼等を見送ったあと、佳織が彼女には珍しく鋭い語気でいった。理恵子のことをいったらしい。

「あの人が？」と水穂は訊いた。

「そうなのよ。お母さんが死んでから、まだ日が浅いっていうのに……ひどいわ」

佳織は少しうつむいて、下唇を噛《か》んでいた。彼女がこんな表情を見せるのも珍しいことだった。

宗彦の浮気癖については、ある程度は知っていた。昔から始終相手の女が変わっていたという話だ。今はあの女秘書が相手らしい。

「伯母様はそのことを知っていたの？」

声をひそめて水穂は尋《たず》ねてみた。

「もちろん知っていたわ」と佳織は答えた。

「だってあの人は、もとはお母さんの秘書だったんだもの」

「伯母様の？」

「お母さんは気づかないふりしていたけれど、知っていたのよ。あたしにはわかっていたの」

「そう……」

水穂は、ここへ来る前に母の琴絵と交わしてきた会話を思いだした。琴絵が今回来なかったのは、仕事の都合以外に、宗彦と顔を合わせたくないという気持ちがあったからのようだった。

「あの人はね、そう簡単に絶望したりノイローゼになったりする人じゃないの」——キャンバスに向かって手を動かしながら、琴絵は怒りを抑えたような口調でいった。あの人、というのは無論頼子のことだ。

「それなのに自殺するなんて……よほど辛い目にあったからに違いないわ。あの男、気の弱そうな顔しているくせに冷酷なのよ」

「伯父様のこと？」

水穂が訊くと琴絵の手元がにわかに乱れた。憎むべき男に対して『伯父様』と呼んだことが、彼女の神経を逆なでしたのかもしれない。

琴絵はくるりと水穂の方を向くと、彼女を見据えていった。

「水穂、あなた十字屋敷に行ったらね、いったい何があったのか、ようく探ってちょうだい。頼子おばさんが、どんなふうにして追いつめられていったのかを」

「探って……それを知ったら、お母さんはどうする気なの？」

水穂が訊くと琴絵はすっと目をそらし、それから小さく吐息をついた。

「わからない。でも、このままじゃ気がすまないじゃない」

母が奥歯をかみしめるのを、水穂は息を飲んで見つめた。

——頼子伯母様を自殺に追いこんだもの……それはやっぱり今佳織がいった、伯父様のたび重なる浮気なのだろうか？

水穂が、あの時の琴絵の暗い表情を思い起こしていると、それを察したように、

「みんな、お父さんのことを恨んでるのよ」

と佳織が呟《つぶや》いた。「お母さんはみんなに愛されていたから。でも、もう誰も正面きってはいえないの。だってお父さんはこの家の主人なんだもの」

「佳織も恨んでるの？」

水穂は訊いてみた。すると彼女は額に手を当て、苦痛そうに顔を歪《ゆが》めたあとで、目を向けてきた。

「嫌いよ。とても嫌い。――とても嫌いになったの」

青江《あおえ》仁一《じんいち》が帰ってきたのは、食事が始まる少し前、水穂が佳織の部屋でくつろいでいる時だった。ノックの音がしたので佳織が返事したら、ゆっくりとドアが開いた。

「ライバルがお見えでしたか」

乾いた声で青江はいった。「あなたが来られるという話を聞いてからの、彼女のはしゃぎぶりをお見せしたかったですよ。あの表情の半分でも、僕に与えてくれたら幸せなんだけどなあ」

あとの言葉は佳織に向けられたものだった。そして特に断ることもなく部屋に入ってきた。

「変な言い方しないでよ」

佳織が怒った声を出した。

「だって本当のことでしょう」

青江は動じない。前に会ったのは一年半ほど前だが、その時から変わっていないなと水穂は思った。

「大学院の方はどうなの?」

挨拶代わりに水穂は尋ねてみた。

「どうということはないですよ。退屈な日々でね。僕の専攻は化学ですが、あまり世の中に役立ちそうにない研究に時間と金を費やしています」

「マスター・コースは今年で修了だって聞いたけど」

「おかげさまで無事修了です。何とか就職も決まっているし、あとは自分にふさわしい相手を見つければ、人生ゲームの大半は終わったことになりますね」

そういって青江は意味あり気な視線を佳織の方に向けた。佳織は無視している。

青江仁一は、大学生の時からこの屋敷に下宿している。水穂たちの祖父幸一郎が、そのことを許可したのだ。幸一郎が戦争中に世話になった友人の孫で、両親を交通事故で亡くすという暗い過去を持っている。その友人というのも今は亡くなっているそうだが、それ以前に幸一郎との間で、青江が大学院を出るまで竹宮家の方で面倒を見るという約束ができているらしい。現在は、いわば静香がその約束を引き継いでいるという形だ。

もっとも、恩人の孫だからというだけでなく、幸一郎は青江のことをかなり気に入っていたようすだった。彼が下宿を始めた当時、水穂は幸一郎と話をしたことがある。

「仁一君は頭の切れる男だぞ。いざという時にも冷静だし、さすがに青江が自慢するだけのことはある。まだ先の話だが、ああいう男を佳織の婿にするといいかもしれん。わしは家柄なんかは気にせん性分だからな」

たしか幸一郎は、こんなふうにいったはずだった。

水穂は今までに何度か青江と会っているが、彼の方も佳織の足のハンディのことなど気にせずに、彼女には好意を持っているようすだった。むしろ率直にその気持ちを表すぐらいだ。そういう点は好感が持てると思うし、気品のある美形なのだが、佳織はあまり彼を受け入れてはいないようだった。

青江が部屋を出ていったあとで、

「彼のこと、嫌いなの？」

と、水穂は佳織に訊いてみた。

「嫌いってわけじゃないのよ」

佳織はちょっといいにくそうにした。「女性だったら……たとえばあたしみたいな身体じゃない女性でも、彼なら理想の相手と見るに違いないと思うの。だからこんなあたしは、そういう男性がいるだけでも幸せだと考えるべきなんでしょうね。でも……」

彼女はここで少し間を置いた。

「でもあたしはどうしても、彼から人間的なものを感じることができないの。自分の本心や感情の動きを、決して外には出さない人よ。ねえ、あの年齢の男性で、そんな人っていると思う？」

「すぐに感情的になる男というのも鬱陶《うっとう》しいわよ」

水穂は正直にいった。そういう男ならいくらでもいる。

「だけど人間的だと思うわ。あの人って、まるで機械みたい」

「おじいさまはお気に入りだったわ。帝王学を学ばせたいって」

「おじいさまはね。でもお母さんは彼のこと嫌いだったわ」

「そうなの？」

「そう。あたしと同じ印象をあの人から受けていたんだと思う。それから、お父さんも彼を避けているわ」

「どうしてかしら？」と水穂は訊いた。

すると佳織はこめかみに指を当てて、「切れすぎるからよ」といった。

「あの人の頭脳を恐れているの。おじいさまと逆で、お父さんは青江さんだけはあたしの夫に選ばないわ」

水穂は何となくわかるような気がした。青江は大学時代は殆どトップだったという話だし、大学院に進んでからは、何度も海外に論文を発表しにいっている。あまりにも聡明過ぎる男がそばにいるというのは、宗彦のようなタイプの男には脅威なのかもしれない。

「じゃあ青江君としては、まず伯父様の機嫌をとらなきゃだめってことね」

「そういうことだけど、まず無理だと思うわ」

彼女の口調は、まるで他人事をしゃべっているようだった。

「佳織はどうなの？　青江君じゃなかったら、どういう人を選ぼうと思っているの？」

水穂が訊くと、佳織は少しまごついたように瞳を動かし、それからおどけて肩をすくめて見せた。

「あたしは一生結婚なんてしないわ。ここで楽しくシングルライフを満喫するのよ」

しかし彼女がふと何かに思いを馳《は》せるような顔をしたのを、水穂は見逃さなかった。


晩餐会は六時から始まった。

和洋とりまぜた御馳走を並べた食卓を囲んで、竹宮家と関わりの深い者たちが席についた。

テーブルは晩餐会用の長いもので、一番上手に宗彦が座っている。三田理恵子の姿はなかった。そのことについて水穂が、お手伝いの鈴枝にそれとなく訊くと、理恵子は一時間ほど前に帰ったということだった。

「今日は頼子奥様の四十九日ですから、遠慮なさったのじゃないでしょうか」

鈴枝は柔らかい物言いの中にも、やや険を含ませていった。彼女がこの家で働くようになって何十年にもなる。頼子が少女だった頃から知っているし、宗彦などよりもはるかにこの家と深く関わっている。そういうことを考えると、彼女の宗彦や三田理恵子に対する感情が水穂にも伺《うかが》い知れた。

その鈴枝は、今は黙々と料理を運んでいる。

晩餐の場を盛り上げているのは例によって勝之だった。酒を片手に、大声でしゃべっている。内容はゴルフのことや、海外へ行った時の失敗談などだ。頼子の四十九日ということで湿っぽくなりそうなところを救っているが、彼としては、ただ単にこういう場での主導権を握っていたいだけなのかもしれなかった。

相手をしている宗彦は、口元に薄い笑みを浮かべながら適当に相槌《あいづち》を打っていた。面倒臭い親戚付き合いのイニシヤティブなど、いくらでもお譲りするさという感じに水穂には見えた。

勝之の聞き役としては、宗彦のほかにもう一人いた。松崎良則《まつざきよしのり》という男で、背が小さく、丸々と太っている。勝之のように押し出しが強いタイプではない。目尻が下がっていて、いかにも人が良さそうだ。

「松崎のおじさまは相変わらずね」

水穂は隣の佳織の耳もとでいった。「いつもにこにこして、目立とうとしないのよね」

「でもお人好しすぎるの」

佳織は囁《ささや》き返してきた。「いつも近藤の叔父さんの陰に隠れちゃって、会社でも目立たないんだって」

「そうかもしれないわね」

水穂はもう一度、その太った小男に目を向けた。

松崎良則の父親は、竹宮幸一郎の兄であり、幸一郎が今の会社を興した時のパートナーだったらしい。だがその父親が若くして事故で死んで以来、良則は母方の姓を名乗っているという話だ。年は宗彦よりも三つ上で、会社では取締役の位置にいる。

三人の男から少し離れて、和花子が静香と楽しそうに話していた。静香の横で二人の話に耳を傾けているのは永島だ。彼は時々、水穂たちの会話に加わってきたりもする。

「前から訊こうと思っていたことなんですが」

水穂の向かいに座っていた青江仁一が、隣の永島の腕を軽くつついていった。「永島さんはなぜ御結婚なさらないんですか？　いい話はいくらでもあるんでしょう？」

永島は口に含んでいたものを喉《のど》につまらせたようなしぐさをし、あわててそばにあったビールを飲みこんだ。

「君からそういう質問を受けると、なんだかぎくっとするね。人のそういうことには興味ないんじゃないのかい？」

「そんなことはありませんよ。でも相手があなただから気になっているということもあるんです。結婚しないのには、何か理由でもあるんですか？」

「理由なんてないよ」

永島は苦笑して答えた。「適当な相手が見つからなかっただけさ。今までは時間もなかったしね。いい相手が見つかれば、すぐにでも結婚したい」

「それを聞いて安心しました」

「安心？　妙なことをいうね」

永島は椅子をちょっと動かして、身体を青江の方に向けた。

「それに、相手が僕だから気になるという台詞も引っ掛かるね。どうして僕が結婚しないことを、君が気にするんだい？」

すると青江はワイン・グラスを取って、にやりとした。

「僕の方の勝手な都合ですよ。僕の大事な人のそばに、魅力的な男性が独身のままで存在するというのは、あまり歓迎する事態ではないんです」

「青江さん」

今まで黙っていた佳織が、たまりかねたというように口を挟んだ。「変なことといわないで。永島さんに失礼よ」

するとと永島は少しの間だけ彼女と青江の顔を見較べていたが、そのうちにあははと大きな口を開けて笑った。

「面白いことをいうね。僕まで恋仇《こいがたき》にしてしまうのかい？　それは佳織さんに対して失礼じゃないかな」

「そんなことはないですよ、ねえ佳織さん」

佳織は青江を睨《にら》むが、彼の方は涼しい顔だ。

「もっとも、永島さんが佳織さんと結婚することが法律的に可能かどうかはわかりませんがね。たしか日本の法律では、直系血族または三親等内の傍系血族の間では結婚できないことになっていますから」

「青江君」

今度は水穂が睨《にら》みつけ、それから静香の方に目を向けた。彼のしゃべりすぎは、いろいろな人を傷つける可能性がある。しかし今の会話は静香たちには聞かれなかったようだ。「口が軽すぎるわよ」

水穂は小声で忠告した。

だが青江は『タブー』に触れたことを特に気にしたようすもなく、ちょっと肩をすくめて見せた。

「ただね、あこがれだとか思慕の念に法律は適用できないでしょ？　僕はそういうつまらない世界から、彼女を早く救いだしたいと思っているんですよ。そういう意味では――」

青江の澄んだ目が、突然水穂の方に向けられた。「水穂さんにも早く片付いてほしいなあ、と僕は思っているんですよ」

「馬鹿みたい」

馬鹿、という言葉にアクセントを置いて佳織がいった。「永島さんも水穂さんも、この人のいうことなんか聞かなくていいのよ。あたしを夢見る小さな女の子だとでも思っているのかしら」

「本質はそうですよ」

青江はいった。顔は笑っているが、声には真剣味がこめられていて、水穂は少しどきりとした。

「あなたはまだ少女から脱皮していないことに、自分で気づいていないんです。早く気づき、そんな殻は脱ぎ捨てた方がいい」

「そうなの？」

「そうです」

「御忠告ありがとう。でもあたし、あなたの助けなんかは借りないわ」

佳織が厳しくいい放つと、青江は二、三度瞬《まばた》きし、そしてまた笑顔を見せた。そのしぐさの中に、彼の一瞬の狼狽《ろうばい》を見たような気が、水穂にはした。

晩餐後、宗彦が応接間の方に酒の用意をするよう鈴枝に命じて席を立つと、勝之と松崎も彼のあとに続いて応接間に向かった。また、和花子は静香の部屋に行ったので、何となく散会という形になった。

水穂はリビングのソファに移り、茶を飲みながら佳織や永島たちとの談話を続けた。青江は宗彦のコレクションのパズルをいじっていたようだが、時折水穂たちの会話に言葉を挟んできた。そして佳織がちょっと何かをしようという素振りを見せた時には、車椅子を押したり、彼女が必要としているものを取ってきたりと、しきりに世話を焼いているのだった。もっとも佳織の方は、先程の青江の言葉が未だに気にさわっているらしく、彼のせっかくの騎士ぶりを無視しているようだった。

そんなふうにして時を過ごしていると、十一時過ぎに鈴枝がやってきて、ベッドの準備は終わっているから、いつでも寝《やす》んでくださいといった。水穂は佳織の向かいの部屋で、永島は宗彦の向かいということだった。

「今日は大丈夫ですから」

そういって鈴枝は永島に笑いかけた。

「どういうことなの、今日は大丈夫って？」

水穂が訊くと、

「あたしが不注意だったのよ」

と佳織が横から口を挟んだ。

「四日ほど前にも永島さんはお泊りになったんだけれど、寝る前に永島さんの部屋で話していて、ついうっかり枕もとに置いてあった花瓶をひっくりかえしちゃったの。それでベッドはぐしょ濡れになって……」

「いえ、私が配慮不足でした。あんなところに花瓶を置いてしまって」と鈴枝。

「それであたしはお父さんの部屋を使ってくださいっていったんだけど……あの夜お父さんはオーディオ・ルームで眠りこんでたんだし」

「いや、それはやっぱりまずいですよ」

「それで永島さんはどうされたの？」と水穂は訊いた。

「どうもしません。そのまま寝ました。ベッドが少しぐらい濡れてたって、別に平気ですよ」

「とにかく今夜は大丈夫です。花瓶は片付けましたから」

そういって鈴枝はにっこりした。

「ところでおじさんたちは応接間で何をしているのかな？」

青江が白けた顔で鈴枝に尋ねた。

「旦那様はパズルを楽しんでおられました。勝之さんと松崎さんもお付き合いなさってたようです」

「お気の毒に」

青江は唇を歪めて見せた。

このあと全員が二階に上がった。鈴枝がいったように、水穂の部屋は佳織の向かいだ。洋間だから正確にはわからないが、広さは十畳以上あるだろう。ベッドと机、それから簡単なテーブルと椅子が置いてある。部屋の隅にはシャワー・ルームまであった。

「永島さんはよくお泊りになるの？」

一緒に部屋までやってきた佳織に、水穂はいってみた。さっきの話を思いだしたのだ。

「よくってほどでもないけれど」

こういって佳織は自分の髪を触った。それから窺《うかが》うような目を水穂の方に向けた。

「食事の時に青江さんがいってたことなんか気にしないでね」

「青江君がいったこと？　ああ、あのこと……」

「あの人、酔ってたのよ。だからわけがわからないことを口走ったりしたの」

「別に気にしてなんかいないわよ」

水穂は微笑んでいった。「佳織がむきになりすぎるのよ。無視すれば済むことなのに」

するとと佳織はうむつき、自分の指先を弄《もてあそ》ぶようなしぐさをした。

「あの方が結婚しない理由について、青江さんがあたしに話してくれたことがあったわ」

「あの方？」

水穂はワンピースの背中のホックを外していた手を一瞬止めた。

「あの方って、永島さんのこと？」

佳織は小さく頷いた。そして唇を舐《な》めたあと、唾《つば》を飲みこむように喉を動かしてから口を開いた。

「永島さん、お母さんのことが好きだった。今も忘れられない——それが青江さんの説なの」

「伯母様を？」

「そうよ」

意外な話だった。

「青江君は、どうしてそんなふうに思うのかしら？」

「青江さんだけじゃないの。この家に出入りしていた人なら、みんな気づいていたかもしれない。あたしだって、いわれなくても知っていたわ。あの方がいつも熱いまなざしでお母さんを見ていたことを。ただ口に出すのがこわかっただけ。だってあの方にとってお母さんは、自分の腹違いの姉にあたるはずなんですもの」

「佳織」

水穂がたしなめるようにいうと、

「ごめんなさい」と彼女は細い声を出した。

「こんなふうにいうつもりじゃなかったの」

水穂はするするとワンピースを脱ぐと、ベッドの上に置いてあったガウンを羽織った。そして近くの椅子に腰かけ、脚を組んで佳織を見た。

「で、今はあなたが気持ちを抑えてるのね。永島さんに対する気持ち」

するといった。その口調があまりに厳しかったので、水穂は身体をびくりと動かした。

「ああ、だめね」

と佳織は消えそうな声で謝った。「まるで中年のヒステリーね。すごく恥ずかしいわ」

「今夜はもう眠った方がいいわね。ベッドまで連れていってあげるわ」

水穂は立ち上がった。

「ええ、そうね。本当に少し頭が痛い。ねえ水穂さん、うんざりしてる？」

「そんなことないわ、楽しかったわよ。あとはまた明日ね」

「ええ、また明日」

佳織を部屋に連れていってベッドに寝かせると、水穂は自分の部屋に戻り内側から鍵をかけた。そしてベッドに腰を下ろし、ほっとひと息つく。

初恋……か。

佳織とのやりとりで、そんな懐かしい言葉を思いだした。間違いなく彼女は恋をしている。しかしそれは青江がいったように、決してかなうことのないものだ。

永島が竹宮家に出入りしはじめたのは、今から約十年前だった。幸一郎が家に呼んで、自分の散髪をさせたりしたのだ。あれは一体誰なのだろうと、水穂などは不思議に思っていた。しかしそれを尋ねてはいけない雰囲気があって、水穂は黙っていたのだった。

やがて、彼が幸一郎の妾に生ませた子供だということを、水穂は母の琴絵から聞いて知った。無論静香もそのことを知っていたわけで、さすがに当時は多少のもめごとがあったらしい。だが永島の人間性が明らかになるにつれて、静香も彼が出入りすることには文句をいわなくなった。幸一郎の行為は許せなくても、永島自身には何の責任もないと思えたからかもしれない。

当時小さな美容院に勤めていた永島は、そのうちに静香の髪の世話までするようになった。技術もよかったということだろう。そして自然の成り行きとして、彼は佳織の専属美容師にもなったのだった。

――佳織が永島さんに好意を寄せるようになったのも、当然の成り行きかもしれない。

しかし皮肉なものだと思った。その佳織の遅い初恋は、決して実ることのないものなのだ。

水穂はシャワーを浴びると、髪と肌の手入れをしてからベッドに入った。壁にかかった時計は十二時をすぎている。その時計のアンティックな装飾を眺めているうちに、昼間の奇妙な人形師のことばが思いだされた。

あのピエロは『悲劇』を招く――

「まさかね」

水穂は呟いてから、枕元にある灯《あか》りのスイッチを切った。

（ピエロの目）

突然ドアが開けられ、続いて僕たちの世界に光が与えられた。灯りのスイッチが入れられたのだ。

入ってきた男の顔を僕は覚えていた。僕の記憶に間違いがなければ、この男の名前は宗彦といったはずだ。金縁眼鏡をかけ、口のまわりに髭を生やしている。

宗彦は金色がかった茶色のガウンを着、それについているフードを頭からすっぽりとかぶっていた。彼は僕の前でしゃがみこむと、何かごそごそとしているようだった。僕の下はレコード・ラックだから、どうやら目当てのレコードを探しているらしい。

やがて目的のものを見つけだしたらしく、彼は手にレコードを持ってプレーヤーに近づいた。そしてそばの小さなスタンド・ライトを点《つ》けると、慎重な手つきでレコードの上にレコード針を乗せる。

宗彦はプレーヤーの前に立って、しばらくレコードが回転するのを眺めていたが、やがてそれにも飽きたらしく、その場を離れた。

オーディオ機器とスピーカーに囲まれるようにして、座り心地の良さそうなソファを置いてある。だが宗彦はソファには腰を下ろさず、入り口のそばまでいって再び部屋の灯りを消した。その結果、この広いオーディオ・ルームの中には、プレーヤーの横の極めて小さな電球の光しか存在しなくなった。

宗彦は満足そうにすると、アンプのツマミを調節した。そしてソファにどっかりと腰を沈め、手足を伸ばして、ゆっくりと目を閉じた。

そういう状態で何分かが過ぎた。

この間宗彦は全然動かなかった。規則的に胸が隆起するだけだから、どうやら眠りこんでしまったらしい。

ふいにドアが薄く開いたのは、僕がそんなことを考えている時だった。スタンドの光は棚やソファに遮《さえぎ》られて、ドアのところには届かない。だから殆ど真っ暗なのだが、僕にはかすかに見える。

ドアはしばらくその状態だったが、そのうちにゆっくりと開き、黒い塊のような影が素早く侵入してきた。影は入ったところで低い体勢をとり、少しの間動かなかった。影はどうやら宗彦のようすを窺《うかが》っているようだった。

宗彦の方は相変わらず変化がない。姿勢も最初のままだった。

彼が眠りこんでいることに影も気づいたらしく、闇の中でゆっくりと動きだした。息を殺し、可能なかぎり自分の気配を消そうとしているのがわかる。

そのうちに影は、僕のいる方に向かって移動を始めた。そして僕が乗っている整理棚の前にしゃがみこんだ。

この影はいったい何をしに来たんだろう？　そして今、この闇の中で何をしているんだろう？

そう思った時、この奇妙な状態に変化が起こった。今まで眠っていた宗彦が、突然むっくりと首を動かしたのだ。彼は室内の異常な気配を察知したらしく、今までとはうってかわった敏捷な動きでソファから身を起こして振り向いた。

宗彦は闇の中に潜む者に気づいたようすだった。あっ、という形に彼の口が開けられたと思うと、その次には彼も闇の中に飛びこんでいた。激しく棚に何かが当たる衝撃がして、影と影が揉《も》み合っているのが目の前に見えた。宗彦の金色のガウンの端が、時折淡い光を受ける。

何秒間かそういう格闘が続いたのち、ストップモーションみたいに両者の動きが止まった。そしてゆっくりと片方が崩れ落ち、もう一方は立ち上がった。この頃になると僕の目は、かなり細部まで見えるようになっていたのだ。

倒れているのは宗彦だった。うつ伏せになり、自分で自分の右腹をナイフで刺したような格好をしたまま全く動かない。ガウンのフードが頭に覆いかぶさっているので詳細はわからないが、彼の顔からは血の気が失せているに違いない。

宗彦の横には侵入者の姿があった。侵入者はほんの数秒ほど宗彦のそばに立ち尽くしていたが、そのうちによろよろ後ずさりして僕がいる棚に体当たりしてきた。すると上の方で何か物音がして、何かが僕のガラスケースの上に倒れてきた。例のジグソー・パズルの箱だ。箱は半開きになり、中の部品がばらばらとこぼれ落ちた。

侵入者は我に返ったようなようすだ。死体を遠回りにして出口のところまで行くと、逃げだして、勢いよくドアを閉めた。そしてそのわずかな風圧のおかげで、僕の上で微妙にバランスを保っていた箱が、僕の目の前にずり落ちてきた。

僕はため息をついた。

またしても僕の主人は死んでしまったらしい。

おまけに何も見えなくなった。

## 3

夜中にふと目を覚ました水穂は、その後どうしても眠れずにとうとうベッドから起きあがった。暖房が効きすぎているのか、身体は少し汗ばんでいる。水穂は窓を開け、外の冷たい空気を吸いこんだ。

屋敷全体が静まり返っている。

水穂が窓を閉めようとした時である。斜め前に見える部屋の窓が、ほんのりと明るくなった。そこはたしか宗彦の部屋のはずだった。スタンドの灯りでもつけたのだろうか。

灯りはやがて消えた。宗彦も起きているのだろうかなどと考えながら、水穂は今度こそ窓を閉めた。

ベッドに入ってしばらく本を読んでいたが、どうも目が冴《さ》えてしまったらしく、一向に眠気は襲ってこない。水穂はまたベッドから抜け出て、ガウンを羽織った。缶ビールでも飲もうと思ったのだ。

部屋を出ると、カーペットを敷きつめた廊下を進んだ。相変わらず物音は聞こえない。階段を下りる時、飾り棚の上の人形が目についた。少年と仔馬の人形だ。ここに例のピエロが置いてなくてよかったと水穂は思った。こんな真夜中に、あの不気味な人形を見るのは、あまり気持ちのいいものではない。

——あら？

人形から目を離した時、棚の上に何か小さなものが光ったのに水穂は気づいた。拾いあげてみると、それは小さなボタンだった。誰かの洋服から取れて落ちたものらしい。

——どうしてこんなところに置いてあるのかしら？

水穂はどうしようかと迷ったが、結局元の通り棚の上にそれを乗せておいた。明日、鈴枝あたりが見つけるだろうと思ったのだ。

彼女は階段を下りると台所に行き、冷蔵庫から缶ビールを取り出して、再び部屋に戻った。そしてビールを飲みながら、何気なく時計に目を向けた。

この時ちょうど午前三時だった。

# 第二章　音楽室

## 1

二月十一日、日曜日。

悲鳴が聞こえた時、水穂《みずほ》はまだベッドの中にいた。あの後もあまり眠れず、うつらうつらした状態で夜明けを迎えたのだった。

時計を見ると午前七時を少し回っていた。水穂は起き上がると、素早く着替えをして部屋を飛びだした。ちょうど佳織《かおり》が車椅子で廊下を進んでいるところだった。後ろから朝の挨拶をしたのち、

「今の声は？」

と水穂は尋《たず》ねてみた。

「たぶん鈴枝《すずえ》さんだと思うわ」

佳織は不安そうに答えた。「何かあったのかしら?」

「とにかく行ってみましょう」

水穂と佳織がエレベーターで下りていくと、リビングには殆どの者が顔を揃《そろ》えていた。青江《あおえ》、静香《しずか》、永島《ながしま》……近藤《こんどう》夫妻の姿もある。彼等は皆、一定の方向に視線を集中させていた。扇の中心にいるのは鈴枝である。彼女は地下室からの階段を上がってきたところというようすだった。蠟《ろう》のように白い顔をして、何かに憑《つ》かれたみたいに硬直して立っている。

「だんなさまが……」

震える唇から、彼女の抑揚のない声が漏《も》れた。

「旦那さまが……死んでおられます」

一瞬奇妙な空白の時間が流れた。誰もが皆、何の反応も見せずに呆然としていたのだ。

最初に行動を起こしたのは勝之《かつゆき》だった。鈴枝を押しのけると、巨体に似合わぬ素早さで階段を下りていった。永島と青江が彼に続く。そのあとから水穂も階段を下りたが、この時背後から、

「嘘《うそ》でしょ……」

と佳織が潤《うる》んだような声を漏らすのが聞こえた。

階下では、オーディオ・ルームの扉が半開きになっていた。勝之に続いて、水穂たちも室内に足を踏み入れた。

水穂はその場のようすを見て、思わず掌で口をおさえた。永島たちもすぐには口をきけないようすだ。

「どういうことだ、これはいったい……？」

勝之が絞りだすような声で呟いた。ほかの者は何もいえない。そのうちに和花子《わかこ》たちもやってきた。和花子は状況を目のあたりにして悲鳴をあげた。

宗彦《むねひこ》は部屋の隅にある棚の前で倒れていた。上半身はうつぶせで、腰から下は少し捻《ひね》るようにして横を向いていた。ガウンの右の脇腹のあたりが血で染まっている。そしてそんな彼を飾るように、ジグソー・パズルの部品が彼の身体の上や周囲に散っていた。どうやら棚の上に置いてあったものが落ちたらしい。それらの部品が入っていたと思われる箱もそばに落ちていたが、蓋《ふた》の方はカセットのケースの前で止まっていた。見ると、例のピエロの人形が置いてあって、そのガラスケースに被《かぶ》さるようにして引っ掛かっているのだった。蓋には『ナポレオンの肖像』というタイトルがついていた。

宗彦の死体は充分に衝撃的であったが、皆を驚かせたのはそれだけではなかった。何とそこには宗彦のほかに、もう一つの死体が横たわっていたのだ。その死体は宗彦のそばで、床にしゃがみこむような格好をしていた。その胸にはナイフが刺さっている。

「どういうことなんだ？」

勝之はもう一度同じ台詞《せりふ》を口にした。そしてさらに続ける。

「なぜ三田理恵子《みたりえこ》君がこんなところで死んでいるんだ？」

捜査員たちが地下室を調べている間、水穂たちは応接間にいた。勝之と和花子が並んでソファに座り、向かいあって水穂と永島と青江がいる。佳織は水穂のすぐそばまで車椅子を寄せてきた。佳織は、先程までは白い顔がさらに青ざめていたようだが、今は頰《ほお》に少し赤みがもどっている。

松崎《まつざき》は皆から少し離れて、窓際の棚の横に立っていた。そこには宗彦が製作途中だった『マザー・グース』のジグソー・パズルがある。彼はうつむいたまま、所在なさそうにパズルに部品をはめこんでいた。

しばらく誰も口を開かなかった。いいたいことはそれぞれにあるのだが、それをどう言葉にしていいかわからない――そんな沈黙だった。

水穂は、昨日の昼間にこの部屋に入ったことを思いだしていた。あの悟浄《ごじょう》とかいう人形師に会ったのだった。彼がいっていた、『悲劇のピエロ』のジンクスが頭に浮かんだ。

ジグソー・パズルの蓋がピエロの人形に引っ掛かっていたが、水穂は結局そのままにして部屋を出てきた。あの不気味な表情を見るのが恐ろしいような気分だったのだ。

――そういえば、今日あの人が来るかもしれない。でも人形どころじゃないわね。もし悟浄が事件のことを知ったら、今度はどんな顔をするだろうと、水穂は場違いな想像にいっとき心を奪われた。

「ずいぶん時間がかかるな」

ここでも最初に沈黙を破ったのは勝之だった。それで皆の視線が集まると、

「事情聴取が、だよ」

と説明した。

「こんなに時間のかかるものなのかな」

今は静香と発見者の鈴枝が、別々に質問を受けているはずだった。

「被害者が大物ですからね」

ソファに足を組んで座った姿勢のまま、青江がしたり顔でいった。

「今日は日曜日で夕刊はありませんが、明日の朝刊に大見出しで出ることは間違いないでしょう。世間が注目すれば、なおさら警察としては一刻も早く解決したいでしょうから、最初から徹底的にやるはずです。こういう事件は初動捜査が肝心だといいますからね。事情聴取にしても、当然かなり細かい部分にまで及ぶはずです」

「何を訊かれるのかな？」

ジグソー・パズルをいじっていた手を止めると、松崎は不安そうな顔つきで煙草に火をつけた。この顔ぶれの中で煙草を吸うのは彼と勝之だけだ。だがこの二人の吐きだす煙だけで、部屋の空気はかすんだようになっていた。

「人間関係とおじさんの最近の言動でしょうね」

また青江が答えた。

「松崎さんの場合だと、会社でのことを訊かれるでしょうね。最近何か変わったことがないか、とかね。それから昨夜の行動」

「昨夜の行動？」

勝之が納得のいかない顔で訊き返した。「それは社長の行動かい？　それとも……」

「もちろん各自の行動ですよ。そんなこと決まっているじゃありませんか。それぞれから話を聞いて、矛盾点がないかどうかなどを細かくチェックするんです。不自然な行動があったりしたら、しつこく追及してくるでしょうね。それが彼等のやり方です。まあいずれにしても、本当のことをしゃべっている分には問題はないと思いますよ。やましいところがなければ、の話ですが」

青江は皆の顔を眺めまわした。

「君の話を聞いていると、我々の中に二人を殺した犯人がいるように聞こえるな」

勝之は頬の肉を曲げ、青江の顔を正面から見据えた。

「そんなことはいってませんよ。ただ、警察はあらゆる可能性を考えるだろうといっているんです」

「君もオーディオ・ルームにいって現場を見たからわかるだろう？　事態ははっきりしている。社長は三田理恵子君に殺されたんだ。そうして彼女の方は自殺した。つまり無理心中ということだよ」

頭で考えていただけだったことを口に出したことで、自分でもより確信が深まったらしく、勝之は二度三度と頷いた。

「無理心中？　ずいぶん時代がかった話ですね。どういう根拠があるんですか？」

だが青江はどこか余裕を感じさせる口調で尋ねた。勝之はむっとした。

「状況から明らかじゃないか。社長は脇腹を刺されていた。そして三田君自身がその刃物で自分の胸を突き刺していた」

するると青江はお話にならないというように首を振って見せた。

「あの程度のことなら偽装するのも簡単ですよ。安っぽいテレビ・ドラマでも、よくある手です。それに動機がないでしょう？」

「動機がないとはいえんよ。あの二人はその……いろいろあったようだからね」

さすがに佳織を意識したのか、勝之は曖昧《あいまい》にごすと咳払《せきばら》いをひとつした。

「でも決定的な根拠とはいえませんね」

「それはまあそうだが、一番可能性が高いと思うね」

「何か盗まれたものはなかったのでしょうか？」

永島がやや遠慮がちに口を挟んだ。それは自分の思いつきを述べるというより、二人の会話がエスカレートしていくのを抑えるためのように水穂には感じられた。

彼に勝之たちの目が集った。つまり、と永島は唇を舌で濡らした。

「つまり、強盗のしわざではないかと……」

「その可能性の方が強いと思いますね。戸締まりがどうなっていたのか調べてみないと何ともいえませんが」

青江が永島に同調する。勝之は不機嫌そうに煙草をふかしているだけだ。

「それにしても」

松崎が、おそるおそるといったようすで口を開いた。「なぜ三田君があんなところにいたんだろうね？　彼女は昨日の夕方に帰ったはずなのに」

「宗彦さんが呼んだんでしょ、きっと」

それまで黙っていた和花子が、淡々とした口調でいった。彼女は宗彦のことを義兄《にい》さんとは呼ばない。

「社長が？　夜中にかい？」

勝之が問い直すと、彼女はうつむきながらもはっきりと頷《うなず》いた。

「あの方のマンション、ここからだとそう遠くはないはずよ。それで、宗彦さんが時々呼びだしていたらしいわ」

「呼びだすって……この家にかい？」

「そうよ。三田さんを裏口から招き入れて、オーディオ・ルームで会っていたのよ。時には朝まで……」

そういって和花子は、昂《たか》ぶる感情を抑えるようにぐっと唾を飲んだ。

「鈴枝さんから聞いたことですけど、朝早くあの人の車が駐車場に入っていることがあるそうよ。昨日は自分の妻の四十九日だから、少しは自粛されると思ったんですけど」

「今はそういう話はよそう」

勝之がちらりと目くばせしていった。彼の目は、部屋の隅にいる佳織に向けられたのだった。佳織は膝の上で掌を組んだまま、じっとして動かない。

それにしても宗彦は相当やりたい放題をしていたようだと水穂は再認識した。母の琴絵の話だと、幸一郎の死でその兆しが見られたらしいが、頼子がいなくなったことでさらに拍車がかかったようだ。

しばらくして静香が戻ってきた。太った体形の五分刈りの男と一緒だった。静香は黙って席につくと、目を閉じ、そのまま石のように動かなくなった。まるで誰かに話しかけられるのを拒絶しているように水穂には見えた。

彼女と一緒に入ってきた男は、室内をぐるりと見回したあとで近藤夫妻に目を止めた。

「ちょっとお話を伺いたいのですが、よろしいですか？」

勝之は和花子と顔を見合わせ、それから刑事の方を向いた。

「二人一緒でいいのかね？」

するとと刑事はちょっと考えるように黙ったあと、

「では御主人からお願いいたします」

といった。先程青江がいったように、警察は各自から個別に話を聞きだすつもりのようだ。

勝之が刑事と一緒に出ていく時、「あっ」という声とともに激しい音がした。松崎がパネル板を持って立ち尽くしている。彼の足元にはジグソー・パズルが散らばっていた。

「ここに置いておくと邪魔なので、場所を移そうと思ったんだが……」

松崎がしゃがみこんで部品を拾いはじめたので、水穂も立っていって手伝った。少し形をとどめている部分もあるが、『マザー・グース』の絵の大半は崩れてしまっていた。

「あと少しだったから、気をまぎらわせるためにやってたんだ。たった今完成したんだが……もったいないことをしてしまった」

太く短い指で部品を拾いながら、松崎は小さく呟いた。

「ジグソー・パズルですな」

と刑事が見下ろしていった。「現場にも同じように散らばっていましたね。『ナポレオンの肖像』という作品でした。竹宮さんの趣味だったようですね」

「昨夜もこの部屋でやってましたよ」

勝之がいい添えた。「酒を飲みながら熱心にね。我々の話も上の空という感じだった。どこが面白いのか知らないが」

昨夜の晩餐後、宗彦や勝之たちはこの応接間へ来て酒を飲んでいたようすだった。宗彦のパズル遊びに勝之たちが付き合わされていたことは、昨夜鈴枝からも聞いて水穂も知っていた。

「竹宮さんの部屋を見せてもらったのですが、あちらの方にも半分ほど作りかけのジグソー・パズルを置いてありましたよ。あれは『落ち穂ひろい』でしたな」

そして刑事は勝之の方を向くと、「では行きましょう」と改めて促した。勝之は小さく頷くと応接間を出ていった。

このあとも次々と呼ばれ、一番最後に事情聴取を受けたのが水穂だった。場所には食堂の一画が使われていた。

水穂が対したのは二人の刑事だった。先程のでっぷりと太った方の刑事は山岸《やまぎし》と名乗り、ひょろりとした感じのもう一人は野上《のがみ》といった。山岸は四十過ぎ、野上は三十前後に見える。どちらも隙《すき》のない顔つきをしていた。

「昨夜、あなたが部屋に戻られたのは何時頃ですか？」

山岸の方が訊いてきた。威圧感のある、低い声をしている。

「十一時過ぎだったと思います」

「ひとりで？」

「いえ、佳織さんと一緒でした」

山岸は頷いた。このあたりのことは佳織から聞いて知っているはずだった。

「その後はずっと部屋におられたのですか？」

「ええ。十一時半ぐらいまで佳織さんとあたしの部屋で話をしていて、彼女を部屋に連れていってから、シャワーを浴びて寝ました」

「途中、目を覚ましましたか？」

「はい」

水穂の返事に、刑事たちの目が少し光ったようだった。

「何時頃ですか？」と山岸は訊いた。

「正確にはわかりませんけれど、しばらく本を読んでから部屋を出て、キッチンから缶ビールを取って戻ってきたら三時になっていました」

「目を覚ましたのは、何か物音を聞いたりしたからですか？」

「いいえ、そうじゃありません。ただなんとなく覚めてしまったんです。暖房が効きすぎていたせいかもしれません」

水穂はよく考えて、慎重な答え方をした。

「なるほど。たしかに暖かいですからな」

山岸は室内を見渡していった。「缶ビールを取りに下りた時、何か変わったことはなかったですか？　物音を聞いたとか、何かを見たとか、誰かに会ったとか」

「起きてすぐに窓を開けた時、ちょっと気になることがありました」

水穂は、宗彦の部屋で何か灯りがついたことを刑事たちに話した。彼等はさらに身を乗り出した。

「灯りがついていたのはどのくらいの時間ですか？」

「さあ……ほんの十数秒だったと思います」

「人の影は見えなかったですか？」

「見えませんでした」

「そのあと眠られるまでの間、物音は何ひとつ聞いておられないのですか？」

「ええ、残念ですけど。——あたしは南側の部屋で寝んでいましたから」

水穂がいった意味を咄嗟《とっさ》には理解できなかったようだが、やがて山岸は合点したらしく頷いた。

「なるほど、事件が起きたのは北側の地下室で、一番遠くにあたるわけですな」

隣の野上もメモをとりながら首を縦に動かした。

「話は戻りますが、昨夜十一時頃に部屋に戻られる前、宗彦氏はどこで何をしておられましたか？」

水穂は唇に指先を当て、昨夜の情景を思いだしてみた。

「すでに応接間の方に行ってました」

刑事は頷く。

「あなたは、宗彦氏が昨夜遅くオーディオ・ルームに行くつもりだったことを知っていましたか？」

「いいえ、知りませんでした」

「そういう習慣があったことは？」

「それも知りません」

水穂は黙ったまま首を振って答えた。それから彼女は刑事の顔を見返した。

「ほかの方は——たとえば叔父たちは、どのようにいっているのですか？」

逆に質問されて、刑事はほんの少しだけ虚をつかれたような顔をした。

「寝る前の一、二時間を地下室でクラシックを聞きながら過ごすという習慣があったことは、ほかの方全員が御存知でしたよ。ただ昨夜に関していえば、宗彦氏はオーディオ・ルームの方に行く気はなかったはずだと皆さんおっしゃっています。応接間を出たあと、自室に戻っていかれたことは、何人かの方が目撃されていましてね」

「じゃあ伯父は、皆が寝静まってから、部屋を抜けだしてオーディオ・ルームに？」

「そういうことになりますね。先程のあなたの話——午前三時より少し前に宗彦氏の部屋の灯りがついたという話ですが、その時に部屋を抜けだされたのかもしれませんね」

水穂はあの時の情景を思いだした。もしそうなら、自分がもう少し早く缶ビールを取りに下りていってたら、事態は変わっていたのかもしれない——

そこで山岸はわざとらしい咳《せき》をした。

「あなたは一年半ほど、この家には来ておられないそうですね。外国におられたとか」

「はい」

水穂は顎《あご》を引いた。「一年ほどオーストラリアに行って、最近帰ってきました。死んだ父の友人の会社が向こうに支社を持っていて、そこで働かせてもらったんです。社会勉強のつもりでした」

「なるほど、最近の女性は活動的だといいますからね。――ということは、最近までは皆さんとはお会いになっていないというわけですか？」

「ええ。時々佳織さんから手紙をいただいて、近況を知らせてもらいましたけど」

「一年半ぶりに宗彦氏と会って、どんなことをお話しになりました？」

「つまらないことです。結婚はまだか、というようなことを訊かれましたけど、適当に答えました。伯父も特に興味はないようでした」

「宗彦氏の印象はどうでした？　以前と変わっているようなところはなかったですか？」

「さあ……」

水穂は首を傾げた。「わかりません。特に気にはなりませんでした」

「三田理恵子さん――宗彦氏の横で死んでいた女性ですが、あの方とお会いになったことは？」

「昨日がはじめてです。少し紹介されただけで、話したことはありません」

そうですか、と山岸は頷いた。

「ところで、今度の事件で何か心当たりはありませんか？　たとえばですね」

彼はテーブルの上に置いた両方の掌を、せわしなくこすり合わせた。「宗彦氏を深く恨んでいたり、宗彦氏を邪魔に思っていた人物がいたかどうかということです」

「伯父を……」

瞬間水穂は、脳裏に何人かの顔を浮かべた。そうした彼女のかすかな機微に気づいたように、山岸は身を少し乗りだしてきた。

「いるのですか？」

だが水穂はかぶりをふった。

「いいえ、まったく思いあたりませんわ」

すると刑事はしばらくそのままの姿勢で彼女の白い顔を見つめていたが、またどっかりとソファに座りなおした。

「あなたはとても冷静ですね。青江さん……でしたか、あの人も落ち着いていたが、また違った冷静さがある」

何と答えていいかわからず、水穂は黙っていた。

「率直にいわせていただくと、あなたに限らず皆さんが少し落ち着きすぎているようにも思えるのです。でももちろん、宗彦氏の死に関しては悲しんでおられるのでしょう？」

水穂は刑事の顔を見た。刑事は真っすぐに見返してきて、彼女がどういう反応を示すかを待ちうけているようだった。

「ええ、もちろん全員悲しんでいますわ。心の底から」

抑揚のない声で水穂は答えた。

2

捜査員たちは、かなりの執拗《しつよう》さで屋敷の内外を調べまわっていたようだが、夕方頃になってようやく全員が引き上げていった。昼すぎまでは門のまわりに大勢の報道陣が詰めかけていたが、今はひっそりとしているようだ。鳴りっぱなしだった電話も、ようやくおさまった。

水穂は食堂で、鈴枝が焼いてくれたホット・ケーキを佳織と一緒に食べていた。今日は殆どまともに食事をしていなかったのだ。だが佳織の方は食欲どころではないらしく、ケーキにはあまり手をつけずに紅茶ばかり飲んでいる。

しばらくして青江がやって来て、二人の向かいに座った。そして深いため息をついた。

「ひどいことになりましたね」

あまりひどいとは思っていないように水穂には聞こえた。

「ほかの人たちは？」

ケーキを口に運ぶ手を止めて、水穂は訊いた。

「近藤夫妻と松崎氏は応接間ですよ。会社の人間が駆けつけているようだから、今後の打ち合わせか何かでしょう」

「おばあさまはお部屋？」

「ええ。さすがに御老体にはきつかったようですね。永島氏が話し相手をしておられるようですが――。あのお二人はじつに奇妙な仲ですね」

彼の台詞に佳織は顔を上げたが、結局何もいわなかった。今日は喰ってかかる気力もないらしい。そんな彼女を横目で見ながら水穂は、

「警察では事件のことをどう捉えているのかしら？」

と青江に水を向けた。勝之などは刑事たちからかなり核心に迫った話を聞いているようだが、水穂たちはあまり知らされていないのだ。

「僕が聞いた範囲では、やはり三田理恵子女史による無理心中などではなく、外部からの侵入者の犯行である可能性が強いようですね」

「外から？」

「ええ。駐車場に通じる裏門脇の出入口の鍵が外れていたそうです。それに犯人の物と思われる手袋が、裏門の外で発見されたという話ですよ。血がべっとりついていたということでね」

「手袋……」

「それからもう一つ、ガウンの下に着ていたおじさんのパジャマのボタンが見つかったそうです。地下の裏口を出たところに落ちていたということです。どうやらおじさんと犯人が揉《も》み合った時に外れて、犯人はそれを身体につけたまま逃走したところ、裏口を出た時に落ちたらしいと警察は見ているようです」

「ボタン？」

水穂はどきりとした。だが顔色を変えぬよう気をつけて、「どんなボタンなの？」と尋ねてみた。

「ちらっと見ましたけど、別に特徴のないボタンでしたよ。指先ぐらいの大きさで、金色をしていました」

「金色……そう」

水穂は頰のあたりが熱くなり、鼓動が早まるのを感じた。そのボタンは昨夜廊下の飾り棚の上に見つけたものではないのか？

「まあこういうことですから、とりあえず身内を疑うという醜い事態だけは避けられたわけです。もっとも警察にしても、完全に外部犯と決めているわけじゃないでしょうがね。この程度のことなら簡単に偽装できますから」

「どういう意味？」

それまで黙ってテーブルの上のティー・カップに目を落としていた佳織が、感情を抑えた低い声で訊いた。青江はちょっとうろたえたように見えた。

「深い意味はありませんよ。警察は慎重だということです」

そして彼は腰を上げ、階段を上がっていった。その後ろ姿を見送ったあと、

「犯人が身内の中にいるなんてこと、あると思う？」

と佳織は水穂に訊いた。

「大丈夫よ」

水穂は答えた。だが佳織は何か考えこんでいるようすだった。

このあと水穂は階段を上がり、昨夜ボタンを置いたはずの棚の上を見た。恐れてい

たとおり、そこには何もなかった。

（ピエロの目）


今日は全く騒々しい一日だった。

僕の悲劇は、馬鹿な警察官が軽率にパズルの箱の蓋を取ろうとしたことから始まった。蓋が僕のガラスケースに引っ掛かっていることを知らなかったものだから、奴が引っ張るのと同時に僕はガラスケースごと床に転落してしまったのだ。当然ガラスケースは粉々になってしまった。その警察官は上司らしき男に怒鳴られていたようだが、とりあえずは僕の方に謝ってほしいところだ。

とにかくおかげでひどい目に遭《あ》った。オーディオ・ルームが警察官たちの溜り場のようになっているので、煙草の煙やら体臭やらで不愉快の極致なのだ。本来ならば、あのガラスケースが僕と外界を遮断してくれるところなのだった。

「犯人の手袋が門の外、被害者のパジャマのボタンが裏口の外に落ちていた……状況だけを見ると、犯人は外部から侵入したと思われますね」

若くてノッポの刑事が、太っちょで少し年嵩《としかさ》の男にいった。二人のほかに、鼻の下に髭をはやした男も聞いている。髭男がこの中では一番偉そうにしている。着ている服の生地も上等そうだった。

「侵入経路は裏口からか。犯人はどうやって裏口の鍵を外したのかな？」

髭男が尋ねる。答えたのは太っちょだった。

「それについては不明ですが、一つの可能性としては、宗彦氏自身が鍵を外したことが考えられます」

「どういうことだ？」

「宗彦氏は、深夜ここに三田理恵子を呼んだのではないかと思われるのです。昨夜にかぎらず、しばしばそういうことがあったそうです。もっとも、今回のような真夜中というのは前例がないようですがね。とにかく三田理恵子は昨日の夕方いったんこの家を出ていますから、夜中に再びやってきたわけです。彼女の車は駐車場に止めてありました。駐車場から裏口へは、簡単に回れます」

髭男はふんと鼻を鳴らした。宗彦に対する悪意を示したようだ。

「ようするに、愛人を迎え入れるために裏口の鍵をはずしておいたというわけか？　で、鍵をそのままにしておいたところ、殺人者が侵入してきた」

「そういうことです」

太っちょは頷いた。

「もしそうだとすると、犯人はそれらのことをすべて予想していたことになるな。つまり宗彦が深夜裏口から女を招き入れるということを」

「そうなります」

髭男は腕組みをし、しばらくそのあたりを歩きまわった。

「犯人が侵入したのは、三田理恵子が来る前だろうか？　それとも来てからだろうか？」

「来る前だと思いますね」

太っちょが即座に答えた。「理恵子を招きいれたら、宗彦は裏口の鍵を再びしめておくでしょう。そうなると犯人は侵入できません」

「それはいえるな。では犯人はまず女が来る前に侵入して宗彦を殺した……ところで、このオーディオ・ルームの鍵はどうなっている？　死体が発見された時には、かかっていなかったということだが」

「ふだんは施錠してあるそうです。鍵は二つあって、ひとつは宗彦が持っていました。もう一つはリビングに置いてあります」

「もし鍵がかかっていたとしたら、犯人はどうしただろう？」

「ノックしたんじゃないでしょうか？」

とノッポが意見を出した。「女を待っていたわけですから、ノックされれば無警戒に鍵を外してしまうんじゃないでしょうか」

「そうして、ドアが開いたところで一気に襲うわけか。なるほど。ではなぜ犯人はそのまま逃走せず、三田理恵子をも殺害したのか？」

「二つの理由が考えられます」

太っちょが、もったいぶるように太い指を二本立てて見せた。「ひとつは、三田理恵子をも殺す理由があった場合です。そしてもうひとつは、逃走しようとした時にちょうど理恵子が現れた場合です」

「今のところは、どちらの可能性もあるな」

髭面の男は、苦いものでも口に入れたような顔をして唸《うな》った。

「死亡推定時刻は、午前二時から四時ぐらいの間という話だったな」

「そうです。詳しいことは解剖の結果次第ですが、大幅な変動はないでしょう。ただ、竹宮水穂——宗彦の姪《めい》に当たる女性ですが、彼女が三時頃に宗彦の部屋で灯りがつくのを目撃しています。ですから、宗彦が地下室に下りたのも、殺されたのも、そのあとだと考えられます」

「三時以降か」

髭男は顎を撫《な》でた。「その後、何か盗まれた物がわかったか？」

「いいえ」とノッポは首をふった。「現在宗彦以外でこの家に住んでいるのは、義母の静香夫人と娘の佳織、下宿人の青江、それから住み込みのお手伝いだけですが、今のところ無くなった物はないといっています。もっとも、このオーディオ・ルームに何が置いてあったのかは、宗彦以外知らなかったわけですから、たとえ盗まれたものがあっても気づかないというのが本当のところでしょう」

「強盗のセンは消えないわけか」

「それにしても、屋敷内のことを知らなければ犯行は難しいでしょう」とノッポ。

「うむ。いずれにしても、この屋敷を訪れたことのある者をリスト・アップする必要はあるな。もっとも——」

と髭男は腕組をした。「外部犯に見せかけただけということは大いに考えられる。血痕のついた手袋が門の外に捨ててあったといっても、簡単に偽装できることだ。ところで凶器については何かわかったか？」

「市販の果物ナイフのようですが、この家のものではないと、お手伝いの女性はいっています」

ノッポが答えた。「静香夫人も見たことはないといっています」

「そうか」

髭男は面白くなさそうにいった。「犯人の遺留品はほかには出てこないか？」

「今のところは」

と太っちょがいった。「あと、手がかりといえば例のボタンですね」

「あれか」と髭男は頷いた。

「そのボタンなんですが。じつは鑑識が面白いことをいっているんですよ」

ノッポがじらすようなしゃべり方をした。

「何だ？」

「ええ。それが、指紋が検出されないというんです」

髭男は舌を鳴らした。

「それのどこが面白いんだ。犯人は手袋をしていたんだから、検出されないのが当たり前じゃないか」

「でも宗彦の指紋はついているはずです。念のためにパジャマについている他のボタンを調べてもらったところ、全てに彼の指紋が検出されました」

「ほう……」

「しかもその落ちていたボタンには、明らかに布か何かで拭いた形跡があるそうです。手袋をしていた犯人が、なぜそのボタンを拭く必要があったんでしょう？」

うーむ、と髭男は太い声で唸った。

「わからんな」

「そうでしょう」

ノッポも太っちょも考えこんだ。そうして、三人とも黙ってしまった。

「まあとにかく」

と髭男が口を開いた。「結論を急ぐことはない。屋敷内の人間も含めて、徹底的に人間関係を調べてみよう。何か出てくるはずだ」

「宗彦の妻が自殺していますね」

ノッポがいった。

「昨日は四十九日だったとか」

「そのとおりだよ。しっかりした、女にしておくのはもったいないような人だった」

そういって髭男は苦々しい顔をした。そして続けた。「俺は竹宮家のことなら昔から知っている。とにかくこの家は不可解なんだ」

彼等のやりとりといったら、だいたいこんなところだ。大したことをしゃべっているわけではない。

ただ、宗彦のほかにもう一人女が殺されているのには驚いた。僕がジグソー・パズルの蓋で目隠しをされている間に、もう一つの殺人が行われたということだ。そういえば宗彦を殺した犯人が逃走したあと、何度か部屋の灯りが点いた覚えはある。

果たして女は誰に、どんなふうにして殺されたのか？

それは僕にもわからない。

3

二月十二日、月曜日。

水穂は朝の六時に目を覚ました。昨夜は二時ぐらいまでベッドの中で寝返りをうったりしていたわけだから、まだ四時間ぐらいしか眠っていないことになる。そのせいで頭は重いのだが、妙に目が冴えて眠れなかった。まだ昨日の興奮から冷めていない感じなのだ。

特に水穂を眠らせないのは、例のボタンの一件だった。あの夜廊下の棚に落ちていたボタンが、なぜ裏口の外に落ちていたのか？

まず第一に考えられることは、二つのボタンが別のものだということである。もちろん水穂としてはそう思いたいが、その可能性が薄いのも事実だった。なぜなら、裏口の外に落ちていたというボタンの形や色は、水穂が見たものと酷似しているし、宗彦のパジャマからボタンが二つ外れていたという話も聞かないからだ。

そうなるとあまり考えたくない仮説が頭をもたげてくる。

あの夜、この屋敷にいた者の中に犯人がいるということだ。

整理してみると次のようになる。

まず宗彦を殺した時、何かの拍子でパジャマのボタンが外れ、それが犯人の身体に——たとえば服のどこかに引っ掛かるなどして——くっついた。だが犯人はそれに気づかず自分の部屋に戻る。ところがその途中でボタンは、たまたま例の棚の上に落ちた。そしてそれを見つけた水穂が、その棚の上に置く。そして翌朝——それが騒ぎが起こる前か後かは不明だが——犯人は棚の上のボタンを見つけ、外部犯の仕業《しわざ》に見せかけるため、隙を見て裏口の外に捨てた。

こう考えるのが一番妥当なように水穂には思えた。今のところ、これ以外にはボタンが移動したことの説明をつけられない。

やはり犯人はこの屋敷の中にいたのだろうか？

水穂は着替えを済ますと、簡単に顔だけ洗って部屋を出た。廊下はまだひっそりとしている。階段を降りてリビングに行くと、鈴枝が早くも起きていて拭き掃除をしているのが見えた。

彼女が犯人だということはありえない——水穂は素早く考えをめぐらせた。鈴枝は厨房の奥にある小部屋で寝泊りしている。宗彦のパジャマのボタンが二階の棚の上にあった以上、内部に犯人がいるとすれば、それはあの夜二階の部屋で寝ていた者だ。

「おはよう、鈴枝さん」

水穂が声をかけると彼女はびっくりしたように立ち止まった。

「おはようございます。今朝は、お早い方が多いようですね」

笑顔を作っているが、さすがに無理をしている感じだった。

「ほかにも起きている人がいるの？」

「はい。青江さんが起きてらして、今、ジョギングに出かけておられます」

「ジョギング？　彼、そんなことやってるの？」

「いえ、今日は早く目が覚めたからとかで。いつもならこんなことはありません」

「そう」

どういう風の吹きまわしだろう？　それともさすがの彼も、あまり眠れなかったのかなと水穂は思った。

ソファに座ると、テーブルの上に新聞が置いてあった。社会面を開いた形跡がある。青江か、あるいは鈴枝が読んだのかもしれない。開いてみると、宗彦の神経質そうな顔写真が真っ先に目に飛びこんできた。その横に三田理恵子の顔がある。さらに俗っぽい見出し。二ヵ月足らず前に頼子が自殺したところなので、それと暗に結びつけているような記事の内容だった。少しだけ読んで、水穂は乱暴に新聞を閉じた。鈴枝はそんな彼女のようすに気づかないふりで、棚の拭き掃除に一生懸命だ。

「昨日のことだけど」

水穂は声をかけた。「鈴枝さんは何時頃起きたの？」

雑巾を畳み直していた鈴枝の手が止まった。

「たしか六時半頃だったと思います。警察の方にもそう申し上げました」

「その時、もう起きている人はいた？」

「いいえ、皆さんまだお寝みのようすでした」

「伯父様たちを見つけたのは七時頃だったわよね。それまでは何をしていたの？」

「やっぱり今朝のように簡単に掃除して、それから朝食の準備にかからせてもらっていました」

「その間に起きてきた人は？」

鈴枝はちょっと考えるように上を見た。

「和花子お嬢様と勝之さんが二階から下りてこられました。それから少しして永島さんと青江さんが下りてきて、ソファに座ってプロ野球の話をしておられました。松崎さんもそのあと下りてこられたと思います」

「鈴枝さんは二階には上がらなかった？」

「その五人の方が下りてこられたあと、奥様と旦那様をお呼びしに上がりました。奥様は御返事されましたが、旦那様は部屋にはおられないようでした。それで音楽室の方かと思って、地下の方に下りていったのです。そうして……」

鈴枝はオーディオ・ルームのことを音楽室と呼ぶ。死体を見つけた時の衝撃を思いだしたらしく、唾を飲むしぐさをした。

「二階に上がった時だけど、何か気づかなかった？」

「何か、とおっしゃいますと？」

「だから……何か拾ったとか」

うまくないな、と水穂は心の中で舌打ちをした。棚の上にボタンが置いてあったかどうかを訊きたいのだが、ストレートに尋ねるわけにはいかないのだ。

「何か落とされたんですか？」

怪訝《けげん》そうに鈴枝は訊いてきた。

「ええ、そう。小さなコインを落としたのよ。オーストラリアで使ってたものなんだけど、たぶん階段横の棚のあたりで落としたと思うの」

あまり上手ではないが、ほかに適当な嘘が思い浮かばなかった。

「さあ、気がつきませんでした。今度掃除する時に気をつけてみますよ」

「お願いします」

答えながら、もし鈴枝がボタンを見つけていたら、そのままにはしておかないだろうと水穂は思った。彼女は家具にほんの少し埃がついているだけでも我慢できない性分なのだから。

――犯人はいつボタンを裏口の外に捨てたのだろう？

水穂は皆で地下室に行き、宗彦たちの死体を見てからのことを思いだしていた。彼女の記憶によれば、あの時に裏口の方に行った者などいない。そしてそれからあとは、警察が到着するまで全員応接間で待っていたのだ。

ということは、騒ぎが起こる前に犯人はボタンを処分していたことになる。朝起きて階段を下りる時に棚の上のボタンを見つけ、騒ぎが起こる前に裏口の外に捨てたというわけか。

――もしそうだとしたら、近藤の叔父様と和花子叔母様、松崎さん、永島さん、青江君の中に犯人がいることになるわ。

水穂は思わず髪の毛に手をつっこみ、頭をばりばり掻《か》いていた。

青江が戻ってきたのは、それから十分ほど経ってからだった。グレーのフード付きのスウェットを着て、首にタオルを巻いた格好でリビングに入ってきた。

「やはり一晩中見張っていたらしいですね」

水穂が新聞を読んでいる向かいに腰を下ろすなり彼はいった。

「見張り？」

水穂は新聞から顔を上げた。

「警察ですよ」

青江は当然だという顔をした。

「我々の動きに注意しているんですよ。犯人は内部の人間だという可能性も強いですからね。当分続くんじゃないかな」

「それを調べるためにジョギングに出たの？」

「まあ、そういうことです。案の定、どこからか車が現れて尾行してきましたよ。でも遊歩道を一回りしただけで戻ったものだから、がっかりしたんじゃないのかな」

「どうして警察の動きなんかを気にするの？」

「あなたは気になりませんか？」

「それは気になるけど、わざわざ確かめようとは思わないわ」

するとと青江は少し真顔に戻って、

「僕は大いに気になりますね」

といった。

「彼等がどの程度内部の人間を疑っているのか、という点がね。言い方を変えれば、身内に犯人のいる可能性がどの程度なのかを、彼等の行動から知りたいということかな」

「身内に犯人がいることを望んでいるように聞こえるけれど」

水穂が皮肉っぽくいってみると、

「まさか」

青江は大げさに目を剝《む》いた。「誰だって自分の身近なところからは犯罪者など出したくはないものですよ。ただね、昨日の尋問といい、さっきの尾行といい、明らかに警察は我々を疑っていますね。この家の見張りがあの程度なんだから、近藤さんや松崎さんの方はそれ以上でしょうね」

「気になることをいうわね。どうして叔父様たちの方は、それ以上なの？」

水穂は彼の端正な顔を見返した。

「いうまでもないことですよ。竹宮のおじさんが亡くなって、一番に利益を受けるのは、あの二人でしょう？」

まわりを憚《はばか》らない大きな声で青江はいった。水穂は気を使って厨房に目をやったが、鈴枝には聞こえていないようだ。

「大胆なことをいうのね」

「そうかなあ」

彼はソファに深く座り直し、長い脚を組んで水穂を見た。

「まず近藤さんですが、竹宮のおじさんのことを邪魔に思っていたのは明らかですよ。実力的には自分の方が上だと思っているのに、竹宮家に婿入りしたという理由だけで宗彦おじさんの方が会社を支配している。近藤さんのような性格の人には我慢ならなかったんじゃないかな」

「でもそれはしかたのないことだわ。おじいさまは自分が勇退した時、頼子伯母様の右腕として活躍してもらうために、近藤の叔父様を和花子叔母様と結婚させたようなものなんだから。伯母様が亡くなって、伯父様が会社を引き継ぐことになったけれど、そのあたりの立場は変わらないわ」

「そう簡単に割りきれないのが人間の悲しいところですよ。僕が聞いた噂では、たしかに近藤さんは頼子おばさんの女性とは思えぬ経営力に関しては認めておられたようですね。だから番頭役にも甘んじていた。しかし相手が宗彦おじさんとなると話は違うんじゃないかな」

「伯父様の力は認めていなかったってこと?」

「それももちろんあります。近藤さんのおじさんを嫌う気持ちは、もっと根が深いんじゃないですかね」

青江のいう意味が水穂にはよくわからなかった。それで怪訝な顔をしていると、彼はにやりと唇の端を曲げ、ぐっと身を乗りだしてきた。

「御存知ないですか? 幸一郎おじさんは、本当は近藤さんを頼子おばさんの婿養子に迎えたかったんですよ」

「そのことなら……」

水穂も琴絵から聞いて知っていた。

「だけど頼子おばさんは、仕事の面ではあまりぱっとしなかった相馬《そうま》宗彦という男を選んだ。当然幸一郎おじさんは反対する。でもおばさんは父親を説得しました。いったいどうやって説得したと思います?」

水穂は首をふった。

「あの男性なら妙な野望を抱くこともない——頼子おばさんはそういったんですよ。相馬宗彦という男は仕事よりも芸術や遊びの方に興味を傾けるタイプで、社長である妻を裏切って会社を自分のものにしようと考えたりしない。取締役の適当なポストを与えておけば満足だろう。それに仕事の世界しか知らない自分は、ともすれば人間としての感性や暖かさを失いそうになる。しかしああいう全く別の空気を運んでくれる男性がそばにいれば、そういうこともなくなるのではないか——どうです、いかにも頼子おばさんらしい発想でしょう。僕はこの話を幸一郎おじさんから伺ったんです。おじさんは何となく誇らしげでしたよ」

青江はこの逸話が気に入っているらしく、目を輝かせて語った。

頼子の優しさを覚えている水穂は、ある種のショックを受けていた。だがそれでも青江に向かっていった。

「なるほどね。でも一つだけ忘れてるわ。伯母様は何より伯父様を愛していたのよ。それが一番だわ」

「愛情ね」

青江はまるで苦手な言葉を聞かされたみたいに耳を掻いた。「頼子おばさんは完璧な女性でしたからね。どういう動機にせよ、夫と選んだ男性には精一杯尽くす人だったんですよ」

「…………」

返す言葉が思いつかずに水穂が黙っていると、「話が横道にそれましたね」といって青江はソファに座り直した。

「とにかく頼子おばさんが相馬宗彦という人を夫に選んだのには、そういう背景がありました。このことは近藤さんも承知していることです。だから、頼子おばさんが亡くなったことで、近藤さんは自分のところに社長の椅子が転がりこんでくると踏んでいたんです。ところが現実はそんなに甘くなかった。宗彦おじさんが、ちゃっかりと社長に収まってしまったのです。あんな理由で竹宮家の婿養子に迎えられた男が、単なる巡り合わせだけで実権を手にしている。こうなると近藤さんとしては様々な不満が溜《たま》っていたんじゃないですかね」

「あなたのいいたいことはわかったわ」

ため息をついて水穂はいった。

「わかったけれど、そんなことで身内を殺すなんて考えられないわ」

「水穂さんが理解できなくても、動機としては成立しますよ。それに身内といっても血のつながりはありませんしね」

水穂は青江の端正な顔を見て、ゆっくりとかぶりをふった。佳織がいったように、たしかにこの男には人間的なものが感じられない。

「そういう調子で、松崎のおじさんにも疑いを向けているというわけね」

「松崎さんの場合は、また別の恨みが深いはずです」

青江は決めつけるようにいった。

「父親が幸一郎おじさんとともに会社の草創期を支えてきただけに、それなりのプライドがある。頼子おばさんが社長だった頃は、松崎派みたいなものを持っていたという話です。おばさんもある程度は認容していた。ところが宗彦おじさんは、強引にその松崎派も空中分解させたんです。そして最近では松崎さん自身が子会社の社長にさせられるなんていう話もあったそうですね。早い話が追い出し作戦でしょう」

「ふうん……」

水穂はぼんやりと青江の口元を見た。宗彦の会社のことは殆ど知らない。それに一年半以上も離れていれば、いろいろと変わってしまうこともある。

「というわけで、近藤さんや松崎さんが、竹宮のおじさんを殺そうとしても不思議はないんです」

「あまり考えたくないことだわ」

「僕だって、好きでこんなことをしゃべっているわけじゃないですよ。でも警察がこういう事情を知ったなら、間違いなく二人を疑うでしょうね」

それはそうかもしれない、と水穂は思った。

「しかし、あの二人だけが怪しいわけではないですよ」

青江が声をひそめたのは、鈴枝が食堂のテーブルの上に食器を並べたりして、朝食の準備を始めたからだった。

「こういう打算だけが動機になりうるとは限りませんよね。単なる憎しみだけで人が動くこともある」

「どういうことよ」

水穂が訊くと、青江は意外な台詞を聞いたというように目を丸くした。

「佳織さんから聞いていませんか？　この家の人々は、例外なく宗彦おじさんを憎んでいましたよ。たとえばほら」

と彼は小まめに働く鈴枝の方を密かに指さした。「彼女だってそうですよ。彼女は頼子おばさんが子供だった頃から、この家に奉公していたということですからね」

「…………」

水穂は佳織がいった言葉を思いだしていた。誰もがお母さんを愛していた――

「永島氏だってそうですよ」

まるで水穂の心の内を読んだみたいに青江は続けた。「彼が頼子おばさんにどのような感情を持っていたか、佳織さんからお聞きになりませんでしたか？」

水穂は彼の顔を見返した。平然として、かすかに笑みまで浮かべている。水穂はあきれた顔を作り、彼を見たまま二、三度首を振った。

「よくそんなことを思いつくわね。あなたにかかれば、誰にだって犯人の資格ができるんじゃないかしら」

「誰でも、ということはないですがね、僕の推理では除外できるのは佳織さんだけです」

「あたしも含まれているわけ？」

水穂は訊いてみた。青江は少し虚をつかれた顔になる。

「あなたのことはよく知らないから、これからですね。でも僕の見たかぎりでは、あなたは人殺しみたいな損な賭けをする人じゃない」

「どうもありがとう」

水穂は殊更《ことさら》丁寧に答えた。「じゃあついでにもう一つ、あたしの推理も付け足していいかしら？」

青江は意外そうな顔をした。

「どうぞ、是非伺いたいですね」

「あたしの推理というのは、あなたが犯人だというものよ」

さすがに青江は頬をわずかに強ばらせた。が、またそれを緩めて、「面白そうですね、話してくださいよ」といった。

「あなたは佳織さんとの結婚を望んでいるわ。おじいさまなんかも、半ばそのつもりだったみたいだし。でもおじいさまが亡くなった今、あなたにとって伯父様は邪魔な存在になったわ。だって、絶対に佳織さんをあなたとは結婚させないつもりだったんだもの」

「なるほど」

青江はまた脚を組みかえ、右の耳たぶを掻《か》いた。「そういう見方はできますね。じゃあ僕も警察から疑われているかもしれない。ところでどうですか？　僕が人殺しをするように見えますか？」

「ええ」

水穂は大きく顎を引いた。「見えるわ」

そうすると青江は、ソファにそっくりかえるような格好をして、わざとらしく笑った。

「そのとおりですよ、僕は人殺しでも何でもします。佳織さんのためならね」

「へえ……」

4

「あなたに伺いたいことがあるわ。昨日の朝のことよ」

真顔に戻って水穂は訊いた。

「何でしょう？」

「あなたが起きてきて、ここに来てからのことを訊きたいのよ。まずあなたが下りてきた時、ここには誰がいたかしら？」

青江はおどけたように首をすくめた。

「詰問調ですね。探偵役は僕のはずだったんだが。やはりあなたも内部犯説らしい」

「今いったはずよ、あたしはあなたを疑ってるの。茶化さないで答えて」

「疑われているのは僕だけではないようだが、まあいいでしょう。昨日の朝、僕が起きてきた時には、ここには近藤夫妻がいましたよ。あんなに早起きの夫婦も珍しい」

鈴枝の話と一致する。この点は信用してもいいようだった。

「それからのことを詳しく訊きたいわ。鈴枝さんが死体を発見して、騒ぎが起きるまでのことよ」

「話すのはかまいませんが」

と彼は上目遣いに水穂を見てきた。「どうも妙な質問ですね。昨日の朝といえば、すでに宗彦氏と女秘書は殺されていたわけですから、その時のことを議論してもしかたがないと思えるのですが……あなたの狙いを知りたいですね」

「今はいえないわ」

水穂が答えると、青江は苦笑して鼻の頭を掻いた。

「今はいえない、ですか。安物の推理小説に頻繁《ひんぱん》に出てくる台詞ですね。そういう台詞を吐く登場人物は必ず殺されることになっているんですが、まああなたなら大丈夫でしょう。僕のあとに永島氏と松崎氏が下りてきましたよ。僕は新聞のスポーツ欄を見ていたら、永島氏が横に来て、何となく記事についての会話になりました。松崎氏は近藤夫妻と話していたようですね。そのうちにおばあさんが下りてきて、食卓でお茶か何かを飲んでいましたよ」

「おばあさまは一人で下りてきたの？」

「いや、鈴枝さんと一緒ですよ。彼女が起こしにいったんでしょう。そのあと鈴枝さんは地下室に行き、例の悲鳴となったわけです」

このあたりも矛盾はない。問題は鈴枝が二階に行っている間のことだ。

「騒ぎが起こる前、あなたたちの中で席を外した人はいなかった？」

「さあ、どうだったかな。トイレに行ったことまでは覚えていませんからね」

「外に出た人はいなかったかしら？」

「それはいませんね。僕を含めて五人とも、殆どずっと一緒にいましたから」

「そう……」

青江のいっていることが本当なら、その時その場の五人にはボタンを捨てにいく暇はなかったことになる。

「質問は終わりですか？」

青江は水穂の心中を読みとろうとするように、彼女の顔をじっと見つめた。

「そうね、今日のところはこのぐらいにしておくわ」

「今日のところは、ですか」

そして青江は薄笑いを浮かべた。

しばらくして佳織が起きてきた。彼女は水穂と青江のところに来ると、

「何を話していたの？」

と不機嫌そうに訊いてきた。

「何でもないわ」

水穂はいったが、

「事件のことですよ」

と青江が横から口をはさんだ。「おじさんを殺した犯人が僕である可能性について話しあっていたんです」

佳織は彼を睨《にら》みつける。

「それで?」

「大いに可能性があるということに決まりました」

「そう、よかったわね」

佳織は青江を無視するように顔を横に向けた。

「あら、何なの? その本は」

佳織が膝の上に乗せている本を見て、水穂は尋ねた。黒表紙の、やや古びた本だ。

「ああ、これを水穂さんに見せてあげようと思って。お父さんのパズルの本よ」

「パズル?」

水穂はその本を受け取って、ぱらぱらと中を開いてみた。組み合わせパズルや、知恵の輪、迷路などのことが簡単に書いてある。それほど複雑なものはなく、入門書といったところだ。初歩的な手品に関することも載っていた。

「水穂さん、パズルや手品の本を読みたいっていってたでしょ？　ほかの本のことはわからないけれど、その本だけはあたしの部屋にあったの」

「へえ、佳織さんがこういう本を読むこともあるんですか？」

水穂の後ろに来て、本の中を覗《のぞ》きこみながら青江がいった。

「あたしはそんなの読まないわ。前にお父さんが忘れていったのよ。――どう水穂さん、つまらない？」

「そんなことないわよ。読ませてもらうわ。もっとも、今日明日はそういう気分にはなれないでしょうけど」

「ええ、わかってるわ。返すのはいつでもいいから気にしないで」

「水穂さんがすぐには読まないなら、僕がお借りしようかな」

こういって青江は水穂と佳織の顔を交互に見た。

「いけませんか？」

「でもそれは水穂さんに見せてあげようと思って持ってきたのよ」

「あたしなら構わないわ」

水穂がいうと佳織はちょっと迷ったような目をした。そして、

「そんなもの読んでどうするの？」

と青江に訊いた。

「興味があるんですよ。竹宮宗彦氏を虜《とりこ》にしたパズルというものにね」

彼は水穂の手から本を受け取ると、黒表紙を掌でぽんぽんと叩《たた》いた。

「まあいいけど……汚さないでね」

佳織がうんざりしたようにいったが、青江の方はそういう彼女の反応を見るのが楽しいのか、にっこりと笑った。

このあと朝食になったが、静香の姿はなかった。鈴枝によると、気分がすぐれないので自室で食事をすませるということだった。

朝食を終えると、水穂は静香の部屋に行った。ついでに食器を引き上げてくると鈴枝にいうと、彼女は大層《たいそう》恐縮して礼をいった。

静香は軽い食事を終え、安楽椅子に揺られながら音楽を聞いているところだった。この部屋にも簡単な音響装置は揃《そろ》っている。

「御気分はいかが？」

明るい声をつくって水穂は訊いた。

「大丈夫よ、少し目覚めが悪かっただけ」

静香は身を起こして自分の左肩をもんだ。

「ところで今日はやけに外が静かね。何だか気味が悪いぐらい」

昨日は門のところに報道陣がやってきて、かなり遅くまで騒然としていたのだ。

「もうこれからは、さほど騒がれないと思いますわ」

水穂はいった。

「そうねえ、そうあってほしいわね。でも警察の人なんかは、当分出入りするんでしょうね？」

「それは……たぶんそうでしょうね」

そして水穂はジョギングに出た青江が尾行されたらしいという話をした。静香はため息をついたが、それは警察の動きについてではなかった。

「あの子は油断のならない子よ」

と静香は落ち着いた口調の中に鋭さを含ませていった。青江のことをいっているのだ。

「うちの人は気に入っていたようだけど、それは自分と似たところがあったからなのよ。頭が切れて、いつでも計算ばかりしてる。物事に動じないといえば聞こえはいいけど、何かに感動したりすることもないのよ」

佳織と同じようなことをいっている、と水穂は思いだしていた。

「あの子、今度の事件のことで何かいってなかったかしら？」

「何かって？」

「何か勝手な推理をしゃべらなかった？　勝之さんが怪しいだとか、良則《よしのり》さんに動機があるとか」

「…………」

水穂は黙った。

「やっぱりねえ」と静香は頷く。

「あの子は、身内の中から犯人が出ればいいと思っているのかもしれないわ」

「まさか」

と水穂はいったが、それはさっき彼と話している時に彼女も感じたことだった。

「もし万が一佳織とあの子が結婚するようなことになったら、あの子にとって勝之さんや良則さんは邪魔な存在になるんじゃないかしら。だから今のうちにどちらかが消えてくれれば都合はいいわね」

「おばあさま――おばあさまも近藤の叔父様や松崎さんを疑ってるの？」

すると静香は水穂の顔をしげしげと眺め、それからゆっくりと首をふった。

「とんでもない。私は誰も疑っていないわよ。どうしてそんなことをいうの？」

「だって……」

水穂がいい淀《よど》むと、静香はちょっと顔をそらせ何かを思いだすように宙に視線を漂わせてから、

「とにかく警察が、早く事件を片付けてくれるといいわね」

と呟いた。


水穂が階段を下りていくと、ちょうど玄関の方から刑事が入ってきて、地下に下りようとしていたところだった。昨日会った、山岸と野上の二人だった。

「現場を再調査しようということになりましてね」

水穂の顔を見ると、足を止めて山岸がいった。

「捜査ははかどっているんですか？」

「全力は尽くしています」

山岸は真剣な眼差《まなざ》しを向けてきた。

「付近一帯の聞き込みも続行中です。残念ながら、まだ有力な証言は得られてませんがね。また、並行して他の可能性についても検討しています。捜査というのは、抜けがあってはいけませんからね」

「他の可能性というのは、内部犯ということですか？」

訊きながら水穂は、反応を見逃《みのが》さぬように刑事の顔を凝視《ぎょうし》した。

「まあ」と山岸は無表情のまま首を傾けた。「御想像におまかせしますよ」

「三田さんが犯人だということは、全くありえないんですか？」

ありえないということは水穂自身がよく知っているのだが、一応訊いてみた。

「全くない、とはいいきれませんが、その可能性は薄いのではないかと考えています。無理心中するつもりなら、外部犯に見せかける必要もないわけですからね」

それもそうだ。

「じゃあやはり三田さんは、伯父の巻き添えをくって殺されたということですか？」

水穂の問いかけに、刑事は目をそらせて少し黙った。しゃべっていいかどうかを判断しているようだった。

「断言するのは早いかもしれませんね」

山岸の口ぶりが、やや慎重になった。

「三田さんのマンションを調べたところ、洋服をしまってあるクローゼットは開きっ放し、ベッドは乱れっ放しという状態でね。一見したところ、あわてて部屋を出ていったという感じなんですよ。なぜそんなにあわてたんでしょうね？」

「わかりませんわ」

水穂は首をふった。

「そもそも、あんな真夜中に逢引《あいび》きしたというのが解《げ》せません。お手伝いの鈴枝さんの話では、夜中に三田さんが来たことがあるといっても、遅くてせいぜい十二時過ぎだということでした。なぜ真夜中、しかも妻の四十九日を終えた直後に会わなければならなかったのか——それがわかりません」

「じゃあ三田さんは、殺されるべくして殺されたとおっしゃるんですか？」

「わかりません」と刑事は答えた。

「まだ何もわからないのです。ただ……」

「ただ？」

「解剖の結果が出ましてね」と彼は続けた。「その結果、三田さんの方が宗彦氏よりも三十分以上遅れて殺された可能性があるとわかったんですよ。もし事実それだけ遅れて殺されたのだとしたら、その間犯人は何をしていたのか？　また、三田理恵子さんは何をしていたのか？」

しゃべりながら刑事が顔を寄せてくるので、水穂は思わず身を引いていた。やがて山岸はその顔を和《なご》ませ、ネクタイを直すしぐさをした。

「つまりまあ、いろいろとわからないことが多いわけですよ。――ほかに質問は？」

「いえ……」

「ではこれで」

そして刑事は階段を下りていった。

水穂はそばのソファに座り、たった今山岸がいった言葉を反芻《はんすう》していた。三田理恵子は宗彦よりもかなり遅れて殺された？

ということはどういうことだろうと水穂は思考を働かせた。

――犯人は伯父様を殺すのが目的で、その場に居合わせた三田さんを殺したのは、成り行きだと思っていた。でもそうじゃない。犯人には、三田さんを殺す理由があったんだ。青江君がいったような動機だと、近藤の叔父様や松崎さんなら、伯父様だけを殺せば充分のはず……

つまり犯人は、宗彦と三田理恵子に恨みを持つ者ということになる。

水穂は再び階段を上がり、自室に向かう廊下を歩いた。それにしても警察はどこまで知っているのだろう？　もしかしたら内部犯行を裏付ける、重大な証拠でも発見しているかもしれない。

部屋の前まで来た時、向かいの佳織の部屋から音楽が流れてくるのが聞こえたので、水穂はノックしてみた。けだるい声が返ってくる。ドアを開くと、薄暗い部屋の中で佳織は車椅子に座ったままじっと目を閉じていた。

「鬱陶《うっとう》しいじゃない。カーテンを開けるわね」

水穂は窓際に寄ると、厚めのカーテンをさっと開いた。強い日差しが白いレースのカーテンを通して入りこんできた。

「まぶしいわ」

佳織はうつむいて掌で目元を覆《おお》い、それからゆっくりと顔を上げた。「警察の人たちが来ているみたいね」

「聞こえたの？」

「そんな気がしたのよ。ねえ、刑事さんたちはこの家の人を疑っているのかしら？」

「あの人たちは疑うのが仕事なのよ」

何でもないことを話すような調子で水穂は答えた。

「でも普通の家庭だったら、家族を疑ったりしないいんじゃないかな」

そして佳織は続けた。「普通じゃないのよ、この家は」

水穂は返す言葉が思いつかず、彼女から目をそらした。

（ピエロの目）

またしても刑事たちが煩《うるさ》い蠅《はえ》のごとくやってきた。昨日の太っちょとノッポだ。

彼等はまず、誰かがこの地下室に立ち入って、何か小細工をしていないかどうかを調べているようすだった。だがそんな事実がないことを確認すると、次に彼等は電話台に近づいて電話番号簿を調べたりし始めた。

「宗彦が夜中に電話をかけたかどうかは判断できませんね」

ステレオの前のソファに腰かけ、煙草を取りだしながらノッポがいった。

「しかし、かけたはずなんだ。この部屋からではなく、自分の部屋からかけたのかもしれんが」

太っちょも隣で煙を吐き始める。彼等は煙草をくわえながらでないと会話ができないらしい。

「三田理恵子の部屋のようすから察すると、夜中にここにやって来たのが予定の行動でなかったのは明らかだ。となると、誰かに電話で急遽《きゆうきよ》呼び出されたとしか考えられない。そんなことをするのは宗彦以外にはいないだろうし、他の人間だったら理恵子もわざわざ来ないだろう」

「なぜそんな真夜中に、宗彦は理恵子を呼んだのか……ですね」

「問題はそれだ。それによって事件の解釈のしかたが全く変わってくる」

そういって太っちょは立ち上がると、腕組みをし、顎の下に手をやって歩きまわった。

「まず、犯人は最初宗彦ひとりを殺すつもりだったのか、それとも宗彦と理恵子の二人を殺すつもりだったのか？」

「最初から二人を殺すつもりだったと思いますね」

ノッポが身体を捻《ひね》って太っちょの方を向いた。「犯人がまず宗彦を殺した時、理恵子はその場にはいなかったはずです。もしいたのならあわてて逃げるでしょうし、悲鳴だってあげたでしょう。つまり犯人は宗彦を殺した後、理恵子が来るのを待ち伏せしていたということになります。そうして理恵子が姿を見せるなり、彼女が悲鳴をあげる間もなく刺し殺したというわけです」

「なるほど、なかなか妥当な意見だ。すると犯人は、理恵子が来ることを予《あらかじ》め知っていたことになるな。なぜ知り得たのか？　宗彦が彼女を呼びだしたのは、予定の行動ではなかったはずなのに」

「宗彦が彼女を呼び出すのを見た、もしくは聞いていた、ということになりますね」

「それだ。ではなぜそんなことができた？」

太っちょの質問にノッポはしばらく考えていたようすだが、やがて諦めたように首を振った。

「なぜでしょうね？」

「たとえばこういうのはどうだ」

太っちょは背広のポケットからボールペンを取りだし、それをナイフのように握ると、ノッポの顔に向けて突き出した。

「さあ、殺されたくなかったら、あの女に電話しろ。そしてここに来るようにいうのだ……という具合に脅《おど》すのさ」

「なるほど」

ノッポはボールペンの先端を見つめながら答えた。

太った男はボールペンをポケットに戻した。

「あるいは、宗彦が電話するのを盗み聞きしていたとも考えられる。他にもいろいろ考え方はあるだろうが、肝心なのは、宗彦が電話をかける時すでに犯人が屋敷の中に入っていたということだ。ではどうやって入ったか？　その時点では、まだ裏口の鍵はかかっていたはずだ」

「やはり内部の者が犯人だということですね」

ノッポの刑事は勢いよく立ち上がった。

「まだ断定はできないが、その可能性はさらに強くなったと思うな」

「屋敷の外を聞き込んでいる連中の話だと、不審な人間を目撃したという情報は全く得られていませんからね。深夜のこととはいえ、これだけ何もないのも珍しい」

「問題は誰に動機があるかだ。宗彦と理恵子の二人を殺すつもりだったとすると、かなり絞られるんじゃないかな」

「今度の犯行は女や年寄りには無理でしょう。近藤勝之、松崎、永島、青江――この四人の中にいると考えていいんじゃないですか」

「いや、そういう思いこみは危険だ。女だって、いざとなればどんな力を出すかわからないからな」

「そういえば竹宮水穂なんかは背も高いし、宗彦を圧倒できるかもしれませ

「動機の点でも女たちから目を離すわけにはいきませんね。近藤や松崎たちには欲得がらみの線があるが、女たちには怨恨がある」

「それだ。今までの情報を整理すると、竹宮頼子が自殺した件で、静香や和花子は宗彦と三田理恵子のことを強烈に憎んでいるはずなんだ。彼女らだけじゃない。鈴枝だって、佳織だって恨みに思っている」

「これからですね」

「これからさ」

二人の刑事の会話は、終わることがないようだった。僕は彼等の話を聞き、時には感心したり、苦笑したりした。

いろいろと考えるものだと思う。この調子でいけば、もしかしたら案外早く真相に辿《たど》りつけるかもしれない。

ただし彼等はまだ核心からは遠いところにいるのではないだろうか。そんな気がする。

しばらくは何事もなく過ぎていきそうだ。

# 第三章　嵌絵図《ジグソー・パズル》

## 1

水穂《みずほ》が自室で本を読んでいると、鈴枝《すずえ》がやってきて、先日の人形師が来たのだがといった。鈴枝は先に静香《しずか》の方に伝えにいったのだが、疲れているから応対を水穂に頼んでくれといわれたらしい。

「どういたしましょう」

鈴枝は心配そうに訊《き》いてきた。

「いいわ。あたしが会ってみる」

水穂は本を置いて部屋を出ると、鈴枝のあとについていった。

人形師の悟浄《ごじょう》は、玄関に腰を下ろして待っていた。先日と同じように、黒っぽい服に身を包んでいる。彼の横には人相の悪い男が立っているが、どうやら刑事らしい。

「昨日お伺いする予定だったのですが、お邪魔になってはと思い、遠慮しました」

悟浄は水穂の姿を見ると、さっと立ち上がって頭を下げた。

「ええ、昨日はちょっと大変でしたから」

そういってから水穂は隣の刑事に悟浄のことを説明した。刑事は不満そうだったが、しつこく詰問する材料がないせいか諦めて出ていった。

「こちらのインターホンで話していたところ、突然今の人に尋問されました。怪しい者ではないと説明したのですが、なかなか解放してくれません。彼等はどうも自分たちのことを、人より優れた存在だと誤解しているふしがあります」

「仕事熱心なんですわ、きっと」

水穂は彼をリビングに通した。

「この家で起こった事件のことについては御存知ですわね？」

悟浄が腰を下ろすのを見届けてから、自分もソファに座って水穂はいった。彼は黒いコートを脱ぎながら頷いた。

「よく知っています。お気の毒なことだと思います」

「それで人形のことですけれど――伯父が亡くなりましたから、あの人形をあなたにお渡しすることは問題ないと思います。ただ……今すぐには無理だと思います」

「とおっしゃいますと？」

人形師は少し眉を寄せた。

「じつは事件が起こったのは、この下にあるオーディオ・ルームなんですけど……例のピエロはその部屋に置いてあるのです」

「つまり」

悟浄は人差し指を鼻の頭に当て、上目遣いに水穂を見た。「事件が起こった時も、ピエロはその部屋に置いてあったということですか？」

ええ、と水穂は目を伏せ、それからまた彼を見た。

「事件を知った時、そうじゃないかと思いました」

人形師はため息をつき、テーブルの上で両手の掌を組んだ。「不思議なことです。私にしても、人形のジンクスなんて信じているわけではないのですが」

「とにかくそういう事情ですから、今あの人形を持ち出すのはとてもまずいのです。おわかりいただけますでしょ？」

「とてもよくわかります」と彼はいった。

「例の頭の堅い警官たちが、現場保存という言葉を振り回しているわけですね？」

「まあ、そういうことなんです。ああ、それからガラスケースのことなんですけど――」

警官の一人が過ってガラスケースを壊してしまったことを、水穂は悟浄に話した。

彼は眉をひそめて首を振り、ため息をひとつついた。

「現場を壊しているのは彼等自身だということだ」

「ごめんなさい」

「あなたが謝る必要はない。ところで、現在その部屋に誰かいますか？」

「刑事さんが二人おられます」

「ちょうどよかった」

悟浄は自分の膝をぽんと叩き、勢いよく立ち上がった。

「申し訳ありませんが、私をその部屋に案内していただけませんか？　私の方から刑事に話をしてみましょう」

「無駄だと思いますわ」

「かもしれません。しかしまあそれでもいいじゃないですか。――この階段ですか？」

悟浄は地下に下りる階段を指差した。それで水穂も腰を上げた。じつは彼女ももう一度現場を見ておきたかったのだった。

階段を下り、部屋の入り口に立ったところで、山岸に見咎《みとが》められた。水穂が悟浄を紹介し、悟浄が自分の目的を述べた。ピエロの人形と聞いて、刑事は一瞬気まずそうにした。自分の仲間がガラスケースを壊したことを知っているからだろう。

「現場の物を持ち出すことは、当分ご遠慮願いたいのですよ」

水穂と悟浄の顔を交互に眺めながら山岸はいった。

「当分というと、どれぐらいですか?」と悟浄。

「基本的には事件が解決するまで」

「では、いつ解決するのですか?」

人形師の質問に、山岸はむっとした顔をした。

「それはわかりませんよ。今夜解決するかもしれんし、一年以上かかるかもしれん」

「あるいは迷宮入りするかも……ですか?」

山岸の眉がぴくりと動いたが、何もいい返さなかった。その代わりに悟浄の顔を睨《にら》みつけている。だが悟浄はそれを無視するように、部屋に首をつっこんで中のようすを見回した。

「さあ、おわかりいただけたら、我々にはまだ仕事があるので」

山岸は人形師の肩を摑《つか》んだ。悟浄はその手をゆっくりと取り除いて、

「宗彦《むねひこ》氏が倒れていたのは、あのあたりですか？」

と部屋の中を指差した。

「そうだが、それがどうかしたのかい？」

「いえ、別に」

悟浄は首をふった。

「じゃあこれで。我々も忙しいんでね」

山岸に追いたてられるようにして、水穂と悟浄は階段を上がった。

「しかたがない、もう少し待つとしましょう」

玄関で靴をはきながら悟浄はいった。「いつまで待てばいいのか、見当もつきませんがね。――ところで」

彼は水穂の耳元に口を寄せると、低い声で、

「こちらの御主人と一緒に殺されていたという若い御婦人――三田《みた》さんとおっしゃるそうですが、ここの御家族の方の中で特にその女性と親しくしていた方がおられましたか？　御主人以外の人で、ですが」

と訊いてきた。

彼女は意外な感じがして悟浄の顔を見返した。

「どうしてあなたがそんなことをお訊きになるんですか？」

「いや、大した意図はないのですが……いかがですか？」

「あたしはしばらくこの家には来なかったですから、そういうことは存じませんわ」

水穂は語気を強めていった。だが悟浄は動じたようすもなく、少し考えてから頷いて見せた。

「そうですか。どうもつまらないことをいいました。ではこれで失礼いたします」

そして人形師はドアを開けて出ていった。

妙な男だと水穂は思った。


この夜、夕食を終える頃になって松崎《まつざき》がやってきた。葬儀の打ち合わせをするために、近藤《こんどう》夫妻も来るはずだという。彼を応接間に通した後、水穂はコーヒーを持っていった。

「何かわかったのかな？」

松崎は気の弱そうな目をしばたたきながら、水穂に訊いてきた。

さあ、と彼女は首を捻《ひね》った。

「刑事さんたちは何も教えてくれませんわ。でもあれだけ調べ回っているんだから、少しは進展したと思いますけれど」

いいながら水穂は、松崎の表情を窺《うかが》っていた。彼にも宗彦を殺す動機があるという、今朝の青江《あおえ》の話が蘇《よみがえ》る。虫一匹殺すのにも青ざめそうなこの男に、殺人などという大それたことができるだろうか？

「そう……あちこち調べ回っているということは、屋敷の中も？」

「いえ、家の中は例のオーディオ・ルームだけです。でも屋敷の回りや庭なんかは徹底的に調べたみたいですね」

「ふうん」

松崎はどこか落ち着かないようすで、小さな身体を丸めた姿勢で、応接間の中を見回している。重要な書類でも入っているのか、革の鞄を大事そうに膝の上で抱えていた。

「あの、会社には警察の人は来なかったんですか？」

「いや、来たよ。現在の経営状態のことなど、かなり突っ込んだ質問もしてきた。別に問題はなかったと思うがね」

「そうですか」

松崎が煙草を取り出したので、それをきっかけに、失礼しますといって水穂は応接間を後にした。

このあと近藤夫妻が来て、勝之《かつゆき》は静香とともに応接間に行った。和花子《わかこ》だけはリビングに残ってテレビを見ていたが、水穂が茶を持っていって戻ってくると、テレビのスイッチを消した。

「ねえ、水穂さん」

と彼女は小声で呼びかけてきた。

「犯人の目星について、警察から何かいってこなかった?」

松崎と同じことを尋ねてくる。たぶん水穂が一番訊きやすそうだからだろう。

水穂は松崎に対した時と同じように答えておいた。

「そう……」

和花子は一瞬だけ思いつめたように目を伏せ、すぐにまた水穂の方を見上げた。

「水穂さんも災難だったわね。久しぶりに来たと思ったらこんな目に遭って」

「いえ、あたしはいいんですけど」

「お母さんはこちらには来られないの?」

水穂の母の琴絵《ことえ》のことを和花子は訊いてきた。琴絵とは、水穂は今日の昼間電話で

話したのだった。宗彦の葬式には来るという。そのことをいうと和花子は、

「そうね、いくら何でも葬式には来るわね」

と独り言みたいにいった。彼女のいった意味が水穂には何となくわかる。いくら宗彦を憎んでいたとしても、という意味に相違ない。

「ねえ、水穂さん。たとえば……よ」

和花子はソファの上で身体をずらして、水穂の方に寄ってきた。その声があまり小さかったので、水穂は顔を近づけざるをえなくなった。彼女の耳もとで和花子はいった。

「ほら、血のついた手袋が落ちていたとか、義兄《にい》さんのパジャマのボタンが落ちていたとかいう話があったでしょ？　あれのことなんかで、警察の人は何かいわなかったかしら？」

「別に何も」

いってから水穂は、「あのことで何か御存知のことがあるんですか？」と逆に問い返してみた。和花子はあわてたようすで掌を振った。

「そういうことじゃないの。ちょっと気になっただけ」

そして腰を上げると、「ちょっと応接間の方のようすを見てきましょう」といっ

て、そちらの方に歩いていった。

何だかおかしいな、と水穂は思った。もしかしたら和花子も、宗彦たちを殺した犯人が身内の中にいるかもしれないと考えているのだろうか？

この夜には永島《ながしま》もやってきた。その後のことが気になるので、とても家でじっとしていられないのだという。

「佳織《かおり》さんのようすはどうですか？」

まず、こう訊いてきた。永島としては、自分のことを慕ってくれる車椅子の娘のことが一番気にかかるらしい。

水穂はちょっと肩をすくめて見せた。

「昼間に刑事さんが来たせいもあって、部屋に閉じこもりっきりです」

「刑事？　刑事が何を――」

「あたしは何も知りませんわ」

水穂の答え方があまりに早く、乱暴だったので、永島は目を丸くした。水穂は頬に手をあて、ゆっくりと首をふった。

「ごめんなさい。みんなが同じことを訊くものだから」

永島は吐息をついて頷いた。

「あなたも大変だったでしょう？　葬儀が終わったら、一度お帰りになった方がいいんじゃないですか？」

「ええ、そうですね」

水穂は曖昧《あいまい》に答えた。それは今日琴絵からもいわれたことだ。とりあえず帰ってきなさい——水穂の母はそういった。今度の事件の犯人が内部にいるかもしれないということを、水穂は母にも話していないのだ。

「事件が一段落したら帰るつもりです」

母にいったのと同じ台詞《せりふ》を彼女はここでも繰り返した。

「気持ちはわかります。早くこの状態から抜け出したいですね」

そういって彼は階段を上っていった。たぶん佳織のようすを見るためだろう。

——事件が一段落……か。

果たしてそんな時がくるのだろうかと水穂は思った。なぜなら、もし真犯人が捕まれば、そのことがまた新たな悲劇を呼ぶ可能性があるからだ。


（ピエロの目）

煙草の臭いを含んだ空気が下の方に淀《よど》んでいる。主人を失ってしまった椅子や電話や各種音響機器は、所在なさそうに闇の中で佇《たたず》んでいた。

静かな時間だ。

防音壁に囲まれているらしく、物音は殆《ほとん》ど何も聞こえない。静かな闇。

僕が一番くつろげる時間だ。朝になったらまた、例の無神経な男たちによってこの静寂はこわされる。

僕はいろいろなことを考える。自分が今ここにいる理由。そしてこの屋敷の歴史——僕はその家にしみついた様々な匂いから、その家の過去を読みとることができるのだ。

この家の過去は深く暗い悲しみに満たされている。そうした悲しみを、僕は音楽を聞くように汲みとり、心のひだに織りこんでいくのだ。

おや?

いい気分になったと思ったらこれだ。誰かが入り口の鍵を外している。

ドアがスローモーションのようにゆっくりと開いた。そして人が入ってくる。体格からすると男のようだ。

男はドアを閉めると、部屋の灯りを点《つ》けず、代わりに手にした懐中電灯のスイッチを入れた。そして何かを探しているようだ。

やがて光が一箇所で止まった。こちらの整理棚に向けられているのだ。僕の横には箱が置いてあった。それはジグソー・パズルの箱だ。ナポレオンの肖像とかいうタイトルが付いていた。

男は棚の前まで来ると、この箱に右腕を伸ばした。そして蓋《ふた》を半開きにすると、ズボンのポケットから何か取り出し、再び腕を箱まで伸ばした。何かが箱に入る音がかすかに聞こえた。

僕は男の顔を見ようとした。だが、懐中電灯の光が眩《まぶ》しくて見えなかった。

このあと男は箱の蓋を閉めようとしたが、強引にやりすぎたせいかうまく合わず、蓋の端が少し破れた。

男はドアを開けると懐中電灯のスイッチを切って部屋を出ていった。ドアを閉めたあとはもちろん鍵をかけ直していく。

彼はいったい何をあの箱の中に入れたのか？

僕にはさっぱりわからない。

## 2

二月十四日、水曜日。

竹宮産業本社講堂で、宗彦の社葬が行われた。もちろん水穂も出席したが、覚悟したよりもはるかに重労働だった。膨大な数の参列者が焼香を行っている間中は、ずっと立ちっぱなしだし、悔やみを述べてくれる見知らぬ人々に応対するのにも、かなり気疲れした。

とはいえ、水穂はまだ楽な方かもしれない。静香や佳織などは、気を休める暇が全くないのではないだろうか。また近藤や松崎たちも、会社関係者の相手をつとめていた。

琴絵が来たのは、水穂が控え室でひと休みしている時だった。いつもは優雅に伸ばしている髪をまとめ、喪服を着て現れた。

「二、三年前に入社した人たちは、なんて社葬の多い会社だと思っているでしょうね」

「ずいぶん遅かったじゃない」

　水穂は琴絵を睨《にら》みつけた。「朝早くから来るっていってたくせに」

「美容院に行ってたのよ」

　琴絵は髪を触りながら水穂の隣に来て座った。そして懐から何か取り出すと、「食べる？」といって水穂の方に差し出した。キャンディの袋だった。水穂は手を伸ばした。

「皮肉なものよねえ」

　自分もキャンディのひとつを口にほうりこんで琴絵はいった。

「あんな男でも、頼子《よりこ》姉さんと結婚したというだけのことで、こんな盛大なお葬式を上げてもらえるんだから」

「不謹慎よ」

「いいじゃない、本当のことよ」

　琴絵の口調には宗彦に対する憎しみがはっきりと現れていたが、水穂はそのことについては何もいわず、

「おばあさまたちにはご挨拶《あいさつ》した？」

　と尋ねた。すませてきたと琴絵は答えた。

「事件のことは話した？」

「少しね」

「どう思う？」

「どうって……こわいと思ったわ。夜中に突然殺人鬼が外から入ってきたりすることもあるのね」

「外から……か。でも、警察は必ずしも外部の人間のしわざとは断定できないっていってるのよ」

水穂が声をひそめていうと、琴絵は彼女から顔をそらせた。

「警察はいろいろいうものよ。そんなことで心を乱されるものじゃないわ」

「それはわかってるけど……」

「それより水穂、あなたいつ帰るつもり？」

事件のことはどうでもいいといわんばかりに、琴絵は訊いてきた。

「だから、一昨日《おととい》もいったでしょ。事件が一段落したらよ」

「だけど、あなたがいてもしかたがないでしょ。今日、あたしと一緒に帰りましょう。それでいいわね？」

決めつけるようにいった。

「そういうわけにはいかないのよ。もうしばらくこちらにいるって、佳織とも約束しちゃったし」

「佳織さんなら大丈夫よ。あの子は意外にしっかりしているんだから」

「お母さん」

水穂は琴絵の顔をじっと見据えた。「あたしがここにいちゃいけないの？」

琴絵は困ったような顔をし、それから苦笑を浮かべた。

「何いってるのよ。そんなことしいってないわよ」

「だったらいいでしょ？　あと少しだけ」

水穂がいうと、琴絵は小さなため息をついた。

「しかたないわね。でもこれだけは約束してちょうだい。今度の事件にあまり首をつっこまないこと」

「どうしてそんなことというの？　お母さんは何か知ってるの？」

「馬鹿なこといわないでよ。あたしが何か知ってるはずないでしょ」

そういって立ち上がると、琴絵は娘の方を振り返らずに控え室を出ていってしまった。

# ――（ピエロの目）――

乱暴にドアを開けて入ってきたのは、太っちょ刑事だった。

「今頃は葬式の真っ最中だな」

「参列客の数は膨大でしょうから、かなり時間がかかるでしょうね」

ノッポが後からついてきた。

「ついでに金もな。しかし香典の額も半端じゃないだろうから、収支をみるとそれほどでもないのかな」

いいながら太っちょはソファのまわりを歩いていたが、「ああ、こんなところに落ちていた」といって何か拾い上げた。ボールペンだった。

「どこで無くしたんだろうと考えていたんだ。やっぱりここだった」

「舶来品みたいですね」

「貰《もら》いものさ」

太っちょ刑事はボールペンを背広の内ポケットにしまいこんだ。「さて、じゃあ我々も葬式に出かけるとするか」

二人は再び部屋を出ていこうとした。が、ドアを閉める直前、ノブを摑《つか》んでいたノッポの手が止まった。

「あれ？」

「どうしたんだ？」

ノッポはまた室内に入ってきた。そうして僕たちの前に立ち、僕の横に置いてある箱を指差した。

「この箱、変ですね」と彼はいった。

「変？　何が？」

「この蓋の端を見てください。破れている。前はこんなことはなかったはずです」

ほう、という顔をすると、太っちょはすぐに手袋を出してきて、それを両手にはめた。ノッポもそれに倣《なら》う。

「下ろしてみよう。そっとだ」

太っちょに命じられ、ノッポは慎重な手つきで箱を床に下ろした。そしてゆっくりと蓋を取る。

「別に異常はないようですね」

びっしりと詰まった紙片を見下ろして、ノッポはいった。

「いや、それはわからんぞ。誰かがこの箱に触ったのだとしたら、どこかに変化があるはずだ」

「たとえばパズルの部品を盗みだしたとか？」

「いい線だ」

太っちょは頷き、紙片をひとつつまみした。

「よし、数を調べてみよう」

二人の刑事は床に座りこみ、箱の中の紙片を数えはじめた。十個ずつ取り出し、百個になったところで仕分けしていく。こういう作業に馴れているのか、なかなか手際がいい。百個ずつのグループがみるみるうちに出来あがっていった。

そして――

「おい野上」

と太っちょはノッポの名前を呼んだ。「このパズルは全部で二千の部品から出来ているということだったな」

「そのとおりです」

「それなのにどういうわけだ？　数が足りんのならまだ話がわかるが、余ってしまうというのは」

太っちょは自分の掌に残った最後の一枚をしげしげ眺めながらいった。

「誰かが一枚余分に箱の中に入れたということですね」

「そうだ。だがいったい何のために？」

「さあ……」

「野上、本部に連絡だ。手の空《す》いている者を寄越《よこ》してもらおう」

「それで？」

「決まっているだろう。今からこのパズルを作るんだよ。そうして、どの部品が余るかをはっきりさせる」

「わかりました」

ノッポは素早く立ち上がると、部屋の隅に置いてある電話に向かった。彼が受話器を取り上げたところで、太っちょがまた声をかけた。

「それから鑑識にも来てもらえ。大至急だ」

3

葬儀を終える頃には夕方になっていた。水穂は青江と共に、佳織の車に乗せてもらった。佳織の車というのは、車椅子のまま乗りこめるように改造されたワンボックス・カーである。いつもは宗彦が運転していたらしいが、今日は永島がハンドルを握っている。

「僕が運転した方がいいと思うんですがね」

助手席に乗りこんだ青江が、永島の方をちらちら見ながらいった。

「今のうちに慣れておく必要がありますから」

永島は平然として黙っている。代わりに佳織が後ろから声をかけた。

「何に慣れておく必要があるの？　変なこといわないでよ。今日はこれから永島さんの店に行くんだから、永島さんに運転してもらうのが一番いいのよ」

気分転換に、ひと月ほど前にオープンしたばかりの永島の店を見に行こうと、佳織がいいだしたのだった。佳織はオープンした時に見に行ったらしいが、ぜひ水穂にも見せたいというのだ。店の内装には、佳織の意見も少しは含まれているらしい。

「まあ今日のところは諦めますけどね。おじさんが亡くなった今では、誰かが佳織さんの運転手をする必要があるんです」

「それがどうしてあなたなのよ？」

「僕じゃいけませんか？」

それには答えずに佳織は水穂を見た。

「水穂さん、運転できたわよね？」

水穂が頷くと、「水穂さんはだめですよ」と青江が後ろを振り返っていった。

「いつまでも十字屋敷に留まっておられるわけじゃない。そろそろお帰りになられるんでしょう？」

「そうねえ……」と水穂がいい淀むと、

「だめよ」と横から佳織がいい放った。

「お願い、もうしばらくそばにいて。せめて今度の嫌な事件が解決するぐらいまで……いいでしょう？」

哀願するようにいわれて、水穂は黙って頷き返した。佳織に頼まれるまでもなく、事件の行方については彼女自身も気になっているのだ。

「それにしたって一時的な話でしょう。いつかはお帰りになる」

青江はどうしても佳織の運転手に立候補したいようだ。

「でも、それをいったら青江さんだって一緒よ。今年の春には卒業でしょ？　そうしたらあの家を出ていくわけよね」

「出ていくとは決めていないですよ。いけませんか？　僕が同じ屋根の下に住むのは」

「別に何も感じないわ」

「手厳しいお言葉ですね」

青江は前を向き、シートに深々と座り直した。「でも注意した方がいいですよ。僕以上の要注意人物が、同じ屋根の下にいるってこともありうるんですから」

「気になることをいうね」

それまで黙々と車を運転していた永島が、信号待ちでサイドブレーキを引きながら青江の顔を見た。

「それはつまり……先日の事件のことをいってるのかい？」

「そうですね」と青江は少し間を置いて、「あれも、その例のひとつかもしれません」

「身内を疑っているように聞こえるけど、何か根拠でもあるの？」

水穂が青江の後ろ姿にいった。

「今のところ、そんなものはありませんよ。しかし少なくとも警察は身内の人間を疑っています。ジョギングの時に彼等に尾行されたという話はしましたよね」

「警察はあらゆる事態を想定するものだよ」

永島がいった。「それだけでは決めつけられないさ。それにもし内部犯なら、もっと早く捕まってもおかしくないいんじゃないかな。こんなに狭い範囲での出来事なんだからね」

信号が赤から青に変わり、永島は再び車を発進させた。

「なるほど、常識的な意見ですね。しかし少し常識的過ぎるという気がする」

「どういうこと？」

佳織が怒ったような声を出した。車椅子から少し身を乗りだしている。

「そんなに怖い顔をしないで下さいよ。常識的だというのは、一般的だという意味です。あの夜は身内だけが集まったわけですからね、犯人を庇《かば》っている者がいないとは限らないじゃないですか。誰だって、自分の回りからは殺人犯なんかは出したくないでしょうからね」

「皆を疑うなんてひどいわ。どうせ何の根拠もないくせに」

佳織が唇をかんで青江の横顔を見たが、彼は平気そうだった。

「ひどいことかな。それに根拠がないわけではなく、いろいろ考えると、どうしてもそういう結論に到達してしまうわけなのですが……まあ止めましょう。僕だって恋人を悲しませたくはない」

そして青江は白い歯を見せ、また前に向き直った。佳織はしばらくそんな彼を睨みつけていたが、やがて何か言葉を待つように水穂の方に視線を注いできた。

だが水穂は何も答えられなかった。なぜなら彼女自身、十字屋敷の内部に犯人がいると考えているからだった。

それともう一つ、永島が妙に暗い面持ちで黙りこんでいることも気にかかった。

永島の店には『臨時休業』の札が下がっていた。ドアはガラス張りで、中に入るとシャンプーの匂いがする。席は四つであまり広くないが、奥の壁全体が鏡張りなので、かなり奥行があるように思えた。

「シックな壁の色はあたしの好みよ。本当は壁全部をそうしたかったんだけれど、広く見せるには鏡を使った方がいいって、お父さんがいったの」

「伯父様が？」

「建築業者がうちの下請け会社で、その関係で何度かお父さんもようすを見に来たの。でもこういうことでお父さんが出しゃばるなんて、たしかに珍しかったわね。どういう風の吹き回しだったのかしら」

それから佳織は、お母さんは一度も来なかったけれど、と小声で付け加えた。

待合席のソファに水穂と青江が座り、その横に佳織は車椅子をつけた。永島はコーヒーの準備をしている。待合席の横には小さな本棚を置いてあり、マンガや週刊誌を並べてあった。

「従業員は何人ですか？」

店内を見まわしてから青江が永島に訊いた。

「男女各ひとりずつだよ。前に一緒に働いていた男と、見習いの女性さ」

「見習いの女性って、まだ若かったわね。二十歳にもなっていないくらいかな」

壁にかけられた白いエプロンを見て、佳織が訊いた。

「若いですよ。高校を出て、まだ専門学校に通っているところです。恩のある人から頼まれましてね、預かっているんです」

「わりと可愛い女の子だったわ」

佳織はつまらなさそうにいった。

永島はコーヒー・カップを四つトレイに乗せて運んできた。なかなか慣れた手つきだった。客に出すことが多いのだろう。

「永島さんの年齢でこれだけの店を持つなんてことは難しいでしょう?」

青江はコーヒー・カップを持つと、もう一度店内に視線を配った。

「そうだね。親から受け継いだりしないかぎり、難しいかもしれないね」

そして永島は、「竹宮のおじさんには感謝しているよ」と、掌をカップで暖めながらいった。

彼がいう竹宮のおじさんとは幸一郎のことだということを皆は知っている。幸一郎は生きているうちに遺言を書き残していたのだが、そこに、永島に与えるべき金額も明示してあったのだ。永島のこの店は、その遺産で建てたものだという話だ。

「でも実際のところ、永島さんの取り分は一桁少なかったっていう話じゃないですか」

青江は探るような目を永島に向けた。「腹違いとはいえ実の息子なんだから、もっと貰《もら》えていいはずだった。ところが現実には、この店を建てて、税金を払ったら、いくらも残らなかったんじゃないですか?」

「充分だと思っているよ。竹宮のおじさんが少しでも僕に残そうとしてくださったこと自体、ありがたいことだと思う」

「そういうものかなあ」

　青江は意味あり気に唇を歪めた。「でも血のつながりが全くない宗彦氏が、結果的には一番得をしたわけですからね。面白くなかったんじゃないですか？」

永島はカップから目を上げて何かいおうとしたようだが、その前に、

「青江さん、失礼なことをいわないで」

と佳織が割って入った。

「僕に何をいわせたいのかな？」

穏やかな口調だが、それでも永島の頬のあたりは少し強ばっていた。

「何も」

と青江は平然とコーヒーを口に運んだ。

永島と佳織は黙って青江を見ている。そんな三人のようすを気まずい思いで観察しながら、水穂もカップを持ち上げた。

コンコンという音がしたのは、その直後だった。水穂が振り向くと、入り口のガラスのドアを叩いている男が見えた。

「休業の看板が見えないのかな……」

永島の言葉が不自然に切れたのは、ドアを叩く男の顔に見覚えがあったからだろ

う。それは例の山岸刑事だった。山岸は愛想笑いを浮かべて、掌を振っていた。

「こんなところまでやってきましたよ。あのヘビー級の刑事」

青江が茶化していった。「いったい誰の後をつけてきたんでしょうね」

永島が立って行った。ドアを開けると同時に、山岸の太った身体が店内に侵入した。

「お揃《そろ》いのようですな」

山岸がニヤニヤしていう。彼のあとからは、長身の野上も入ってきた。野上の方は幾分緊張した面持ちだ。何かあったのだなと水穂は直感した。

「何か御用ですか？」と永島が訊いた。

「もちろん用があって来たのですよ。あなたに伺いたいことがあります」

「何ですか？」

「あなた、一昨日の夜十字屋敷に行かれましたね？」

「行きましたけど……それが何か」

永島の声がわずかに上ずった。山岸の目が光る。

「そしてお泊りになった」

「遅くなったので、そうするよう勧められたんです。それがいけないんですか？」

「いけなくはないですよ。しかし事件現場に無断で立ち入ってもらっては困りますな」

「…………」

永島は絶句したようだ。視線がせわしなく動くのが、水穂にもわかった。

「ええと、どこにしまったかな」

山岸はわざとらしい格好でズボンのポケットを探り、小さなビニール袋を取り出してきた。そして永島の顔の前に出すと、

「これに見覚えがあるでしょう？」

と尋ねた。顔は相変わらずニヤニヤしている。

永島は立ち上がって、そのビニール袋の中を見た。水穂も腰を浮かせる。そこに入っているのは、ジグソー・パズルのピースのようだった。それが何を意味するのか水穂にはわからなかったが、それを見た永島のようすは普通ではなかった。

永島は唇の端を二、三度ぴくつかせたあと、やや震え気味の声で、

「それがどうかしましたか？」

と刑事に向かっていった。

「どうかしたか――ですって？」

刑事はさも驚いたというように目を大きく見開いた。

「どうかした、はないでしょう」

山岸刑事はビニール袋を左手で持ったまま、その中のピースを右の指で差した。

「ほら、よく見てください。この端の方が少し黒いでしょう？　これを調べた結果ね、宗彦氏の血液に間違いないということがわかったんですよ」

さらに、と刑事は続けた。「さらにこの表面を調べたところ、ある人物の指紋を取ることができました。永島さん、あなたの指紋ですよ」

永島は刑事が差した部分に目を向けると、せわしなく瞬《まばた》きし、左手で自分の口元をこするようなしぐさをした。そして彼はちらりと水穂たちの方を見ると、再び刑事に視線を戻した。

「なぜ……」と永島は呟いた。

「なぜこの部品に気づいたか、ですか？　それはあなたがミスを犯したからですよ」

「ミス？」

「それについては後でお話ししましょう。それよりもまず、なぜあなたがこのパズルの部品を持っていたか、です」

刑事の迫力に圧倒されたのか、永島は二、三歩後ろへ下がり、

「事情があるんですよ」

といった。ひどくかすれた声だった。

「そりゃあ、事情があるんでしょう」

山岸は声のオクターブを上げていった。「これだけの状況が揃うには、いろいろと事情があったことと思います」

「釈明させてください」

「結構ですな」

山岸はビニール袋を自分の懐に戻した。

「ただしそれは署に行ってからということにしましょう。おそらくかなりこみ入った事情でしょうからな」

そして彼は傍らに立っていた野上に目くばせした。長身の野上刑事は素早い動作で永島の横に立つと、彼の背に手をあてて促した。

永島は気を落ち着かせるように二、三度深く呼吸したあと、水穂の方を振り向いた。

「店の戸締まりをお願いします。それから車の運転の方は大丈夫ですね？」

こういって彼は水穂に二つの鍵を渡した。この店の鍵と、車のキーだった。水穂は頷きながらそれを受け取った。

「永島さん」

佳織がたまりかねたように声をかけた。永島は彼女を見て、ゆっくりと頷いた。

「大丈夫です。すぐに帰ってきます」

そして彼は今度は刑事たちにいった。「じゃあ行きましょうか」

山岸は仏頂面を作ると、水穂たちに軽く会釈して先に店を出た。そのあとを野上に追われるようにして永島が出ていく。「永島さん」と佳織がもう一度呼びかけたが、今度は永島も振り返らなかった。

4

「僕の勘では、たぶん永島さんのことは心配無用ですよ」

慣れたハンドルさばきを披露しながら青江がいった。永島の店からの帰りである。結局彼が運転をすることになったのだ。水穂は佳織と共に後部席に座っている。

「どうしてそんなことがいえるの？」

佳織が目のまわりを少し赤くしていった。声の響きがいつもほど柔らかくない。

「永島さんが切れる人だってことを知っているからですよ。彼が犯人なら、証拠の品に指紋をつけておくというようなヘマはしないと思いますよ」

「証拠の品って、あのジグソー・パズルの部品のこと？」

「あの刑事の口ぶりと永島さんの態度からすると、そのようですね。あれには宗彦おじさんの血がついていたということですし」

「刑事は、あの部品をどこで見つけたのかしら？」

水穂は青江の背中に問いかけてみた。

「さあ、どこで見つけたんでしょうね。山岸とかいう刑事は、永島さんが何かミスをしたといっていましたが」

「どうして永島さんがあんなものを持っていたのかしら？」

「彼がいっていたように事情があるんでしょう。ただ、その事情によっては、永島さんが犯人ということにはならなくても、あまりいい結果は望めないかもしれない」

「どういうこと？」と水穂は訊いた。

するとと青江は考えこむように少し黙ったあと、

「永島さんが、あのジグソーをどこで手に入れたかという点が問題になります」

と答えた。「それがもし十字屋敷の中だったとしたら……というわけです」

水穂は背中がぞくりとするのを感じた。宗彦のパジャマのボタンが邸内に落ちていたことを知っているのは、今のところ自分だけだと思っている。しかし今青江がいったようなことであれば、警察は内部に犯人がいることを確信するに違いない。

「どうしても身内に犯人がいると思いたいみたい」

佳織が非難するようにいった。そして額に右手を当てて呟いた。「そんなことよりもまずは永島さんよ。誤解を晴らすことができるのかしら?」

本当に誤解であればいいが——佳織のようすを見ながら、水穂はふとそう思った。あの夜十字屋敷にいた以上、永島が犯人だということも当然ありうるのだ。

青江の運転で屋敷の前まで帰って来た時、水穂はただならないようすに気づいた。見なれない車が何台か止まっていたのだ。

「警察ですね」と青江がいった。

門の脇に目つきの鋭い男が一人立っていて、水穂たちの車が入っていくと、刺すような視線を向けてきた。だが特に声をかけてきたりはしなかった。

水穂が青江と一緒に佳織の車椅子を押して屋敷に入ると、彼等を見つけた和花子が足早に寄ってきた。和花子はすでに喪服から洋服に着替えている。

「永島さんが捕まったって本当？」

声をひそめて彼女は訊いてきた。永島が連れていかれたことは、すでに伝わっているらしい。

「捕まったわけじゃないわ」

答えたのは佳織だ。「参考人とか、そういうのよ」

「そう……そういうこと」

曖昧に頷く和花子の横を抜けてリビングに行くと、勝之や松崎もソファに腰かけていた。二人とも落ち着かないようすで、煙草をせわしなく吸っている。

「永島さん、捕まったわけじゃないんですって」

和花子が二人に伝えた。

「いったい、どういうことなんだ？」

勝之が水穂たちに問いかけてきたので、青江が永島の店での出来事を説明した。警察が見つけだしたジグソーの部品に血がついていたと聞いた時、勝之たちの顔には一様に緊張の色が浮かんだ。

「なるほど、そういうことか」

勝之が唸《うな》った時、階段から男の声が聞こえた。足音もする。

「警察ですか？」

水穂は訊いてみた。和花子が憂鬱《ゆううつ》そうな面持ちで顎《あご》を引いた。

「ついさっき来たのよ。見せてもらいたいものがあるから、皆の部屋に入れてもらいたいって。今お母様が立ち会っているわ」

「永島君が泊まった部屋を見ているんじゃないのかな」

松崎が皆の意見を求めるようにいった。「そうかもしれない」と勝之が答えた。

間もなく刑事たちが下りてきたが、水穂たちの方には見向きもせず、足早に玄関に向かった。刑事の一人は受話器を取り、厳しい顔つきでどこかに電話をかけていた。

「いったいどうしたっていうのかしら？」

佳織は水穂の手を握り、心配そうに訊いた。水穂は答えられず、黙って彼女の細い手を握り返した。

やがて電話をしていた刑事はリビングに入ってくると、一同を見回した。

「間もなく重大なお話があります。皆さん、どうかそのままでお待ちください」

そういうとその若い刑事も出ていった。それとほぼ同時に、二階から静香が下りてきた。静香はさすがに疲れたようすで、顔色も悪かった。

「お義母《かあ》さん、大丈夫ですか？」

勝之がすぐに立っていって静香の手を取った。そして松崎がソファの席を譲った。

「大丈夫よ。心配しないで」

静香は腰を落ち着けると、鈴枝が持ってきた茶を飲んで、ふうーっと大きく肩で息をした。

「お母様、いったい警察は何をしていたの？」

和花子が尋ねた。

「私にもよくわからないのよ。宗彦さんのコレクションを調べていたようだけれど」

「コレクションというと、ジグソー・パズルだとか、帆船の模型だとかですか？」

勝之の問いに静香は頷いた。

「最初は宗彦さんの部屋を調べていたわ。それから、各部屋に飾ってあるパズルや模型を見てたようだわ。どういう目的でそんなことをしているのか、はっきりとは教えてもらえなかったの」

「おばあさま、警察の人は永島さんのことを何かいってなかったかしら？」

佳織は不安そうな目で祖母の顔を見た。

「私も何度も訊いてみたのよ。でも言葉をにごしてごまかされてしまったわ。永島さんが連れていかれたことと、にわかに警察の人が動き始めたことは関係があると思うのだけれど」

静香の言葉に一同は押し黙ってしまった。警察の不気味な動きに、各人それぞれが不吉な予感を覚えているようだった。

「いったい何をやろうっていうんだろうな」

苛立《いらだ》ちを抑えきれなくなったのか、勝之が吐き捨てるようにいった。それでさらにまた、この場の雰囲気が重くなった。

このあと一時間ほどして、再び刑事たちがやってきた。今度は山岸や野上の姿もある。さらに水穂たちの目を引いたのは、彼等の後ろから永島がついてきたことだった。

「永島さん」

佳織が声をかけると彼は頷き、そのあといかにも苦痛そうに唇をかんでうつむいた。

「皆さん、お集まりですな」

山岸の太った身体が一歩前に出た。そして両手を背中で組んだまま全員の顔を見渡す。

「まるで名探偵みたいですね」

青江が皮肉のこもった口調でいった。「推理小説のクライマックスのようだ」

するとは山岸はうれしそうな笑みを目もとに浮かべ、青江の顔を見返した。

「じつに的確な表現ですな」と刑事はいった。

「まさしくクライマックスです」

5

ゆっくりと首を回して一同の反応をたしかめると、山岸は右手を口元に持っていって小さな咳をひとつし、再び手を後ろに回した。

「さて」

と彼は口火をきった。「本題に入る前に、今までの経過を少しお話しした方がいいでしょうな。その方が話が早い」

そういうと彼は地下に下りる階段に近づき、下の方を指差した。

「この家の当主である宗彦氏と秘書の三田理恵子《みたりえこ》さんが殺された事件で、我々は基本的には外部からの侵入者の仕業《しわざ》と考えて捜査をスタートさせました。犯人の物と思われる手袋が裏門の外に捨ててあったことや、宗彦氏のパジャマのボタンが屋外で見つかったことなどがその理由でした。しかしその後全力を尽くして調べたにもかかわらず、第三者が外部から入りこんだ形跡は全く見つからないのです。手袋を軽率に捨てるような犯人が、他には何の痕跡も残していない――これは妙なことです」

「手袋を捨てることは危険だとは思わなかったのじゃないか。事実、あの手袋は犯人割りだしにはあまり役だっておらんのだろう？」

勝之が挑むようにいった。が、山岸の表情に変化はない。

「犯人の心理を考えると妙だと思うのです。同じ捨てるのなら、もっと遠くに逃走してからの方が安全だと思いませんか？」

「…………」

勝之が黙ったので、山岸は満足そうに頷いた。

「もっとも、だからといってすぐに内部に犯人がいると短絡したわけではありませんがね。ただ、ある程度皆さんの行動についてはチェックさせていただくことになりました」

チェック――聞こえの良い言葉だと水穂は思った。

「ほんの偶然が事件解決の糸口になったのですよ」

山岸は少し胸を張り、背広のポケットからボールペンを取り出してきた。

「このボールペンを現場の部屋に忘れましてね、今朝取りにお邪魔したんですよ。皆さんは葬儀の方に行っておられて、屋敷には鈴枝さんだけがおられました。その時我々は、現場に侵入した人間がいることに気づいたのです」

全員の表情がこわばる中、山岸は『ナポレオンの肖像』の箱の蓋が破れていたこと、中のジグソーの部品を数えてみたところ、一枚余分に入っていたことなどを語った。

それから山岸は、傍らに立っていた二人の若い警官に目で何か合図した。二人は一《いっ》旦《たん》部屋を出ると、大きなパネルを持って戻ってきた。馬に乗ったナポレオンの絵が、画面いっぱいに描かれている。誰かが、ほうという声を漏らした。

「なかなか見事なものですな。二千枚のパズルとなると大仕事でしたよ。若い者何人かでやらせたのですが、想像以上に時間がかかりましたよ」

山岸は警官にまた合図した。二人の警官はパネルを部屋の隅に移動させた。

「さてこのようにパズルを完成させた結果、当然のことながら一枚余ってきました。それがこれです」

出してきたのは、さっきのビニール袋だ。「さあ、どうぞごらんになって下さい」

彼はそれを近くにいた鈴枝に渡した。そして鈴枝から各自に回された。ビニール袋の中には、青い色の紙片が入っていた。

「これには宗彦氏の血痕が付着している。また同時に、永島さんの指紋もついている。以上のことから我々は、永島さんは地下室に忍びこみ、密かにこの部品を箱の中に入れたのだと解釈しました。この点について御本人に確認したところ、そのとおりだという供述を得ることもできました」

全員の視線が永島に集中した。彼は目頭を押さえた姿勢のまま動かない。

「問題は」

と刑事はここで一際《ひときわ》声を大きくした。「なぜ永島さんがこのような行動をとったかということです。そもそも永島さんはなぜそんなものを持っていたのか？　これについて答えることを永島さんはためらっておられましたが、我々の説得にようやく応じてくださいました。永島さんは――」

といって大きく口を開けたところで止め、刑事は皆を見回してから続けた。

「宗彦氏らの死体発見直後、そのパズルの一片を屋敷の中で拾ったと告白して下さったのです。いいですか？　屋敷の中で、です。ちょうどこの階段のあたり」

山岸は地下への階段の前に立った。

「我々は考えました。なぜ宗彦氏の血のついたものが屋敷内に落ちていたのかとね。

犯人が外部からの侵入者で、裏口から出入りしただけなのだとしたら、そんなことが起こるはずがない。そうなると結論はひとつです。永島さんも同じ結論に達して、だからこそ、部品を箱に戻しておこうとお考えになったわけですがね。つまり、あの夜この家にいた人物——あなた方の中に犯人がいることになるんです」

山岸の声はまた大きくなり、広いリビングに響いた。水穂は、今この瞬間の皆の表情を読んでみたい衝動にかられた。山岸の台詞に衝撃を感じた者が、間違いなくこの中にいることを、水穂は知っている。

「もはやすべてが手遅れなのです。いかがでしょう？　今この場で名乗り出ていただくわけにはいきませんかね？」

刑事は相変わらず後ろで手を組んだまま、容疑者たちの方からは目をそらして問いかけてきた。そのしぐさから、彼がすでに真犯人に辿《たど》りついていることを水穂は確信した。

重苦しい沈黙がしばらく続いた。山岸はかなり辛抱強く待っていたようだが、ついに耐えかねたのか、大きなため息をついて水穂たちに向かい合った。

「やむをえませんね、話を続けましょう。問題のパズルの部品ですが」

山岸は紙片の入ったビニール袋を顔の前まで上げた。「これは今も申し上げたとおり、現場に散らばっていた『ナポレオンの肖像』の部品ではありません。ではいったい、どのパズルの部品なのか？　しかしその前に、なぜこれに血がついていたのかを考えてみることにしましょう」

彼の言葉に、はっと水穂は息を飲んだ。現場にあったパズルの一部でないのなら、宗彦の血がついていたというのはたしかにおかしい。

「我々は、永島さんがこの紙片を拾ったという場所に注目してみました。つまりその付近に、他にも宗彦氏の血のついたものがあるのではないかと考えたわけです。そしてルミノール試験を行った結果……」

彼は足元に置いてあったゴミ箱を手に取り、それを差し出した。「このゴミ箱の中から血痕が検出されたのです」

皆の目がその籐で出来たゴミ箱に集中した。だが誰も発言しない。ここから血痕が検出されたことの意味がわからないせいもあるだろう。

山岸は続けた。

「このゴミ箱の中に血がついていたということは、この中に何か血のついた物が捨てられたと考えていいでしょう。ではその血のついたものとは何だったのか？　また、このゴミ箱の血は拭きとられたあとがあるのですが、いったい誰が拭き取ったのか？」

「だからそれが……」

勝之が口を開き、いったん回りを見てから続けた。「だからそれが犯人なんじゃないのかね？」

「いや、犯人ではありませんな。血を拭き取ったりするくらいなら、最初からゴミ箱の中に捨てたりはしないでしょう。拭き取ったのは内部犯だということを隠そうとした人物です。その人物は、ゴミ箱の中を見るや否や、それを早急に処分することにした。もちろんその時すでにその人物は、地下室の惨劇のことも知っていたのです」

そして山岸は少しの間歩き回ると、突然足を止め、かがみこむようにして一人の顔を覗きこんだ。

「鈴枝さん」

山岸は少し穏やかな声で呼びかけた。鈴枝はうつむき、目を伏せている。

「ゴミ箱の血を拭きとったのはあなたですね？　これだけの作業ができたのは、誰よりも早く起きていたあなたしかいない」

鈴枝は答えない。下を向いたまま、膝の上のエプロンをいじっている。

「そうなの？　正直に答えてちょうだい」

静香が彼女の後ろから呼びかけた。それで鈴枝は伏し目のままで振り向き、ゆっくりと一回瞼《まぶた》を閉じたあとで山岸の方に向き直った。

「おっしゃる通りでございます」

重く沈んだ声だった。皆が息を飲む気配があった。

「ふむ、ゴミ箱に捨ててあったのは？」

「手袋でございます」

何人かが驚きの声をあげた。あの手袋が屋敷内に捨ててあったものだとは。

「では正直に話していただきましょうか。あの日、あなたが目を覚ましてからのことを正確にね」

そういうと山岸は食事室から椅子を持ってきて、そこに大きな尻をどっかりと乗せた。

鈴枝は最初少しだけためらいを見せたが、やがてエプロンを揉《も》んだり、捻《ひね》ったりしながらぽつりぽつりと語り始めた――

あの朝起きて掃除を始めようとした鈴枝は、地下に下りる階段の脇にあるゴミ箱を見て衝撃を受けた。その中に血みどろの手袋を捨ててあったからだ。不吉な予感を覚えた彼女が、おそるおそる階段を下りていくと、地下室のドアが開いている。そこで中を覗《のぞ》いた彼女は、さらに恐ろしい光景を見た。宗彦と理恵子が殺されていたのだ。

鈴枝は思わず声を上げそうになったが、持ち前の冷静さで、ゴミ箱の中の手袋との関係を考えてみた。裏口に鍵がかかっていたことなどから、答えはすぐに出た。二人を殺した犯人は邸内の人間である、と。

彼女はゴミ箱を掃除し、中の手袋を門の外に捨てに行った。そして裏口の鍵を外しておいた。目的はもちろん犯人を庇《かば》うためだ。

「こう申しては何ですが、私は旦那様とあの秘書の方を恨んでおりました。あの方々よりも、生きている方々を大切にしたいと考えたのでございます」

鈴枝はこういってしめくくった。

山岸は彼女の話を聞き終えたあと、しばらく考えこんでいたが、右の拳でこめかみを押さえながら質問を開始した。

「ゴミ箱の掃除はどうやってしましたか？」

「ティッシュ・ペーパーで拭き取りました。ティッシュは全部トイレに流しました」

「ゴミ箱の中には他に何か入っていましたか？」

「いいえ、気がつきませんでした」

「裏口の鍵はかかっていたといいましたね？」

鈴枝は頷く。

「裏口のドアの指紋を消したのもあなたですか？」

また頷く。ふむ、と山岸は鈴枝の顔を見下ろした。嘘かどうかを見定めているような視線だった。

「他にあなたが行った偽装はありませんか？　ゴミ箱を拭いたことと、手袋を捨てに行ったことと、裏口の鍵を外したこと以外で、です」

「あの、髪の毛を……」

「髪の毛？」

「はい、あの……」

鈴枝は掌をこすり合わせながら、ゆっくりとしゃべった。「旦那様の指の間に髪の毛が挟まっていたのです。その髪を手から取り、ティッシュと一緒にトイレに流しました」

「何てことを……」

山岸は深いため息をつき、あきれたように首を振った。「それがあれば一気に事件は解決したというのに」

「はい、でも」と彼女は言葉を切ってから、また続けた。「事件など解決しなくてもよいと思ったものですから」

「そういうことだったんでしょうな。——で、それ以外に何か細工をされましたか？」

「それ以外にですか？　いえほかには何も……」

そこまでいってから鈴枝は何かに気づいたような顔をして、「ボタンのことを忘れていました」と付け加えた。

「ボタン？　なるほど、例のボタンですな」

「はい。あの、旦那様のそばにパジャマのボタンが落ちていたものですから、犯人が落としていったものに見せかけようと、指紋がつかないように布で拭いてから裏口の外に捨てておいたんです」

——伯父様のそばに落ちていた？

おかしい、と水穂は思った。あの前夜彼女は二階の廊下であのボタンを見つけたのだ。だからそれが宗彦の死体のそばにあるわけがない。

——鈴枝さんは嘘をついているんだわ
水穂は掌にじわりと汗がにじんでくるのを感じた。

「そういうことですか。わかりました、これですべての辻褄《つじつま》が合う」

山岸は勢いよく椅子から立ち上がると、再び一同の前を歩き回り始めた。そしてひと回りしたところで先程のゴミ箱を取り上げた。

「今の鈴枝さんの話からわかりますように、この中には血に染まった手袋が捨ててありました。捨てたのは犯人自身でしょう。ただこの時手袋以外に、もう一つ犯人が捨てたものがあったのではないかと我々は推理しました。それが、永島さんが拾ったといわれるパズルの一片です」

彼はまた例の紙片を皆の前に掲げた。

「犯行を終えた犯人は、ここで手袋を捨てることにしたわけですが、その時ジグソー・パズルの一片を持ってきてしまったことに気づきました。おそらくそれは犯人の服のどこかに引っ掛かっていたんでしょうな。犯人はそれが現場の絵、つまり『ナポレオンの肖像』の一部と思い、手袋と一緒に捨てることにしたわけです。このパズルの一片の血は、たぶんその時についたのでしょう。それでこの時に犯人がゴミ箱に入れそこねたのか、鈴枝さんが手袋を取る時にこぼれたのかは不明ですが、この一片はゴミ箱の脇に落ちてしまった。そしてそれを死体発見直後に、永島さんが拾ったというわけです」

一気に語り終えると、山岸は反応を見るように首を回した。

ここで発言したのは勝之だった。

「しかしそれはナポレオンの一部ではなかったのだね？」

この声を待っていたように山岸は大きく頷いた。

「そうです。つまり犯人は、どこかから別のパズルの部品を身体につけてきてしまったのですが、それがナポレオンの一部だと思いこんでいたということになります」

「別のパズルというと、おじさんの部屋にあるコレクションか、応接間に置いてあった『マザー・グース』ですね」

青江が即座にいった。

「そのとおりです。そして調べたところ、部品の欠けているパズルはありませんでした」

先程まで捜査員たちは、このことを調べていたのだ。

「じゃあどういうことなの？」と静香が訊いた。

「簡単なことです」と刑事はいった。

「犯人はすでに部品の欠けたパズルは処分し、新しい完全なものと取り替えたのです。そしてそういうことができたのは誰か？　そのことを考えると、犯人はおのずから明らかになります」

山岸は大きな足音を鳴らし、ある一人の前まで進んだ。そして太い人差し指をその人物に向けた。

「犯人はあなただ、松崎さん」

松崎は頭《こうべ》を垂れたまま、しばらく動かなかった。まるで自分が名指しされたことに気づいていないようだった。

少ししてから彼はゆっくりと顔を上げた。そしていった。「なぜですか？」――呟《つぶや》くように小さな声だった。

「なぜ？」

意外な台詞を聞いたみたいに山岸は目を剝《む》いた。

「ちょっと考えればわかることですよ。まず、この屋敷内には未完成のパズルが三つあります。ひとつは『ナポレオンの肖像』、そしてあとは『マザー・グース』と『落ち穂ひろい』です。『ナポレオンの肖像』でないことはわかっていますから、問題のパズルは残る二つのうちのどちらかということになる。しかし『落ち穂ひろい』の方は宗彦氏の自室に置いてあり、事件の前は誰も近づかなかったはずです」

「あとは『マザー・グース』だけ……というわけか」

勝之が重苦しそうに口を開いた。

「そういうことです。そこで念のために絵と見較《くら》べて確認してみました。間違いありません。これは『マザー・グース』の部品です。詳しくいうと、ガチョウに乗ったおばあさんの服の部分だったのです。さてそうなると、誰がこのパズルに近づいたかということになります。ここで思い出されるのが、事件の前夜、宗彦氏が応接間で『マザー・グース』のパズルを楽しんでおられたという話です。で、その時に同席していたのが——」

「私と……松崎さんか」

勝之は顔を歪《ゆが》めたまま、松崎の方を見た。

「そうらしいですな」と刑事はいった。「お二人はかなり遅くまで宗彦氏に付き合っておられた。その際にパズルの部品のひとつが、ズボンの折り返しにでも入ったのかもしれない」

「でたらめだ」

松崎が青ざめた顔で叫んだ。「それだけの理由で私を犯人だというのか？」

「無論、それだけではありません」

松崎をじらそうとでもいうのか、山岸はやけにゆっくりといった。「ではここで考えてみましょう。さっきも申し上げたとおり、現在『マザー・グース』のパズルは全部揃《そろ》っております。部品が一つ欠けているはずなのに、欠けていない。なぜか？　じつは犯人は、自分が重大なミスをおかしたことに気づいたのです。『ナポレオンの肖像』の部品だと思って捨てたものが、じつは『マザー・グース』の部品だったとね。その部品がどの絵のものであるか明らかになれば、そのことで容疑者がかなり絞られるおそれがあると犯人は考えた。そこで犯人は、ひそかに同じ『マザー・グース』のパズルを入手して、すりかえることにしたわけです。さてここで問題です。犯人はいったいいつ、自分の捨てた紙片が『マザー・グース』の部品だったと気づいたのか？」

「あの時だ」

青江が声を上げた。「事件のあった日、全員応接間で待っていたじゃないですか。あの時松崎さんは『マザー・グース』のパズルを触っていた」

水穂もその時のことを思いだしていた。勝之たちが善後策を講じている時、松崎は部屋の隅でパズルを弄《もてあそ》んでいたのだった。

「あの時に松崎さんは気づかれたんですよ。パズルの一枚が欠落していることに。そうしてそれは、自分が犯行後に捨てた部品だということにね。あなたは考えた。とりあえずこのパズルの部品が欠落していることを他の人間に知られてはならないと。そこでわざとらしくよろけたふりをし、パズルを床にぶちまけたのです」

「じゃあ、あの時の……」

和花子が思わずといったように声を漏らした。事件のあった日、松崎が『マザー・グース』の絵を壊してしまったことを思いだしたらしい。

「違う、あれは偶然……」

「偶然壊れたとおっしゃるのですか？」

山岸が松崎の言葉をひったくった。

「そうだ……」

松崎が呟くと、山岸の目は大きく見開かれた。そして彼は太い指で、松崎の胸のあたりを差した。

「じゃあお尋ねしましょう。覚えていますか、あの時のことを？　あの時は私もその場にいましたから、はっきりと覚えている。あの時あなたは壊れたパズルを拾いながら、こうおっしゃったんですよ。『せっかく完成したのに、もったいないことをした』と。あの時点で一枚欠落していたはずなのに、なぜパズルを完成させることができたのです？」

松崎が奥歯を嚙むのがわかった。彼の青白いこめかみを汗が一筋流れていく。膝の上で握りしめられた拳は、小刻みに震えた。

「パズルは勿論《もちろん》完成していなかった。空白の部分が一箇所だけ残ったはずなのです。それなのになぜ、完成した、などといったのか？」

「…………」

「逆にいうと、最後の一枚まで部品を嵌《は》め終えたあなただからこそ、欠落部分に気づけた──違いますか？」

「…………」

「チェック・メイトですな。もはや逃げ道はありませんよ」

山岸の声が室内に響きわたった。そのあと少し重苦しい沈黙が続いたが、やがて松崎は両手で頭を抱えたまま、呻《うめ》くようにつぶやいた。

「あれは……正当防衛なんだ」

# 第四章　人形師

## 1

暖冬だといわれていたが、久しぶりに雪が降った。水穂《みずほ》は佳織《かおり》の部屋で音楽を聞きながら、十字屋敷の斜め向かいにある松林が白く染まっていくのを眺めていた。

「水穂さん、やっぱり帰っちゃうの？」

読んでいた本から目を上げて、佳織がふいに尋ねてきた。

「やっぱりって？」

窓の外を見たままで、水穂は問い返した。

「だって、事件が解決したら帰るっていってたでしょ？　できればあたし、もう少しいてほしいんだけれど」

「そうねえ……」

雪景色を見ながら水穂は、どうしようかと考えていた。事件は本当に解決したのだろうか？　たしかに松崎《まつざき》は犯行を認めたという話だが、くわしいことは伝わってきていない。あれから二日経《た》つというのに。

――それに例のボタンのこと……。

水穂はまだ拘《こだわ》っていた。あの夜自分が廊下で拾ったものは、宗彦《むねひこ》のものではなかったのだろうか？　いやそんなはずはない――

「もしかしたら、もう少しお世話になるかもしれないわ」

水穂がいうと、佳織はほっとしたように吐息をついた。

「そう、そうしてくれると嬉しいわ。ただでさえ憂鬱《ゆううつ》なのに、水穂さんまでいなくなっちゃったら辛《つら》いもの。それにおばあさまを元気づけてもらいたいし」

静香《しずか》はあの日以来すっかり沈みこんでしまって、食事の時にもめったに姿を現さなくなっていた。

水穂が窓から離れて佳織のそばに座ろうとした時、ノックの音が聞こえた。どうぞ、と佳織がいうと、青江《あおえ》の端正な顔が現れた。

「廃墟のようでしたよ」

と彼はまずいった。「この屋敷が、ですよ。帰ってくる時に遠くから眺めましてね、そんなふうに見えました」

「そんな廃墟に、帰ってこなくてもいいじゃない」

「できればそうしたいんですがね、あなたがここにいる限りそういうわけにもいかない」

青江は特に照れることもなくいってのける。大したもんだと水穂は感心した。彼がこの車椅子の美少女に執心なわけは、本当に財産目当てからだけなのだろうか？

「ところで大学からの帰りに、会社の方に寄ってきましたよ」

青江は当然のような顔で佳織の隣に腰を下ろすと、テーブルの上のクッキーに手を伸ばした。

「会社って？」と水穂は訊いてみた。

「近藤《こんどう》のおじさんに会ってきたんですよ。例の事件の顚末《てんまつ》について、僕はまだ何も知らされていませんからね。巻き込まれた一人として、当然聞いておく権利があるはずです」

「聞いてきたの、青江さん？」

佳織が真剣なまなざしを向けると、クッキーをかじりながら青江は苦笑を浮かべた。

「普段でもそれぐらい熱いまなざしを向けてもらいたいですね。ええ、聞いてきました。どうです、これでもう僕を部屋から追い出す気は失せたでしょう？」

佳織が黙ると、青江はひとしきり笑ったあと、今度はうって変わった厳しい顔つきになった。

「難航しているようですね」

「何か問題があったのかしら」

水穂が訊くと、青江は頷いた。

「問題どころではないですよ」

「いったいどういうことなの？　もったいぶらないでよ」

佳織はステレオの音量を落として、青江の方に向き直った。

「もったいぶる気はないですよ。とにかくまず順を追ってお話ししましょう」

こう前置きして彼が話しだしたのは、松崎が犯行にいたるまでの経過についてだった。それによると、最初松崎に宗彦を殺す気はなく、彼はある書類を盗みだすために地下室に侵入したのだということだった。その書類というのは、松崎の収賄行為を証明するものだったらしい。

「松崎さんが収賄をしていたの？」

水穂は驚いて思わず声を高めた。松崎の温厚な容貌からは想像できなかった。

「人は見かけによらないってことですね。竹宮産業は現在東北の方に新工場建設を進めているでしょう？　その建設のために、いろいろな業者が入っているわけですが、業者の選定はすべて入札で行われたはずなんです。ところがどうも松崎氏は、ある特定の業者と癒着して、入札を操作していたらしい。まあ、よくある話です」

「その証拠を伯父様が摑《つか》んでいたということ？」

「いや、じつはそうではないようなんです。このあたりが複雑なんですがね。事件前夜、松崎氏が自室で寝ようとした時、ベッドの上に紙きれがあるのを見つけたらしいんです。そこには妙なことが書いてありました。亡くなった竹宮頼子前社長が、あなたの収賄行為に気づいていて、あなたが業者と密会しているところの写真などの証拠を揃えて、地下室の棚にしまってある。宗彦社長はまだ気づいていないが、明日は頼子夫人の遺品を整理するために、地下の棚も掃除するはずだから、今夜中に何とかしないと手遅れになる――まあだいたいこんなことが書いてあったそうです」

「ふうん、妙な手紙ね……」

佳織は気味悪そうに眉をひそめた。

「誰が書いたものなのかは不明なの？」

水穂の問いに青江は首をふった。

「無記名で、しかも全文ワープロで打ってあったそうです。このあたりの話は近藤のおじさんがして下さったわけですが、さすがに渋い顔をしておられましたよ」

そうだろうなと納得してから、

「それで松崎さんは、夜中に地下室に忍びこむことにしたわけね？」と水穂は訊いた。

「そういうことです。手紙の内容を完全に信じたわけではなくても、とにかく確かめる必要はあると思ったんでしょうね。何しろスネに傷持つ身ですから。全員が寝静まるのを待って、それからいよいよ決行したわけです」

夜中に部屋を出た松崎は、リビングに置いてある鍵を取って地下室に行った。ドアを開けると室内は暗く、小さなスタンドが点いているだけだった。だがここで灯りをつけようとした松崎はぎくりとした。ステレオの前のソファに人が横たわっていて、いびきをかいているのだ。

まずい、と松崎は唇をかんだ。宗彦は寝る前に音楽を聞きにきて、そのまま眠ってしまうことがしばしばある。

だがこのまま引き返すわけにはいかなかった。この調子だと宗彦は朝まで目を覚まさないだろうし、朝になれば手遅れになってしまう。棚を調べるぐらいなら、さほど大きな音もたたないだろう――

松崎は度胸を決めると棚に近寄り、扉を開けた。証拠の品は棚にあると手紙には書いてあったが、どこにあるのかはわからなかった。それでとりあえず引き出しから調べることにした。

ふいに肩を摑《つか》まれたのは、夢中になって二番目の引き出しを探っている時だった。声を出す間もなかった、と松崎はいっている。

突然背後からはがいじめにされたのだ。しかも相手は右手にナイフを持っていた。宗彦はどうやら泥棒が入ってきたと思ったらしいというのが、あとになってからの松崎の感想だ。

しばらく揉み合ったのち、相手の方が動かなくなった。暗くてよくわからなかったが、やがて目が慣れてくると、相手の脇腹にナイフの刺さっているのがわかった。思わずあとずさりすると、後ろの棚に当たり、その拍子で上からパズルが落ちてきた。

あとは何を考える余裕もなかった。地下室を出て、一目散に階段をかけあがった。途中ゴミ箱のところで手袋を脱ぎ捨てた。その時、ぱらりと何かが落ちたので拾ってみると、ジグソー・パズルの一片だった。彼は迷わずそれも捨てた。もちろんこの時彼は、それを『ナポレオンの肖像』の一部だと思いこんでいたのだ。

あとは自分の部屋のベッドで震えているだけだった。朝まで一睡もできなかった。そして気持ちが落ち着くにつれて、もはや逃げ道などないことに思い至った。こうなったら真実を打ち明けて、正当防衛を主張するしかない——それが布団の中で行き着いた結論だった。

「ところが朝になって驚いたらしいですね。完全に自首する気でいたのに、外部からの侵入者による仕業のように工作されている。しかし何よりも驚いたのは、三田理恵《みたりえ》子《こ》さんが死んでいたことです」

やっぱり、と水穂は思った。今の青江の話の中に、松崎が理恵子を殺したことが出てこないので変だと思っていたのだ。

「松崎さんは三田さんを殺していないといってるのね？」

「そういうことです。じつは先程難航しているといったのは、この点のことなんです」

「でもあの人は死んでいたじゃない。じゃあ、あの人を殺したのは誰なの？」

佳織が珍しくヒステリックになっていった。

「それがわからないのです。とにかく松崎氏は否定しています。松崎氏は、手袋を門の外に捨てるなど外部からの犯行に見せかけた工作は、全部三田理恵子さんを殺した犯人の仕業だろうと思っていたんだそうです」

「つまり松崎さんのあとで地下室に忍びこんだ者がいて、その人物が三田さんを殺したというわけね」

「そういうことです」

「ふうん……」

松崎が嘘《うそ》をついているのだろうかと水穂は考えた。少しでも罪を軽くしたいという意思が、作り話をしゃべらせているのだろうか？

「ところでジグソーの件はどうだったの？」

これも気になっていることだった。

「それは殆《ほとん》ど例の太った刑事の推理通りだったようですよ。大したものです」

「松崎さんはいつの間にパズルをすりかえたのかしら？」

「事件から二日後だそうです。会社を抜けだして買いに行き、夜にすりかえに来たということです」

そういえばあの夜松崎がやって来たことを水穂は思いだした。黒い鞄を大事そうに持っていたことを覚えている。あの中にはパズルが入っていたのか――

「しかし結局そういう小細工をしたことが命取りになりましたね。何もしなければ、あれほど追い詰められることもなかった」

だが犯罪者の心理とはそういうものなのかもしれないと、水穂は思った。

「とにかくあとは三田理恵子さん殺しの件です。もし本当に松崎氏が殺したのでなければいったい誰がやったのか？」

とりまとめるように青江はいった。

「青江さんは、それも内部の人間だったらいいと思っているのかしら？」

佳織が皮肉っぽくいった。

「僕はどうやら相当陰険な人間だと思われているようですね」

青江は苦笑を浮かべている。

「そういうことじゃないわ。ただあなたを見ていると、こんな事件でも面白がっているみたいだから」

「興味は持っています。それは誰でも同じじゃないですか？」

「……わからないわ」

佳織は目をそらした。

「水穂さんは事件についてどう思われますか?」

青江から水を向けられて、水穂はちょっと首を傾けた。

「まだ何ともいえないけれど、ひと晩に同じ場所で二つの殺人が別々に起こったなんて……ちょっと信じ難いような気がするわ」

「同感ですね」

「だけど松崎さんが嘘をついているとも思えない」

「それも同感です。そうなると考えられることは二つです。ひとつは、三田理恵子さんはおじさんの後を追って自殺したのだということ」

「自殺じゃないわ」

鋭い語気で佳織がいった。

「あの人はそんな女の人じゃないわ。あの人はお父さんのことなんて別に好きでもなんでもなかったのよ。ただ自分にとって有利だから、くっついていただけ」

この口調に気圧《けお》されたように青江と水穂が黙っていると、彼女は我に返ったような顔をしてうつむき、小声で、「自殺じゃないと思う」と繰り返した。

「僕もそう思いますよ」

青江は静かにいった。

「でも可能性はゼロではないでしょう。——考えられるもうひとつは、犯人は松崎氏がおじさんを殺した現場を見ていて、それに便乗して三田さんを殺したということです。つまり罪を松崎氏になすりつけようとしたわけですね」

ある考えが水穂の脳裏に浮かんだ。

「松崎さんのベッドの上にメモを置いたのは、その犯人かもしれないわね。そうして松崎さんを地下室におびきよせるのが目的だったのかも」

「考えられることです。ここで問題になるのは、三田理恵子さんを呼びだしたのは誰かということですね。彼女を真夜中に呼びだせる人間なんて、おじさんのほかにいるんでしょうかね？」

「わからないわよ、あの人のことだから」

佳織が吐き捨てるみたいにいった。

「佳織さんは三田さんのことになると、極端に感情的になりますね」

苦笑しながら青江はいったが、すぐに真顔に戻った。

「こんなことをいうと、また佳織さんに責められそうですがね、もし三田さんを殺した犯人がほかにいるのなら、それは間違いなく内部の人間ですよ。覚えておられるでしょう？　鈴枝《すずえ》さんは、裏口の鍵はかかっていたとおっしゃったんです。そうすると犯人はどこからも出ていけなかったはずです」

彼の言葉に佳織は言葉に詰まったようだ。黙って唇を嚙《か》んでいる。そんな反応に青江は満足そうな顔をすると、「では、失礼するかな」と腰を上げた。そしてドアに向かいかけたが、途中で振り返った。

「ところで例の本ですが、面白いことを発見しましたよ」

「例の本？」と水穂が訊き直した。

「おじさんのパズルの本ですよ。今僕がお借りしている」

「ああ……。面白いことって？」

「いや、まだ面白いかどうかはわからないな。しかし面白くなる可能性は高い。まあ、その時にはお話ししますよ。その時にはあなたや佳織さんを、あっといわせられるかもしれない」

そういって青江は部屋を出ていった。

2

翌日の昼、水穂は久しぶりに外に出た。葬儀に出て以来だが、事件がある程度は片付いたこともあって、少し自由な気分になれた。刑事が尾行している気配もないようだ。

松崎の件については、昨日の夕刊に載っていた。青江から聞いた話を要約してある程度で、

「三田理恵子さん殺害容疑については否定」

と書いてあった。

あの記事を読んで一般の人たちはどう思うだろうと水穂は想像してみる。犯人が、ひとつの犯行は認めても、もうひとつの犯行を認めないということはよくあることだ。往生際の悪い犯人だな、ぐらいの感想で済ませているのかもしれない。

だが水穂の心の中には、いろいろなことが引っ掛かっている。松崎のベッドに妙なメモを残したのは誰なのか？　本当に松崎が理恵子を殺していないのなら、いったい誰の仕業なのか？　理恵子を呼び出した人物が犯人なのか？　もしそうなら、なぜ真夜中の呼び出しに彼女は応じたのか？

水穂の疑問は尽きない。さらに彼女が思い起こしたのは、パジャマのボタンに関する鈴枝の証言だった。『ボタンは旦那様のそばに落ちていました』――？

――なぜ鈴枝さんがあの局面で嘘をいう必要があるんだろう？

考えれば考えるほど、頭が痛くなる思いだった。

水穂は小さく頭を振った。気分転換のつもりで屋敷を出てきたのだ。散歩している時ぐらいは事件のことを忘れようと思った。

冷たい空気が肌に心地よかった。

アスファルトの舗道には、ところどころ水たまりが残っていた。昨日雪が降ったばかりだというのに、今日はもう暖冬に戻っている。道路脇にはまだ雪のかたまりが残っていたが、泥まじりの薄汚い色をしていた。

坂道をどんどん下っていく。交通量の少ない道路の両側には、塀に囲まれた邸宅が並んでいる。舗道と塀との間にある溝には、雪溶け水がちろちろと流れていた。

十分ほど下ると踏切りに出くわす。そこを左に折れると駅前通りに出るのだ。だが水穂はそこを曲がらずに踏切りを渡った。そしてさらに道を下り、ひとつ目の角を右に折れると白い建物が見える。竹宮幸一郎がスポンサーになって建てた美術館だった。

平日のせいか人気はなかった。駐車場には車が二台止まっていたが、ライトバンと軽トラで、どちらも客の物ではなさそうだ。

入り口の横には看板が立ててあって、「現代ガラス工芸展」と書いてあった。水穂はいかにも退屈そうな係員から入場券を買って中に入った。

館内はひっそりとしていたが、それでも客の姿はあった。駐車場に車がなかったから、地元の人間が見に来ているということだろう。

ガラス工芸と聞いて、細いガラスや極薄ガラスを用いた精巧な細工を期待していた水穂は、展示物を見て少々がっかりした。そこに飾ってあるのは、四角や三角といった単純形状のガラスの塊を抽象的に並べたり組み合わせたりしただけのものだったのだ。美術品には興味を持っている水穂だが、ついつい通り過ぎる足が早くなった。

「ガラス工芸がお好きなんですか?」

どこからか声がしたが、それが自分に向けられたものだということを水穂は咄嗟《とっさ》にわからなかった。誰かが近寄ってくる気配がして、それでようやく顔を上げたのだ。

「あら」

「偶然ですね」

相手は例の人形師の悟浄《ごじょう》だった。相変わらず黒っぽい服を着て、白いリボンをネクタイ代わりに締めている。

「ごめんなさい、気づきませんでした」

「いえ、やはりまず御挨拶するべきでした。格好をつけすぎましたね」

「そんなことはないですわ。ガラス工芸が好きかってお訊きになったんでしたわね？」

「そうです。お好きですか？」

「いえ、そういうわけじゃないんです」

水穂は人形師から展示台の上のガラスのブロックに目を移した。

「何でもよかったんです。ガラス工芸でも日本画でも……。気晴らしになればと思って」

「なるほど、現在あなた方は非常に憂鬱な状況に置かれておられるのでしたね。昨日の夕刊は読ませていただきましたよ」

それから彼はさらに声をひそめて、「妙なことになっているようですね。若い御婦人を殺した件については、否定しているとか」

「ええ、まあ……」

水穂は前にこの男が気になることをいっていたことを思い出した。たしか、宗彦以外に三田理恵子と親しくしていた人物がいるかどうかという質問だった。悟浄はなぜそんなことを訊いたのだろう？

「あの、立ち話も何ですから、少し休みませんか？　お尋ねしたいこともあるんです」

「私にですか？　——わかりました。ではあちらで」

人形師はあたりを見回し、展示室の繋《つな》ぎにある休憩所を掌《てのひら》で示した。

休憩所には丸テーブルが六つ置いてあったが人の姿はなかった。水穂は悟浄の勧めで、窓際の奥から二番目のテーブルについた。ここが一番景色が良くて、しかもよその席に煙草を吸う者がいても煙が漂ってこないのだという。こんなにくわしいということは、しょっちゅうこの美術館に来ているということだろうか。不思議な男だと水穂は思った。

腰をおろすと彼女は早速《さっそく》、先日の悟浄の質問について尋ねてみた。

「あの時あなたは大した意図はないとおっしゃいましたけど、本当のところはどうなのですか？」

悟浄はテーブルの上に両手を置いたまま、椅子にもたれかかり、観察するような視線を水穂に注いできた。

「なぜ、今になってそのことをお尋ねになるのですか？」

「それは」と水穂は自分の指先を見つめ、「とても気になるからです」

「とおっしゃいますと？」

「今度のことで、あたしなりにいろいろと考えてみました。そうして、もしかしたら三田さんを呼びだしたのは伯父じゃないのかもしれない、なんて思い始めたんです。でも真夜中に呼びだすんですから、とても親しい人間じゃないと無理でしょう？　そんなふうに考えていたら、あなたの前の質問がすごく気になってきたんです。なぜあなたがあの時、伯父以外に三田さんと親しくしている者がいないかどうか、お尋ねになったのか——」

「なるほど」

人形師はまた身を起こし、両肘をテーブルに乗せたままで掌を組んだ。「私がああいう質問をしたのはじつに単純な理由からですよ。まず最初にこんなことを考えました。宗彦氏が殺される時に三田さんはすでにその場にいたのか、それともいなかったのか？　これは常識的に考えて後者だと判断しました。その場にいたなら、声を出すなり逃げだすなりしたでしょうからね」

「解剖の結果からも、二人が殺された時刻には差があったようだということですわ」

そうでしょう、と彼は頷いた。

「するとこうなります。犯人は部屋に宗彦氏の死体を置いたまま、三田さんがやって来るのを待っていた——」

「そうですわね」

「しかし犯人としてみれば、漫然と待っているわけにはいかなかったはずです。なぜなら、あの部屋の入り口からは死体が丸見えだからです。部屋に入るなり死体が目に入れば、三田さんが悲鳴をあげるおそれがある」

「じゃあとりあえず死体をどこかに移動させたとか」

「それはないと考えました。死体の上には棚から落ちたジグソー・パズルが散らばっていたという話でしたからね。いったん死体を移動させたのなら、そういうことはないだろうと思いました」

「ああ……そうね」

「つまり犯人としては、三田さんが宗彦氏の死体に気づいて騒ぎだす前に、彼女を殺してしまおうと考えたはずです。それにはどうすればいいか？」

水穂は右手で髪をかきあげ、ちょっと首を斜めに傾けた。考えごとをする時の癖だ。

「三田さんが部屋に入る前に殺す……」

「そのとおりです」

悟浄はにっこりした。「私は、三田さんは例のオーディオ・ルームに入る前に殺されたのではないかと考えたのです。つまり犯人は、裏口からオーディオ・ルームに続く廊下で彼女を待ちうけていた」

「殺されたのも廊下で？」

「そうです。彼女が油断したところを刺したのです」

「そのあとで死体を室内に運びこんだ……」

「おそらく」

大胆な推理だった。

そういえば悟浄を地下室に連れて行った時、しきりに室内や廊下のようすを観察していたことを水穂は思いだした。あの時この男は、こんなことを考えていたらしい。

「そういうことを考えると、犯人像はおのずから浮かび上がってきます。つまり三田理恵子さんが真夜中に突然出会っても警戒しない人物です。これはもうかなり親しい人間であるといえるでしょう」

「廊下のどこかに隠れていて、ふいをついたとは考えられません？」

水穂は反論してみた。あの廊下には物置に通じるドアもあって、隠れることは不可能ではない。

だが悟浄は首をふってゆっくりといった。

「その場合だと犯人は背後から襲ったでしょう。しかし三田さんは正面から刺されていました」

「ああ、なるほど……」

水穂は感心した気持ちを表すために、軽く首を横にふった。

「それであの時にあんなことをおっしゃったのね。大したものですわ」

「単純な推理ですよ」

悟浄は肩をすくめて見せた。実際大したこととは思っていないようだった。

「それにこの推理が的中しているとはかぎりませんしね。私は宗彦氏と三田さんを殺した犯人は同一だと思いこんでいましたから。真実は意外と単純で、宗彦氏が殺されたショックで三田さんは自殺したのかもしれませんよ」

「それはないと思うんですけど……」

語尾を曖昧《あいまい》にごしたあと、

「こういうことって数多く経験してらっしゃるの？」

と水穂が訊くと、「まさか」といって彼は笑った。白い歯だった。

「私は探偵ではありませんよ。ただ例のピエロを追っていると、しばしば奇妙な事件に遭遇します。全くあの人形は不思議な力を持っている。ところで現在の状況からですと、まだピエロを譲っていただくことはできないようですね」

「さあ、どうなんでしょう」

　水穂は前髪をかきあげながら首を傾げた。三田理恵子の死の真相が明かされなければ、まだ事件解決ということにはならないわけだが。

「こういうことを申し上げるのは非常に失礼だとは思うんですが」

　人形師は慎重な口ぶりでいった。

「もし三田さんを殺した犯人が別にいるとすれば、その人物もまた屋敷内の人間である可能性が強いのではありませんか？」

「……あたしにはよくわかりません。そうじゃないことを祈るだけですわ」

　水穂は唇を噛《か》んだ。

「もちろん私もそうです。たしか外部犯に見せかけた工作は、すべてお手伝いさんがやったことだったそうですね。私は前にお邪魔した時にお見かけした程度ですが、とても真面目そうな女性だという印象を受けました」

「鈴枝さんは真面目な方です。昔から忠実な人でした」

「そのようですね。そうでないと、殺人事件という事態に直面して、咄嗟《とっさ》に邸内の人間に疑いがかからないように偽装することなど、到底思いつかないでしょう」

　それから悟浄は、下手に強盗の仕業などに見せかけなかった点がよかったと付け加えた。何かを盗まれたことにするには、その物をどこかに隠す必要がある。そうなれば警察が内部犯行を立証しようとした時、それを見つけ出すことに精力を注がれるだろう。彼等の人海戦術にかかれば、そんなものは簡単に見つかってしまうというのだ。

「もっとも、今となってはどうでもいいことですが」

悟浄は無意味な解説をしたことを恥じるように、顔をしかめてみせた。

彼の話を聞きながら、水穂はまた例のパジャマのボタンのことを考えていた。なぜ鈴枝は嘘をいっているのか？

「どうかされましたか？」

彼女が物思いにふけった顔をしたからだろう、悟浄が尋ねてきた。

水穂はこの男に相談してみようと思った。悟浄ならまた違った見方をするような気がしたのだ。それにこの人形師は信用できる——そんなふうに感じてもいた。

「あの、これはとても大切な話で警察にもまだしゃべっていないことなんですけど、相談に乗っていただけるかしら？」

水穂の真摯《しんし》なまなざしに、彼は少し虚をつかれたような表情を見せた。

「私でよければ喜んで。何ですか？」

「その前に約束していただきたいの。絶対に人には話さないでください。あなたを信用して打ち明けるんですから」

「その点なら心配無用と申しあげておきましょう。孤独な旅を続けているという事情から、話したくても、その相手がいないのですよ。人形ぐらいしかね」

そういって悟浄は右の掌を広げ、指先をぴくぴくと動かした。指人形を動かすふりをしたようだった。

水穂は少し表情を和ませ、それからゆっくりと宗彦のパジャマのボタンに関わる話を始めた。彼女が話す間、人形師は彼女の目を見つめたまま、じっと聞きいっていた。

「――というわけなんです」

出来るだけ要領よくしゃべったつもりだったが、うまく伝わったかどうか水穂はあまり自信がなかった。それでも胸のつかえがおりたようで、少しすっきりした。

聞き終わったあと、悟浄は何もいわずに腕組みをして天井を眺めていた。しばらくそうしたあと、「興味深い話ですね」といって身を乗りだしてきた。

「整理するとこういうことですね。事件当夜あなたは、二階の廊下にある棚の上にそのボタンが置いてあるのを見た。ところがお手伝いさんは、死体のそばに落ちていたので、拾って裏口の外に捨てたと告白している」

「そういうことです」

「あなたが二階の廊下で見たボタンというのは、宗彦氏のパジャマについていたものに間違いないのですね？」

「ええ、間違いないと思います」

「ふむ」

悟浄は人差し指を立て、それで自分の眉間を二、三度軽く叩《たた》いた。

「実に興味深い話です。もしあなたが見たものと、お手伝いさんが死体のそばで拾ったと主張しているものが同一ならば、いったいどういうふうに解釈すればいいんでしょうね。誰かがボタンを移動させたのか、お手伝いさんが嘘をついているか」

「あたしは鈴枝さんが嘘をついていると思っていたんですけど」

「順を追って検討してみましょう」

人差し指を眉間につけたままで悟浄はいった。

「まず、なぜ宗彦氏のパジャマのボタンが、廊下の棚の上にあったんでしょう？」

「それは松崎さんが落としたんだと思います。揉み合った時に伯父様のパジャマから外れたボタンが松崎さんの身体のどこかについていて、それが何かの拍子でとれて、棚の上に落ちたんじゃないでしょうか」

「棚というのは、どのくらいの高さですか？」

「たしかこれぐらいでした」

水穂はテーブルよりも十センチほど下のところに掌を止めた。悟浄はその位置を見て頷いた。

「棚は何で出来ていますか？　木ですか？」

「木です」

なぜこんなことを訊くのだろうと水穂は不審に感じた。

「そこには何か敷いてありますか？　クロスか何か？」

水穂は「少年と仔馬」の置物のことを思いだした。

「人形が置いてあって、その下だけ布が敷いてあったと思います」

「ボタンがあったところには何も敷いてなかったのですか？」

「そうです」

悟浄は眉間から人差し指を離し、じっと真剣な目を向けてきた。

「その高さの棚に何かを落とすという可能性は少ないように思えますね。また仮に、もし松崎氏がその棚の上にボタンを落としたのなら、音がしたんじゃないでしょうか。そしてもし松崎氏が気づいたなら、おそらくボタンをそのままにはしておかなかったと思うのですが」

「そういわれれば……」

「松崎氏が落としたのは、ほかの場所だったのではないでしょうか。たとえば絨毯《じゆうたん》の上だとかです。そしてそれを誰かが拾って棚の上に置いた」

「たしかにそういうことも考えられるわけですわね。するとその拾った人も鈴枝さんが嘘をついていることを知っているはずだわ。でもどうしてその人は黙っているのかしら？」

「それは後回しにして、ボタンの行き先についての議論を続けましょう。さてそのボタンが裏口の外に捨ててあったわけですが、どういう経路を辿《たど》ったと思いますか？」

「だから……鈴枝さんが見つけて捨てたんじゃないでしょうか」

「問題はそこです」

悟浄はぐっと顎《あご》を引き、上目遣いに水穂を見た。

「二階の棚の上に置いてあったボタンを見て、なぜそれがすぐに宗彦氏のパジャマから欠落したものだとわかったのでしょう？　あなたならどうですか？　ボタンを見ただけで、それが誰のどういう服についていたものか、見分けることができますか？」

水穂はかぶりをふった。

「自分の服でも難しいかもしれませんわ」

「そうでしょう。私が興味深いといったのは、まさにこの点なんです。死体のそばに落ちていたなら、それが死体の身についたものと判断できても不思議じゃない。しかし、全く離れた場所にあったものを、どうやって死体と結びつけて考えられるのか、とね」

水穂は右手でこめかみを押さえた。軽い頭痛が襲ってきたのだ。

「鈴枝さん本人に尋ねてみましょうか？」

水穂は訊いた。それが一番早いと思ったからだ。

「悪くはありませんが、まず本当のことをお話しにはならないと思いますよ。話せないから嘘をついておられるのです」

「それはそうでしょうけど」

「三田さんを殺したのはやはり松崎氏なのか、それとも犯人は別にいるのか、あるいは自殺だったのかは現在のところ不明です。しかし、もし別に犯人がいるのだとしたら、このボタンの件は非常に重大な鍵になると思いますね。なぜなら犯人は、あなたがここまで知っているということに全く気づいていないだろうからです。今後の犯人の行動の中には、必ずこの鍵に合う錠が隠されているはずです」

その重大な鍵を自分ひとりが持っていることに、水穂は大きな不安を覚えた。

「また相談にのっていただけるかしら？」

「いつでも結構です。私はこの時間には大抵《たいてい》この席に座っていますから」

やはり毎日この美術館に来ているらしい。

二人は腰を上げ、順路に従って出口に向かった。外に出ると、かなり日差しが強くて、水穂は思わず顔をしかめた。

「御身内を疑えというつもりはありませんが、皆さんの言動には気をつけられた方がいいでしょうね。そうして何かあったら、また連絡してください。たとえ些細《ささい》なことでも。これは私の直感にすぎないのですが、今度の事件は想像以上に複雑な構造をしているのではないかという気がしますから」

「がんばってみます」

水穂は右手を差しだした。人形師はすぐにはその意味に気づかなかったようだが、やがてその手を握ってきた。

「がんばってください」

そうして水穂は美術館の前で悟浄と別れた。

3

水穂が屋敷に帰ると、リビングには見なれた顔ぶれが揃《そろ》っていた。捜査一課の山岸と野上だった。あまり冴えない表情をしているところを見ると、芳《かんば》しい進展がないらしい。

彼女の姿をみとめると、二人の刑事は素早く立ち上がった。

「お出かけだったようですね」と山岸が訊いてきた。

「美術館まで散歩に出ていたんです。御存知じゃなかったんですか？」

水穂がいったのは、ついこの間までは必ず尾行がついたことを皮肉ったのだ。

「いえ、我々はちょっと前に来たばかりですからね」

真面目くさって答える。鈍感な人間には皮肉は通用しないのだ。

「今日はどういう御用件ですの？」

「奥様に二、三お訊きしたいことがありましてね。今、着替えておられるとかで、お待ちしているというわけなんですよ」

奥様というのは静香のことらしい。鈴枝の姿が見えないのは、静香の部屋に行っているからだろう。鈴枝といえば捜査を乱したことで厳重注意を受けたようだが、元々悪意があってやったことではなく、その日のうちに帰され、またいつも通りの生活に戻っている。

「そうですか、それではごゆっくり」

水穂が階段を上がろうとすると、「あ、ちょっと」と呼び止められた。

「あなたにもお尋ねしたいことがあるんですよ。少しいいですか？」

階段に足をかけた状態で、水穂は振り返った。

「何でしょうか？」

「確認ですよ」と太った刑事は前置きした。

「事件当夜、たしかあなたは夜中に目を覚ましたとおっしゃいましたね？」

「ええ、いいましたけど」

それがどうしたのかという意味を込めて、彼女は刑事の目を見返した。

「目が覚めてすぐ窓を開けたところ、宗彦氏の部屋の窓が明るくなるのが見えた。間もなく灯りは消え、あなたは窓を閉めた……」

山岸は途中からは手帳を見ながらしゃべった。さらに続ける。

「それからあなたは寝床に入って本を読みはじめたが、どうしても眠れそうにないので台所へ缶ビールを取りにいった。そして戻ってきた時に、だいたい三時頃だった――こうおっしゃってますが、これに間違いありませんか？」

「ええ、間違いありません」

「うむ」

山岸は手帳をしまいこむと、腰に手をあてた格好で天井を見上げた。小さい唸《うな》り声を出している。

「あの、それが何か？」

じれったくなって水穂は催促した。山岸が彼女の方を見た。

「おおよその感覚で結構なんですが、目を覚ましてから缶ビールを取りにいくまで、どれぐらいの時間が経っていたと思いますか？」

今度は水穂が腰に手をあてた。厄介なことを訊いてくるものだ。

「自信はありませんけど、三十分から一時間ぐらいの間だと思います」

「三十分から一時間」

山岸が繰り返し、その横で野上が素早くメモを取り出した。途端《とたん》に水穂は答えたことを後悔した。

「確実性はありませんわ。もし今あたしがいったことを法廷で述べろといわれても、拒否しますからね」

彼女の言葉に二人の刑事は顔を見合わせて苦笑した。嘲笑されたようで、水穂は不快になった。

「そんなことはいいませんよ。参考までに伺《うかが》っただけです」

山岸はまだ少し笑いの残った顔でいったが、次に、「というのは、ちょっと気にかかる点があるんです」といった時には、すっかり真顔に戻っていた。

「気にかかる点って？」

「じつは松崎が妙なことをいいだしたんですよ」

松崎――刑事はもう彼の名字を呼びすてにしている。

「宗彦氏を刺して自分の部屋に戻った時に、ちらりと時計に目をやったそうなんですが、どうも二時頃だったように思うというのです」

「二時頃？」

宗彦の部屋の灯りがついたのが二時か二時半頃だとすると、その頃まだ宗彦は生きていたことになる。松崎が二時以前に宗彦を殺すことなどできるはずがない。

「そんなはずはないと思うでしょう？」

水穂の心中を見抜いたように山岸はいった。

「もっとも松崎自身も、それほど自信を持っていっていることではないのですよ。あるいは勘違いかもしれないと述べています。何しろ殺人を犯したあとで、気が動転していたでしょうからね」

「あたしの記憶に間違いがあるのかもしれません」

水穂は率直にいった。

「そうですね。ただ、双方の記憶に狂いがない可能性も、ないわけではありませんな。あなたは宗彦氏の部屋の灯りが点くのを目撃しただけで、そこに宗彦氏がいるのを見たわけではない」

「あの部屋にいたのは伯父様ではなかったと？」

「そう考えるしかありませんな。ではいったい誰がいたのか？」

山岸は目に粘っこい光をたたえて片頰を歪《ゆが》めた。

「あたしにはわかりませんわ」

「そうでしょうな。無論我々にもわかりません」

また不快感が水穂の胸にこみあがってきた。山岸は松崎のほかにもう一人、犯罪者がこの家にいることを示唆しているのだ。

「御用件は以上ですか？」

わざと不機嫌に聞こえるように水穂はいってみた。

「ええ、そうです。お手間をとらせました」

「じゃああたしから質問があるんですけど」

「何でしょう？」

「あの事件以来地下室には立ち入らないようにいわれてきたんですけど、まだ駄目なんでしょうか？」

するると山岸は指先で鼻の横を掻きながら野上の方をちらりと見て、それからまた水穂に視線を返した。

「地下室はふだんあまり使わないとお聞きしていたので無理をお願いしていたのですが……何か？」

「あの部屋にあるものを持ち出したいんです。以前にもお願いしたでしょう？　ピエロの人形なんですけど」

「ああ、あれね」

山岸は露骨に嫌な顔をした。

「あれを欲しいといってる方に、ずっと待っていただいてるんです。あの人形を持ち出すことが、捜査の支障になるとは思えないんですけど」

山岸はげんなりした顔でしばらく考えこんでいたようだが、やがて面倒くさくなったらしく、本部に連絡するよう野上に命じた。

野上が電話をかけている間に、二階から静香と鈴枝が下りてきた。このところあまり顔を合わせていないのだが、静香はずいぶんやつれて見えた。

「事件はどうなりました？」

一歩一歩たしかめるように階段を下りながら、静香は山岸に訊いた。

「着実に進展しておりますよ、奥様」

静香が最後の一段を下りる時に山岸は手を差し出し、そのまま静香の手を取って彼女をソファのところまで導いた。

「そう？　新聞には、まだわからないことが多いって書いてありましたけど」

「彼等は勝手なことを書くのが仕事なんですよ。盛り上がるように書くんです」

「でも三田さんの方は解決していないんでしょ？」

「時間の問題です」

静香がソファに座るのを見届けてから、山岸も大きな腰を下ろした。鈴枝は茶の用意でもするためか、キッチンに消えた。

「それはともかく、今日は二、三質問させて頂きたいことがあって伺ったんですがね」

といって刑事は両手をこすり合わせた。

「何をお尋ねになりたいの？」

「竹宮頼子さん、つまり二ヵ月ほど前にお亡くなりになった、奥様のお嬢様のことです」

刑事の言葉に静香は一瞬身を硬くしたようだった。そして彼女は焦点のさだまらない目をゆっくりと刑事の顔の方に移動させていった。

「頼子の何をお訊きになりたいの？」

「頼子さんは、かなり積極的な会社経営をなさる方だったそうですな。それこそ男性社会に対抗するような勢いで」

「ええ。死んだ主人が、仕事には男も女もないという教育をし続けたものですから」

静香は少し胸を反らせたようだった。

「その頼子さんが、仕事や私生活などで相談する相手といえばどなたになりますか？宗彦氏以外で、です」

「相談相手？　さあ……」

静香は掌を頬にあて、ちょっと首を傾けてから、「どうしてそんなことをお訊きになるの？」と逆に訊き返した。

「ですから確認です」

刑事は落ち着いた声で答えた。

「御存知かと思いますが、松崎は収賄の証拠が棚に隠してあるというメモを見て地下室に忍びこんだといっています。しかしそのメモは処分したとかで、証拠としては残っておりません。じつは我々はこのメモの話は、松崎の嘘ではないかと睨《にら》んでいるんですよ。本当は最初から殺すつもりでやったことだが、正当防衛を主張するためにそんなことをいっているのではないかとね。そのメモには、頼子さんが松崎の収賄に気づいていたと書いてあったそうなのですが、果たしてそれが事実かどうかを確認したいのです。もし、頼子さんはそんなことを知らなかったと証明できれば、松崎の嘘を看破できたことになるのです」

「ああ、そう……なんだか気乗りのしない話ね」

静香はまた考えこむ顔つきになった。

「たとえば奥様はどうですか？　松崎の収賄について、頼子さんから相談を受けたことがありますか？」

「とんでもない」と静香は掌をふった。

「私は会社のことなんか全然わかりません」

そうでしょうな、というように頷いてから山岸は、

「じゃあやっぱり近藤氏や和花子《わかこ》さんに当たった方がいいでしょうかね？　あのお二人には、頼子さんはよく相談されていたんでしょう？」

と問いかけた。その探るような口調に、横で聞いていた水穂ははっとした。山岸は松崎のメモの話を嘘だとは考えていない。じつはその逆で、メモを書いた人間はいったい誰なのかを探ろうとしているのだ。山岸の頭の中では、その人間が三田理恵子を殺したことになっているのかもしれない。

「さあ、よくわかりませんわ。あの二人にじかにお会いになった方がいいんじゃないかしら？」

静香がこう答えた時、ようやく野上が戻ってきた。彼が山岸の耳もとで何かいうと、山岸は何度か頷いてから水穂を見た。

「本部に連絡しました。人形の持ち出しは結構です」

「それはどうも」

水穂がそういうと、野上が先に階段を下りていった。それで彼女が彼のあとをついていく。背後で、山岸が静香に人形のことを話しているのが聞こえた。

ピエロの人形を取って戻ってくると、山岸はソファから立ち上がっていた。引き上げるつもりらしい。

「お邪魔しましたね、またお願いします」

山岸は野上を連れて去っていった。彼等の姿が見えなくなってから、

「この家から犯罪者を出したくてしかたがないみたい」

と静香が呟いた。ピエロをサイドボードの上に置いていた水穂は、「えっ？」と振り返った。

「本当に、そのピエロが来てから、この家にはロクなことがないわね。早く処分してしまいましょう」

そういって静香はまた階段を上がっていった。


（ピエロの目）

一時間ばかり、僕は無人のリビング・ルームを眺め続けていた。老婦人は僕の悪口をいってすぐに階段を上がっていってしまったし、水穂という名前の若い女性も間もなく二階に去っていってしまった。家政婦の女性が台所に

いるようだが、彼女はとても勤勉らしく、この一時間ほど一歩もそこから出てこなかった。食事の用意をする音が時折聞こえてくるだけだった。

やがて僕の前に姿を見せたのは、整った顔だちの若い男だった。足が長く、大きなストライドで部屋に入ってきた。

「ああ、お帰りなさい」

台所から家政婦が顔を出していった。「最近は早いんですね」

「のんびりと大学にいる心境じゃないんですよ」

若い男は僕の顔をじろじろ見ながら近づいてきた。

「ははあ、これだな。悲劇のピエロとかいう代物は。どうしてこんなところにあるんです？」

「それを譲ってほしいとおっしゃる方がいて、水穂お嬢様が刑事さんの許可をもらって、地下室から持ってこられたんですよ」

家政婦が盆にティー・カップを乗せてやってきた。カップからは湯気が立ちのぼっている。若い男は礼をいってカップを受け取った。

「あの石頭の刑事たちがそんなことを許可したということは、どうやら事件は解決したと見ているのかな？」

「そうかもしれませんね」

家政婦は伏し目になり、そのまま台所に下がろうとした。それを、「あっ、ちょっと」と若い男が呼び止めた。

「鈴枝さんに尋ねたいことがあるんですよ」

と彼はいった。鈴枝、というのが家政婦の名前らしい。

「嫌なことを思いださせるようで申しわけないんですが、あの時のことをもう一度お訊きしていいですか？」

申しわけないと言葉ではいっているが、男の口調は快活なものだった。鈴枝は一瞬だけ不快そうに眉をひそめたが、すぐにもとの能面のような無表情に戻った。

「何でしょう？」

「髪の毛のことですよ」

「かみ？」

「そう。あの時におっしゃったでしょう？　おじさんの手には髪の毛が握られていたが、それはひそかにトイレに流したって」

若い男は唇にカップを持っていき、飲みながら上目遣いで家政婦の鈴枝を見た。

鈴枝はちょっと下を向き、それからまた顔を上げた。

「はい、それが何か？」

「髪の毛を摑《つか》んでいたのは、右手だっておっしゃいましたよね？」

鈴枝の能面のような顔に少しだけ変化が現れた。黒目がわずかに上下したのだ。

「ええ、右手でした」

彼女はとても低い声で答えた。

「なるほど。じゃあやっぱり松崎氏は嘘をついているのかな」

男は独り言みたいな口調でいったが、家政婦に聞かせるつもりであることは明らかだった。

男のこの言葉に、「どういう嘘ですか？」と鈴枝は訊いた。

「殺すつもりはなかったという点ですよ」

そういって若い男はカップの残りを飲みほした。

「松崎氏はこういってますね。おじさんがナイフを持って襲いかかってきたので、防ごうと思って暴れた。そうしたらナイフが相手の脇腹に刺さっていた、とね。もし松崎氏のいったことが本当なら、ナイフを持っていたのは最初から最後までおじさんだったということになる。おじさんは右利きだから、ナイフを持つとすれば右手ですよね。ナイフを持った手で、相手の髪の毛も摑むなんてこと、ちょっと難しいと思いませんか？」

鈴枝は首を少し傾け、ほつれた毛をかきあげた。

「さあ、私にはよくわかりませんけど……」

「僕は難しいと思いますよ。そうすると松崎氏が嘘をついていることになる」

「…………」

鈴枝は黙りこみ、斜め下の方に視線を向けた。

「そうでしょう？」

「……そうですわね。そうかもしれませんね」

鈴枝はセーターの袖をまくり上げ、思いだしたように台所を振り返った。

「あの、もういいですか？」

「いいですよ。どうもごちそうさま」

男は自分が持っていたティー・カップを鈴枝に渡した。彼女はそれを持って台所に消えていった。

男はしばらくそこで何やら考えごとをしているようすだったが、やがて何か企みごとがあるかのように唇の端を歪めると、軽い足どりで階段を上がっていった。

次に現れたのは夫婦ものだった。この二人に対する鈴枝の態度は、先程の若い男の時とはうって変わった明るいものだった。

「お義母《かあ》さんがかなりまいっておられるという話だからね、会社の方も大変なんだが、ちょっとようすを見に来たんだ」

何か大きな紙包みを渡しながら、夫の方がいった。

「お母様は二階?」

妻が訊いた。家政婦が頷くと、「じゃあ部屋の方に行きましょう」と二人揃《そろ》って上がっていった。

彼等がいなくなって少ししてから、部屋の隅にあるエレベーターがゆっくりと下りてきた。乗っていたのは、例の車椅子の女性だ。彼女は鈴枝を呼んだ。

「和花子叔母様たちも一緒に食事するそうなの。それで永島《ながしま》さんも呼ぶことにしたわ」

「かしこまりました。ではそのつもりで準備させていただきます」

「よろしくね。——ああ、それから」

台所に向かいかけた鈴枝を、彼女は呼びとめた。

「さっき青江《あおえ》さんと話してたみたいだけど、何の話だったの？　松崎さんのことをいってたみたいだけど」

「お聞きになっていたんですか……いえ、つまらないことですよ」

鈴枝は不自然な笑い顔を作った。

「聞きたいわ」

娘が真顔でいうので、鈴枝も隠しづらくなったらしい。低い声でぼそぼそと、先刻の若い男——青江という名らしい——から、髪の毛について尋ねられたことを伝えた。

娘は思案するように首を傾げた。

「どうしてそんなことをいいだしたのかしら？」

「さあ、青江さんが何を考えておられるのか、私にはさっぱり……。何か、にやにや笑っておられましたけど」

「そう……。まあ、そういう人だから。少しほうっておけばいいわ。そのうちに探偵ごっこにも飽きるでしょうから」

そして車椅子の女性は、またエレベーターを使って上がっていった。

それからまた静かな時が半時間ほど流れた。静寂を破ったのはインターホンの音だった。鈴枝は送話口に向かって何かいい、足早に玄関の方に出ていった。
二、三分して彼女ともう一人の、二つの足音が聞こえてきた。
「皆さんお揃《そろ》いなんですよ。佳織お嬢さまもお待ちですわ」

鈴枝が声を弾ませている。その声は、さっきの若い男に対する時とも、夫婦ものに対する時とも微妙に違っていた。

「それにしても僕まで食事に誘っていただいて申し訳ないな。鈴枝さんの手間が増えるだけなのに」

もう一人は男だった。二人の足音は、僕の背後にある階段のあたりで止まった。上着かコートを脱ぐような音が聞こえる。

「よろしいんですよ、永島さんは御家族同様なんですから。それよりも外はお寒うございましたでしょう？　コーヒーと紅茶とどちらがよろしいでしょうか？」

鈴枝が愛想よく尋ねている。一方の男の名前は永島というらしい。

「いや、僕はすぐに二階に行きますから結構です。食事の支度を続けてください」

永島という男が僕の背後でいった。

「そうですか、それでは」

鈴枝の姿が僕の視界に入ってきた。彼女は真っすぐに台所に向かい、男は階段を上がりかけたようだ。だがこの男の足音が途中で中途半端に止まった。

「鈴枝さん、ちょっと訊きたいことがあるんですが」

永島という男が上から声をかけた。妙にあらたまった声だ。台所に入りかけていた鈴枝が振り返ったが、その表情には不安の色が滲《にじ》んでいた。

「何でしょう？」

彼女もまた少し硬い声で訊いた。

「事件のことなんですよ」

と永島はいった。彼がゆっくりと階段を下りる気配がある。

「鈴枝さん、何か隠してることがあるんじゃないですか？」

鈴枝が唾《つば》を飲みこむのが、彼女の喉《のど》の動きからわかった。少し間を置いてから、

「隠してること？」

と鈴枝は問い返した。

「この前鈴枝さんがいったことの中に、ですよ。手袋を捨てにいったことだとか、いろいろな話の中に」

永島はやけに歯切れの悪い言い方をする。はっきりしたことはわからないが、宗彦たちが殺された事件についてしゃべっているのは確実のようだ。宗彦を殺した犯人が松崎という男だということは、刑事たちの会話から僕も知っている。

「別に隠してることはありませんよ。何もかも洗いざらいお話ししました」

鈴枝の声は少し不機嫌そうだった。

「隠してないなら、鈴枝さんが勘違いをしているのかもしれない。もう一度よく思いだしてもらえませんか。手袋の位置だとか、ボタンを拾った場所だとか……何か思い違いをしているところがあるんじゃないですか？」

「そんなことはありませんよ。どうして永島さんがそんなことをおっしゃるんですか？」

「どうしてって、その理由は今はいえないんだけど……鈴枝さんの記憶には間違いがあるはずなんですよ」

「間違いはありませんよ。あの……食事の用意がありますので、私はこれで」

小さく頭を下げると、鈴枝は逃げるように台所に消えてしまった。永島はしばらくの間階段の途中で立ち尽くしていたようだが、鈴枝が台所から出てくるようすがないことを察したのか、やがてまた階段を上がっていった。

しかしそれから少しして、台所から鈴枝が現れた。永島が去るのを待っていたようだ。彼女はひどく顔色が悪くて、目は血走ったようになっていた。

この時、永島が上がっていったのと反対側にある階段――つまり僕の位置からは真正面に見える階段から、誰かが下りてきた。すると鈴枝はその方向に目を向け、瞬間驚いたように口を小さく開いた。

「お聞きになってたんですか？」

鈴枝はひどく悲しげな目をして訊いた。階段上の主は声に出しては答えなかったが、その代わりに頷いたようだ。

「まさか永島さんがあのようなことをおっしゃるとは……でも大丈夫です。私にまかせておいて下さい」

鈴枝はそういうと、まるで忠誠を誓うように腹の前で指を組んだ。そしてその直後に台所の方で何か音がしたので、彼女は黙礼して下がっていった。階段の主はそれから二、三段下りてきた。それで僕には顔がはっきりと見えた。

それは例の老婦人だった。

4

水穂が自室で母への手紙を書いていると、遠慮がちにドアを叩く音がした。ペンを持ったまま返事すると、青江が珍しく鬱陶《うっとう》しい顔で入ってきた。

「食事の用意ができたそうですよ」と彼はいった。

「そう、ありがとう」

水穂はスタンドの灯りを消し、机の前から立った。

「どなたに手紙を？」

青江は便箋に気づいて訊いてきた。

「母によ。心配しているだろうと思うから」

「事件のことを報告なさっているんですか？」

「報告というわけではないわ。母が知りたいだろうと思うことを書いているだけよ。妙な心配をさせない程度にね」

水穂が青江と一緒に部屋を出た時、ちょうど佳織がエレベーターに乗るのが見えた。そばにいるのは永島だ。佳織ははにかんだような笑みを唇に浮かべている。二人とも水穂たちには気づいていないようだった。

青江が足を止めているので水穂も歩きださなかった。佳織たちの姿がエレベーター内に消えてから、青江はようやくゆっくりと第一歩を踏み出した。

「麻疹《はしか》みたいなものです」

彼は抑揚のない声でいった。

「水穂さんにも経験がおありでしょう？　ああいう年代の男に憧れる時代が誰にでもある」

水穂は少し意外な気がして青江の横顔を見た。彼が本気で嫉妬《しっと》しているように感じたからだった。

食堂に行くと勝之と和花子がすでに来ていて、静香と向かいあって席についていた。さらに水穂たちよりも少し前をいっていた佳織と永島が静香の隣に並んで座り、水穂と青江は彼等の前に腰を下ろした。

鈴枝が料理を運ぶのを水穂と和花子が手伝って、晩餐が始まった。

この日は珍しく、皆口数が多かった。特に多弁なのは勝之で、歌舞伎や芝居の話を一所懸命に静香に聞かせていた。静香の方もいかにも興味を覚えたように相槌《あいづち》をうっている。

誰もが事件のことを避けているのは明らかだった。そして何とか明るい話題を見つけだして、笑顔を引きだそうとしていた。水穂が未婚だということは、和花子たちの格好の標的にされた。そろそろ相手を見つけた方がいい、どういう男性が趣味か、オーストラリアで結婚するのだけはやめてほしい——こうした話しかけに、水穂は出来るだけ彼等の期待通りの返答をした。期待通りというのは、この場の雰囲気をもりあげるような受け答えをするということだった。

この中で一人だけ口数が少なかったのは、水穂の隣の青江だった。黙々とスープを飲み、サラダをかじり、ステーキを口に運んでいる。そして彼のナイフやフォークは時折不自然に停止した。どうやら彼は何か考えごとをしていて、その思考に変化が起きた時、彼の手は止まるようだった。

「いつもの青江君らしくないわね」

水穂がいってみると、彼は我に返ったような顔をし、それから苦笑を浮かべた。

「考えることがたくさんありましてね、おしゃべりどころじゃない」

「何を考えてるの？」

「それはまあ、いろいろですよ」

そういって青江はワインを飲みほした。

「探偵さんはお忙しいというわけ？」

向かいから声をかけたのは佳織だ。青江を厳しい目で見つめている。

「この前、あたしや水穂さんを、あっといわせてくれるっていったでしょ。あの件はどうなったの？」

「あれに関しては約束を守りますよ、必ずね」

青江は真っすぐに彼女を見返して、微笑んだ。

「何だい、あの件って？」と永島も加わってきた。

「今度の事件に関係していることなのかな？」

「ちょっとしたパズルの話ですよ」

と青江は相変わらず笑いを消さずにいった。

「しかし、僕の推理が当たっていれば、今度の事件にも関係してくるはずです。そうして佳織さんたちを驚かせられるというわけです」

「いってることがよくわからないな」

「よくわからないの、この人」と佳織もいった。

「貸してあげたパズルの本から閃《ひらめ》いたことがあるみたいだけれど、何か考えがあるなら、はっきりいえばいいのに」

「しゃべる段階ではないということですよ。裏付けというか、証拠というか、そういうものが必要ですからね。警察の捜査だってそうです。アリバイ、指紋、目撃者――地味なデータが最後にはきくのです」

意味不明な会話に付き合いきれないと思ったのか、永島は首を二、三度振っただけで、それ以上訊きはしなかった。佳織も青江を無視しだしたので、この話題はここまでで終わった。

デザートを食べている時、リビングで電話が鳴ったので、鈴枝が受話器を取りにいった。こちらでは永島の新しい店の話をしている最中だった。

間もなく鈴枝が入ってきて、勝之《かつゆき》の耳もとで何か囁《ささや》いた。勝之がいい返すと、鈴枝は頷きながら答えている。彼の顔はかなり険しくなっていた。

水穂が気がつくと、まわりの誰もが彼に注目していた。今までの笑顔など、どこかへ消し飛んでしまっている。

「よし、わかった」

勝之は下唇を噛《か》んで腰を上げると、食堂を出ていった。メロンを食べる皆の手は停止し、重苦しい沈黙が部屋全体を飲みこんでいた。

勝之の声がかすかに聞こえてくる。何をいっているかはわからないが、彼の声が届くたびに皆の不安の色は濃くなった。

五分ほどで彼は帰ってきた。額が少し赤くなり、頬が引きつっているように見えた。

「どこから？」と静香が訊いた。

「部下からです」

勝之は座りながら答えた。

「警察との連絡役を任せている男です。彼の話によると、松崎君が見たメモを書いた人間がわかったそうです」

「誰なの？」と和花子が訊いた。

勝之は唾を飲んでから、

「三田理恵子君らしい」と答えた。

何秒間か、誰も声を出さなかった。最初に口を開いたのはやはり勝之だった。

「まだ確認すべきことが多くあって断定はできないそうだが、三田君の部屋にあるワープロで打たれたことはほぼ間違いないようだ。彼女のワープロは、どういう文字を印字したかインクリボンを見ればすぐにわかるタイプらしいんだが、松崎君がいったような文面を印字したリボンが彼女の机の引き出しの中から見つかったという話だ」

「どういうことなのかしら、それは？」

静香が皆に意見を求めるように首を回した。

「あの人がどうして良則《よしのり》さんにそんなメモを送ったのかしら？」

「わかりません。ただひとついえることは、松崎君はその点に関しては嘘をついていなかったということです」

勝之は厳しい顔つきでいったが、その声にはどこか余裕が感じられた。何はともあれ、メモを書いたのがこの中の人間ではなかったと知って、安心しているようだ。

「三田さんは松崎さんの収賄を知っていたということ？」

和花子が自分の夫に尋ねた。

「それは充分考えられることではあるよ。かつて三田君は、頼子社長の下についていたんだからね」

「三田さんが知っていたということは、宗彦さんも御存知だったんじゃないですか？」

永島が遠慮がちに口を挟《はさ》んだ。何人かが頷いて同意を示した。

「じつは警察もそう考えているらしい」

勝之は少し重そうに口を動かした。

「そして三田君が松崎君にそういうメモを送ったことも、社長は知っていたのではないか、と。つまり、松崎君にあのメモを見せて地下室に忍びこませるというのは、社長自身が計画したことではないかと考えているようだ」

「なぜ宗彦さんがそんなことをするの？」

責めるような口調で静香が訊く。勝之も自分が責められているように眉を下げた。

「まだ何の証拠もないようですが、罠《わな》だったのではないかという説が有力なようです」

「罠って？」

「松崎君を陥れるための罠です。社長は彼の収賄には気づいていたが、その決定的な証拠は摑《つか》んでいなかったのではないか。そこであういうメモを送ることで、彼の反応を見たのではないか――というわけです。彼が地下室に忍びこめば、収賄を認めたことになりますからね。こういう言い方はしたくないのですが、社長は松崎君を邪魔に思っていました。このことを利用して、彼を会社から葬ろうとしたんじゃないかな？」

「じゃあ、三田さんが夜中にやってきたのも予定通りの行動だったのかしら？」

和花子が訊いた。

「そうだと思う。仕掛けた罠の首尾をたしかめに来たんじゃないかな。ところが彼女を地下室で待っていたのは、刺された社長の死体だった」

そういってから勝之は空咳をした。陳腐な表現を使ったことを恥じたようだった。

彼は静かに続けた。

「そのショックのあまり、彼女は死体からナイフを抜いて自殺したのではないかと警察ではみているらしい」

「自殺？　あの人が？」

論外だとばかりに、和花子はかん高い声を出した。

「ありえないわ」

佳織も反論した。彼女の発言は、ほかの者よりも皆の注目を引く。

「あの人は本気でお父さんのことなんか好きじゃなかったはずなのよ」

「しかし今のところでは、それが一番有力な説なんだそうだよ」

なだめるように勝之がいった。

「それに私個人としても、そうであったと思いたいね。松崎君は嘘をついておらず、なおかつ三田君の死は自殺でないというのなら、またしても憂鬱《ゆううつ》な日々を送らねばならなくなる」

内部の人間を疑わねばならなくなるということを、彼は示唆した。

「それに動機の問題もありますよね」

メロンの最後の一口を味わいながら青江がいった。最後までスプーンを動かす手を休めなかったのは彼だけだ。

「三田さんを殺す動機ですよ。彼女が死んでも誰も得しないでしょ」

「憎んでるわ、あたし」

彼を正面から見据えて、佳織がきっぱりといった。

「殺したいほどだったわ。お母さんが死んだのも、みんなあの人のせいよ」

それから彼女は、こんなことを口走ったことを恥じるように下を向いた。

青江は吐息をつき、瞼《まぶた》を半開きにして薄く笑った。

「かなわないな、あなたには。僕が我々の中に犯人がいるような言い方をしたら、鋭い目で非難するっていうのに」

「あたしは……松崎のおじさんのしゃべったことが、事件の全てじゃないと思うわ」

「松崎さんは嘘をついておられませんよ。僕はそう思います」

「まあ、議論は止めよう。根拠のない話をしても意味がない」

勝之がとりなすように割って入った。

「とにかく今は警察の結論を待とうじゃないか。それが一番確実だ」

「そうよ。私たちがいい争ってもしかたのないこと」

静香が椅子から立ち上がっていった。その声は何かとってつけたように張りが感じられる。意識的に元気な声を出しているのが明らかだった。

「和花子と勝之さんは、あとで私の部屋に来てくれるかしら？　ちょっとお話ししたいことがあるから」

「わかりました」と勝之が答えた。

彼女が席を立ったのを機に、皆が腰を浮かした。永島も立ち、佳織の車椅子を押してリビングに向かいかけた。

その時、青江が唐突にいった。

「松崎さんが嘘をついておられるわけじゃない」

この台詞《せりふ》で、一同の動きが一瞬停止した。彼の声がいつもよりも重々しく響いたからかもしれない。

「青江君、しつこいわよ」

たしなめながら、彼らしくないと水穂は思った。いつもの彼とは少しようすが違っているように感じた。

「こういう役目も必要なんです」

青江は水穂を見てにっこりとした。芝居がかった笑顔だった。そして、

「松崎さんは嘘をついていません」

と繰り返した。

「ただ、こういう可能性はあります。松崎さんが、無意識に嘘をついている場合です」

全員がしばらくそのままの姿勢でいた。最初に動きを見せたのは静香だった。青江

の言葉を黙殺するように、大きな欠伸《あくび》をしたのだ。

「和花子」

と彼女は娘の名を呼んだ。「じゃあ部屋で待っていますから」

自然な口調だった。「はい」と答えた和花子の声は、それに較べると少し固かった。

静香が食堂を出るのに続いて、永島が車椅子を押して出ていった。それから勝之と和花子。まるで青江がいったことなど耳に入らなかったように、人々は散っていった。鈴枝もいつもと変わらぬ態度で後片付けを開始している。少し目を充血させた青江だけが、ゼンマイの切れた人形みたいに立ち尽くしていた。

その青江を残して、水穂も食堂を出た。

この夜は、あの事件が起こった時と同じように、永島や勝之と和花子も十字屋敷に泊まることになった。それで夜遅くまでワインなどを飲みながら、話をしたり、佳織のバイオリンを聞いたりした。水穂もあまり得意ではなかったが、ピアノの腕前を披露した。リビングの隅に置いてあるグランド・ピアノは、昔よく頼子が弾いたものだったが、その頃のことを思いだしたのか、途中佳織は涙ぐんだりした。

勝之と和花子は小一時間ほど静香の部屋にいたようだが、水穂が聞いたところではこの屋敷についての話だったらしい。頼子も宗彦もいなくなった今では、彼等夫妻に後を任せたいというのが静香の希望らしい。それに対して勝之は、しばらく考えさせてほしいと答えたということだった。

この間青江はずっと自室にいたようだった。水穂は佳織たちの相手をしながらも、彼のことが気にかかっていた。食堂で彼がいった台詞が、いつまでも耳の奥で響いて離れない。彼は果たしてどういう意味であんなことをいったのだろう？

それに対して水穂以外の人々が、青江のことを全く気に止めていないのも彼女には不満だった。まるでわざと無視しているようにさえ感じられるのだった。

どこか歪んだ空気に包まれながら、十字屋敷の夜はふけていった。

5

青江がリビングに姿を見せたのは、静香や勝之たちが自室に引き上げてからだった。鈴枝も自分の部屋に下がっていたし、残っていたのは水穂と佳織と永島だけだった。そしてその佳織も、永島に連れられて二階に上がろうとしていた。

「まだ眠らなかったんですか？」

階段の上から声をかけられて水穂は水割りのグラスを持ったまま見上げた。青江がゆっくりと下りてくるところだった。

「何をしていたの？」と佳織が訊いた。

「別に。少し休んでいただけですよ。——水穂さん、僕にもウイスキーを下さい」

水穂は新しいグラスに氷を入れ、そこにスコッチを注いだ。グラスを手に取ると、彼はピエロの人形の前に立った。

「悲劇のピエロ……か。いつ処分するんです、この人形？」

「近いうちによ」と水穂は答えた。

「早ければ明日にでも」

「ほう……まあ気味悪い人形だから、早く処分した方がいいようには思いますね」

「嫌いよ、その人形」

佳織が吐き捨てるみたいにいった。

「本当に悲劇を招いてくれたわ。顔つきだって不気味だし……だからきっとお母さんも投げ捨てたのよ」

「投げ捨てた？」

グラスを口元に運びかけていた手を水穂は止めた。「投げ捨てたの？　人形を」

「そうよ。階段を駆け上がってきたお母さんは、バルコニーから飛び降りる前に、その人形を摑んで床に叩きつけたのよ。だからしばらくはそのピエロ、床に転がったまだったわ」

「ふうん……」

なぜ頼子はそんなことをしたのだろうと水穂は思った。たしかに不気味な人形だが、頼子が気に入って買ったものなのだ。

「でも考えようによっては、その人形を手放すのは何となく惜しいわ」

佳織はしみじみとした口調でいった。

「だってお母さんが手に触れた最後の物なんだもの。本当なら記念に残しておきたいぐらい」

彼女の言葉に、他の三人は一時声を失った。母親を亡くした悲しみは、彼女の中でまだ完全に消えたわけではないのだ。宗彦たちが殺された事件のあとでも、心を占める比重ははるかに大きいということか。

「つまらないこといっちゃった」

佳織は肩をすくめてみせた。「お酒のせいね、きっと。じゃあ永島さん、行きましょ」

永島は黙って頷くと彼女の車椅子を押してエレベーターに入っていった。そして、水穂たちの方に向き直ると、「ではお先に」といった。おやすみなさいと水穂も答えた。

二人が去ると、青江は水穂の隣に来て腰を下ろした。一瞬水穂は、彼がとても疲れているように見えた。

「食事の後いなかったけれど、相変わらず考えごとをしていたみたいね」

水穂はいってみた。

「まあ、つまらないことですよ」

彼は足を組み、グラスを振った。氷の当たる音がからからと鳴った。

「食事の時、気になることをいったわね？」

「気になることって？」

「松崎さんに嘘をつくつもりはないけれど、無意識に嘘をいっている可能性はあるって」

青江は水穂の顔を見ると、首の後ろを掻き、スコッチのグラスをコースターに置いた。

「僕のいったことなんか、よく覚えてましたね。てっきり無視されたと思っていたんですけど。それともあなたが特別気にする理由でもあるのかな？」

「冗談はやめましょ」

水穂は静かにいった。「聞かせてほしいのよ。どうしてあんなことをいったのか。何か考えがあるんでしょう？」

水穂の目から真剣さを感じとったのか、青江も一瞬厳しい顔つきになり、それをごまかすようにスコッチを飲んだ。

「水穂さん、あなた、今度の事件のことをどう思われます？」

彼らしくない、歯切れの悪いしゃべり方だった。

「どうって？」と水穂は問い直した。

「僕はね、松崎氏が逮捕された時から、ずっと気になっていることがあるんです。それはね、果たして松崎氏に宗彦おじさんを殺せるかなっていうことなんです」

「殺せるかなって……それは心理的な面で？」

「心理的にもそうですが、むしろ体力面を問題にしたいですね。宗彦おじさんも決して屈強な方だとはいえないけれど、小男で太っている松崎氏の鈍さは、それ以下です。いくらはずみとはいっても、ナイフを持って攻撃をしかけたおじさんの方が逆に刺されるというのは考えにくいと思いますね」

「窮鼠《きゅうそ》猫を咬《か》むっていう諺《ことわざ》があるわ」

水穂の言葉に青江は、あははと笑った。

「たしかに松崎氏のハートは鼠並《ねずみ》かもしれませんね。でもね、鼠っていうのは、あれで案外狂暴なところがあるんですよ。しかし松崎氏はどこまでいっても小心者だ」

「でも松崎さんが伯父様を刺したのは事実なのよ。それは本人が認めていることだわ」

「本人がそういっているだけですよ」

「いってるだけ？」

水穂は眉を寄せ、それからああと口を開けたまま二、三度頷いた。「あなたがさっきいったのは、このことだったのね。つまり松崎さんは、伯父様を殺してもいないのに殺したと嘘をいってるというわけ？　馬鹿馬鹿しい。どうしてそんな嘘をつく必要があるのよ？」

「だからいってるじゃないですか」

おそらく意識的なものだろう。スローモーな語り口で彼はいった。

「松崎氏に嘘をつく意思はない。無意識に嘘をいってるだけだって」

「じゃあ……」

水穂は青江を見た。彼は片手にグラスを持ち、何度か首を大きく縦に振った。彼のその動作に合わせて、グラスの中の液体が揺れた。

「松崎氏は宗彦おじさんを殺したといっているが、それは本人がそう思いこんでいるにすぎないのではないか――僕はそう考えているんです」

「伯父様はその時まだ死んでいなかったということ？」

「そういうことです」

「でも松崎さんの話では……」

「殺されたふりをしたんじゃないでしょうか」

まるで世間話をするように、青江はあっさりといった。この台詞に水穂が答える言葉を無くしていると、その反応に満足したように彼は頷いて続けた。

「松崎氏の話では、脈をとったり、呼吸を調べたりということは一切しなかったということでしたよね。相手が倒れたので無我夢中でその場から逃げたといってました。ということは、刺されたふりをしただけという可能性もあるわけだ。そう考えると、部屋が真っ暗だったという話も頷ける」

「ちょっと待って。松崎さんが見たメモというのは三田理恵子さんが書いたものらしいという話だったわね。するとどうなるの？　伯父様はわざと松崎さんを地下室におびきよせて、わざと揉み合って、そして刺されたふりをしたということ？　どうして伯父様がそんなことをする必要があるの？」

水穂が訊くと青江はすっと横に目をそらせ、スコッチを舐めた。

「問題はそこなんです」と彼はいった。

「今度の事件は、僕たちの想像以上に複雑なんじゃないかと思うんです。今水穂さんがおっしゃった内容を舞台の一幕とするなら、まだあと二幕三幕があるわけです。もしかしたら我々が目にしたものの大部分は、巧妙に仕組まれた芝居だったのかもしれない」

「その二幕目以降についても、あなたには見当がついているのね？」

彼の表情の変化を読みとろうと、水穂は彼の横顔を凝視した。彼が瞬間息を止めるのがわかった。

彼は髪に手をつっこんで頭を掻《か》き、深いため息をつきながら脚を組みかえた。

「まだ完璧ではないんですが、おぼろげに全体の輪郭を摑むところまでは来ました。どうやら意外な役者が意外な役を演じたらしい」

「ねえ、もし伯父様が松崎さんに殺されたのでないとすれば、事件には真犯人がいるということね？　そうして、その犯人が三田さんも殺したというわけね。その犯人が誰か、あなたにはわかっているというの？」

「わかった、というほどじゃないです。何しろ全くの想像ばかりですからね。物証といえるものがひとつでもあれば、本人に直接当たってみるつもりなのですが」

「それをあたしに話すわけにはいかないのね？」

「ええ、それは無理ですね」

青江は少し頬を緩めていった。「あなたを信用していいという保証はどこにもありませんからね。あなたが僕を完全には信用していないように」

「なるほどね」

水穂はしばらく自分が持ったグラスを眺め、底に残っていた薄い水割りを飲みほした。緊張で喉が乾いていたせいか、その冷たさは刺激的な感じさえした。

「ところで、さっき佳織さんが面白いことをいってましたね」

青江が、グラスを持った手でサイドボードの上のピエロを差した。

「死ぬ間際、おばさんはこの人形を投げ捨てたとか」

「らしいわね」

水穂が答えると、彼はふうとため息をついた。

「おばさんは仕事に関しては厳しかったけれど、家にいる時は温厚な女性でした。僕のことを好ましくは思っておられなかったでしょうが、それでもやはり優しくしてもらいました」

彼が神妙な顔をしていったので、水穂は意外な気がした。彼は彼なりに、頼子の死を悲しんだということなのか。

「あのおばさんがあんな死に方をするなんて、とても信じられないな」

ぽつりと彼はいった。

水穂はそれに対しては何もいうことがないし、彼が考えを述べてくれそうもないので、黙って腰を上げることにした。

「あたし、そろそろやすませてもらうわ」

彼女は階段に向かったが青江はそれには返事せずに、

「この人形はガラスのケースに入っていたそうですけど、その時は違ったわけですね」

と尋ねてきた。階段に足をかけた状態で水穂は振り返った。

「ええ、二階に飾ってある時にはケースに入ってなかったらしいわ。でも、それがどうかしたの？」

「ふうん」

青江はグラスを手にしたまま、人形に近づいていった。「面白いな。最後に触れたもの……か」

「どうしたの？」

もう一度声をかけたが、返事をする気はないらしい。水穂は両手を小さく広げてから、階段を上り始めた。

だがすぐに彼女は足を止め、上に目をやった。吹抜の上で、何か人影のようなものが動いた気がしたのだ。

彼女は足音をたてぬように気をつけて階段を上がったが、そこにはすでに誰もいなかった。

――おかしいわね。

水穂は首を捻《ひね》った。

階下では、青江がまだ人形を見つめていた。

（ピエロの目）

「面白いな」

こう呟くと、青江という若い男は僕に近づいて来た。目が異様な光を放っている。水穂という女性が彼に声をかけたが、耳に入らないようすだ。

青江は酒を一口飲むとグラスを傍《かたわ》らに置き、僕の足元の台を慎重な手つきで持ち上げた。彼の酒臭い息が僕の顔にかかった。

彼は僕をテーブルの上に置き、代わりに酒の入ったグラスを取り上げた。そして僕の頭の先から足の先までを、それこそ舐《な》めるように観察した。彼が僕の何に興味を持っているのか、全くわからなかった。

ただ、あの時飛び降りた女性が僕を投げ捨てた、ということに関係しているのは確実のようだ。僕自身よくわからなかったのだが、突然衝撃を受けて床に落ちたことは覚えている。そうか投げ捨てられたのか――

しばらくして彼の視線は僕の胴体のあたりで止まった。彼は今にも顔がくっつきそうになるくらい目を近づけて、僕の胴体を凝視していた。それはまさしく凝視だった。彼に見られている部分が熱くなるような錯覚を覚えたほどだ。

顔を離すと青江は、とても満足そうに何度も頷いた。目の輝きは、先刻よりもさらに増したようだった。

やがて彼は唇を妙な形に歪め、身体全体を不規則に揺すりだした。どうしたのだろうと思っていると、そのうちに彼の口からクックッという声が漏れ始めた。彼はこみ上げてくる笑いを噛み殺そうとしているのだ。

彼が何を笑っているのか、無論僕にはわからなかった。

それにしても——

僕は何と迂闊《うかつ》だったのだ。あんな単純なトリックを見破れなかったとは。この青江とかいう男のいうとおりなのだ。宗彦は松崎とかいう男に殺されたのではない。僕が例の殺害シーンを目撃した時、宗彦はまだ殺されていなかったのだ。

騙《だま》されていた、僕までも。

僕はそのことを、今夜初めて知ったのだ。

# 第五章　遊歩道

## 1

　翌日の午前中、水穂《みずほ》は佳織《かおり》の車椅子を押して屋敷の周辺を散歩した。屋敷の裏は小高い丘で、そこには簡単な舗装を施した遊歩道が何本か通っているのだ。この道を通り抜けると隣町に出ることができる。街に出る電車に乗る時には、こちらから行くと一駅近くなるので青江《あおえ》などは使っているらしい。

「昨夜、永島《ながしま》さんを困らせちゃったわ」

　小鳥の姿を目で追いながら、佳織はくすりと笑った。

「困らせたって？」

「ちょっと駄々《だだ》をこねてみたの。あたしには将来なんかないって」

「どうしてそんなこといったの？」

「だって永島さんが変なことを訊くのよ。将来は何をしたいのかって」

「それが変なこと？」

「変じゃないことはわかってるの。あたしを特別視していないってことを示すために、あんな質問をしたのだと思う。そういう時ってね、あたし、結構優等生的な答え方するのよ。絵本作家になりたいだとか、翻訳の仕事をしたいだとかね。そういうと皆とても安心した顔をするの。でも昨日はそんな気分になれなかった。それでいっちゃったのよ。あたしに何ができるっていうのって。こんなあたしには何もできないわ——いってるうちに本当に悲しくなって、しくしく泣いちゃった」

永島の困った顔が目に浮かぶようだった。

佳織は悪戯《いたずら》っ子がその悪戯を見破られた時のような照れ笑いを浮かべた。

「でもね、本当のところはそれほど悲しくもなかったの。だってあたし、その気になれば何だって出来るもの。出来ることを知っているもの。だからね、なに泣いてるのよって、自分で自分に尋ねてたわ。永島さんに甘えてるのよ——それが答え」

「ねえ佳織」

と水穂は車椅子の後ろから呼びかけてみた。「あなた、青江君のことをどう思っているの？　彼があなたのことを好きだっていうの、たぶん本当だと思うわ」

しかしすぐには答えは返ってこなかった。佳織は鼻歌をうたいながら、髪をいじったり、道端の草木に手を伸ばしたりしていた。答える気はないのだろうかと水穂は思った。

「水穂さん」

ずいぶんしてから佳織がいった。

「どうしてそんなことがあると思うの？　あたしが男性から愛されるなんてこと、あるわけないじゃない。どんな男性だって、小枝みたいに細い足をした動けない女より、ウサギみたいにピョンピョン跳ねることのできる女性の方が好きなのよ。そんなことあたし、大昔から知ってるのよ」

「それは違うわよ」

「違わないわ」

佳織は激しく首をふった。

「もういいの、そんな話しないで。疲れたわ。水穂さん、戻りましょう」

何をいっても無駄な気がして、水穂は黙って車椅子の向きを変えた。

昼食を終えると水穂は一人で屋敷を出て美術館に行った。美術館では前と同じようにガラス工芸展をしていた。そして客は前以上に少なかった。

悟浄《ごじょう》は例の休憩所で、彼がいつもの席と呼ぶ場所に座って窓の外を眺めていた。いや、単に眺めていたのではない。テーブルの上にスケッチブックを広げているところを見ると、何か写生しているらしい。

水穂が近づいていっても、彼は気づかずに鉛筆を動かしていた。「こんにちは」と彼女はいい、それでようやく悟浄の目が彼女の方に移った。

「やあ、これはどうも」

彼は嬉しそうにいったが、どこか上の空のような感じがした。その証拠に彼はまた外に目を向け、少しの間ぼんやりとしていた。彼がスケッチブックを片付けだしたのは、数秒たってからだった。

「何をスケッチしていたんですか？」

水穂は腰を下ろし、その窓から外を見た。そこから見えるのは、松林とその手前にある原っぱだけだった。原っぱには錆《さ》びた自転車が一台捨ててある。

「これですよ」

悟浄は水穂の前でスケッチブックを開いた。そこに描かれていたのは、おさげ髪の少女の人形だった。大きな目は、スケッチとは思えないくらい奥行を感じさせた。

「景色を見ながら人形の絵を？」

水穂は意外に思って尋ねると、何でもないことのように悟浄はにっこりと微笑んだ。

「この情景にマッチする少女を人形にしようと思ったんです。でもなかなか難しい」

彼は前のページをぱらぱらとめくった。同じような少女の姿が何枚も描いてある。

水穂は感嘆の声をあげた。

「ところで今日は？」

彼はスケッチブックを閉じて訊いた。

水穂は、ピエロの人形を持ち出していいということになったことを彼に知らせた。

彼は喜びと安堵《あんど》の混じったような顔をした。

「では、いつお邪魔すればよろしいですか？」

「よろしければこれからでも結構です。祖母にもそのようにいってきましたから」

「じゃあそうしましょう。この点に関しては、とにかく一秒でも早い方がいい」

それで二人はすぐに美術館を出た。

「警察の方では事件解決のメドをたてたというわけですか？」

十字屋敷に向かう途中、悟浄が訊いてきた。

「さあ、それは……」

水穂は少し迷ってから、きのう勝之《かつゆき》から聞いた話を悟浄にすることにした。さすがに彼も驚いたようすだった。

「メモを書いたのが三田さん――それはたしかに意外な話ですね」

「それで伯父もそのことは承知していて、松崎《まつざき》さんを罠にかけようとしたというのが警察の見解なんだそうです」

「なるほど、その罠が裏目に出て、逆に宗彦《むねひこ》氏は殺されてしまったということですね」

「そうなんです」

さらに三田理恵子の自殺説についても水穂は話した。「ふうむ」と悟浄は唸《うな》っただけだった。

屋敷に着くと、水穂は悟浄をリビングに案内した。そして鈴枝《すずえ》に、静香《しずか》を呼んでくれるよう頼んだ。悟浄は興味深そうに室内の装飾を見まわしていた。

「人形はまだ地下室ですか？」と彼は訊いてきた。

「いえ、そこに……」

サイドボードの上を指差そうとした水穂の手が途中で止まった。今朝までそこにあったはずのピエロが消えているのだ。

「おかしいわね、どうしたのかしら？」

思わず回りを見渡しながら水穂は呟《つぶや》いた。ちょうどその時に鈴枝が下りてきたので、水穂は人形を知らないかと彼女に尋ねた。

「人形なら、たった今青江《あおえ》さんが持っていかれましたが」と鈴枝は答えた。

「青江君が？　どうして？」

「さあ……」

鈴枝は首を捻《ひね》った。「鞄に入れておられるものですから、私もお尋ねしたんです。そうしたら、大学に持っていくとおっしゃってました。今日中には返すとかで」

「いつ頃出ていったの？」

「ついさっきですよ」と鈴枝は壁のアンティック時計を見た。針は二時二十五分を示している。

「まだ五分ぐらいしかたっていません」

「しかしすれ違いませんでした」

悟浄が横からいった。

「青江君は裏の遊歩道を通って、隣の駅から電車に乗るんです。今からすぐ追えば、間に合うかもしれませんわ」

「追ってみましょう」

悟浄は即座にいった。「その人がなぜ人形を持ちだしたのか、私としても非常に気になりますからね」

「わかりました」

水穂はコートを摑《つか》み、鈴枝の方を振り返った。

「青江君は、ほかには何かいってなかった？」

「ええ、そういえば……面白くなってきた、とか。その前にどこかへ電話しておられたみたいですけど」

頰に手を当て、鈴枝は首を横に傾けた。

「電話……面白くなってきた——ね」

「行きましょう」

悟浄に促《うなが》され、水穂は足早に玄関に向かった。

## ——（ピエロの目）——

「面白くなってきた」

こういったが、青江の顔は決して面白そうではなかった。どちらかというと緊張で強ばっているといった方がよかった。そして緊張した面持ちのまま、彼は僕をサイドボードから下ろし、丁寧な手つきでバスタオルのようなものに包み始めた。おかげで僕の視界は、すっかり遮《さえぎ》られてしまうことになった。

タオルにくるんだ僕を、彼は今度は何かとても狭いものの中に突っ込んだ。ファスナーの音がしたから、スポーツバッグか何かだろう。

少しすると身体が浮く感じがして、次には前後左右に揺られだした。どうやら青江は僕を鞄《かばん》につめて、どこかに出かけていくらしい。

「夜までには帰りますよ」

彼が誰かにいっているのが聞こえてきた。たぶん家政婦の女性にいったのだろう。

彼が靴を履《は》く気配に続いて、ドアを開ける音がした。青江は屋敷を出たのだ。

このあと何分間か、彼は僕を入れた鞄を持って歩き続けた。たまに鞄を持つ手を替えるが、その時以外は全くリズムの狂わない安定した足取りだった。彼が歩いている道は人通りが少ないのか、騒音と呼べるものが殆ど聞こえない。そのかわりに時折小鳥のさえずりがかすかに聞こえてきて、僕を意外な気分にさせた。

どれぐらいたった頃だろうか、青江の足がぴたりと止まった。それはあまりにも不規則的な止まり方だったので、鞄の中の僕はしたたかに頭を打ってしまった。

鞄の揺れが止まった。どうやら彼は立ち止まっているようだ。やがて鞄が地面に置かれる気配があった。

その直後——

鈍いが、とても大きな音がした。響きの少ない、不吉な音だった。同時に、獣が嘔吐《おうと》するような声が短く聞こえた。

不吉な音は、このあと二、三回繰り返された。音の合間に、激しい息づかいが入った。静かになってからも、乱れた呼吸音だけはしばらく続いていた。

荒々しく鞄を開けられたのは、そのあとすぐだった。

2

青江の死体は遊歩道の入り口から四百メートルほど入ったところに倒れていた。万歳するような格好で両手を上げ、うつ伏せの体勢になっていた。

死体を見つけたのは水穂と悟浄の二人だった。屋敷を出て青江を追うべく遊歩道に入ったのだが、彼等を待ちうけていたのは惨劇の痕《あと》だけだった。

精神力に自信があったはずの水穂だが、青江の死体を目のあたりにした時には、さすがに胃袋が何かに押しあげられるような不快感を味わった。彼の後頭部はぱっくりと口を開け、そこから赤黒い血が大量に流れだしていた。その血は彼のウェーブのついた髪をべっとりと濡らしており、傷口周辺の頭の皮は、使い古した雑巾のようにボロボロになっていた。

屋敷に戻って連絡しなければならなくなったが、その役目は水穂が引き受けた。とてもこの場にひとりで待っていることなどできないと思ったからだ。

水穂が屋敷に戻った時、リビングにいたのは鈴枝だけだった。水穂が早口で事態を知らせると、鈴枝はひどく驚いて階段を駆け上がっていった。彼女が静香たちに報告する間に、水穂は警察に事件のことを通報した。

山岸をはじめ、捜査員たちが到着したのはそれから十分後のことだった。

水穂と悟浄はパトカーに乗って警察署に行き、煙草の煙と熱気にあふれた部屋の片隅で、別々に事情聴取を受けた。水穂が向かい合ったのは、お馴染みの山岸《やまぎし》刑事だった。

「何というかその——」

山岸はボールペンの尻で、耳の後ろをぽりぽりと掻《か》いた。「表現に苦しみますな、こういう心境は。悔しいのとも違う。情けないのとも違う」

「犯人にしてやられたことについて、おっしゃってるんですか？」

「してやられた、か」

山岸は片方の眉を上げ、下唇を突き出した。

「してやられたということになるんでしょうな。ほかに言い方がわからない」

「真犯人の仕業だと考えておられるんですか？」

松崎以外の真犯人、という意味をこめて水穂はいってみた。もちろん山岸にもその意味は通じた。

「大きな声じゃいえませんがね」

彼は太った背中を丸めて、水穂の方に身を乗りだしてきた。「大方の連中は、竹宮家の事件と今度の事件とを切りはなして考えています。そう考えたいんですな。じつをいうと、前の事件に関しては一応決着らしきものがつけられかけていましてね」

「メモを書いたのは三田さんだったということで?」

「よく御存知ですな。そのとおりです。それで俄然《がぜん》浮上してきたのが、三田さんは自殺したのではないかという説です。松崎を罠にかける計画は、元々彼女が提案したことではなかったかと推測しましてね、その計画のために宗彦氏が殺される結果になり、ショックのあまり自殺したのではないかというわけです」

「ちょっと変な話ですね」と水穂はいってみた。

「変な話です」と山岸も認めた。

「しかし現段階では、これ以外に筋の通った説明ができないんですな。松崎を捕まえたこともあり、捜査本部ではこのあたりでケリをつけようかという空気が漂っています。私や他の何人かは反論していますが、何をどう反論していいのか見当もつかない」

「青江君が殺されたことは、山岸さんの反論の材料になるというわけですね？」

水穂は少し皮肉っぽい言い方をしてみた。

「先入観を持ってはいけないことになっているんですがね」

山岸は手帳を開き、ボールペンでぽんぽんと叩いた。

「さあ、では質問にかからせてもらいましょうか」

刑事は水穂に、死体発見までの経過を細かく説明させた。必然的に悟浄のことに話が及んだが、水穂は彼に事件のいろいろなことで相談したことは伏せておいた。そんなことまでしゃべったら、話が複雑になるだけだという気がしたからだ。

「わからないことがいくつかありますな」

山岸は難しい顔をしていった。「その中でも一番わからないのは例の人形のことですな。なぜ青江さんはあの人形を持ち出したんでしょう？」

水穂は肩をすくめ、首をふった。

「さっぱりわかりませんわ」

「青江さんとあの人形について話をしたことは？」

「それほど大した話は……」

そういいかけたところで、水穂の脳裏にある場面が蘇《よみがえ》った。昨夜彼とリビングで話した時のことだ。

「何か？」

山岸が彼女の表情の変化を鋭く読んで尋ねてきた。

どうしようかと一瞬迷ったが、結局水穂は昨夜青江と事件について話し合ったことをしゃべった。

「ほう、事件についてね。どんな話をしたのですか？」

「青江君は警察とは違った意見を持っていたんです」

水穂は昨夜青江から聞いた、彼の仮説について話した。宗彦は松崎に殺されたのではなく、その時はただ殺されたふりをしていただけではなかったかという推理のことだ。

興味を示したらしく、山岸の目の色が変わってきた。

「じつに面白い仮説ですな」

彼は心底感心したようにいった。

「青江さんはなぜそんなふうにお考えになったんでしょう？」

「わかりません。それ以上のことは話してくれませんでした。で、ふいに思いだしたように、伯母が死んだ時の話をしだしたんです。伯母は自殺する前に例のピエロの人形を投げ捨てたということで、それに拘《こだわ》っているようでした」

「頼子夫人の自殺のことですか？」

山岸は突拍子もないことを聞かされたように顔を歪めた。青江の仮説までは彼の頭も何とかついていけたようだが、この件については水穂同様、彼も青江の真意が全く摑《つか》めないらしい。

山岸は少し間を置いてから、

「その時のあなたたちの会話を、誰か聞いていませんでしたか？」

と、彼自身の頭を切り替えるように尋ねてきた。

「その場にいたのはあたしたちだけです」

こういってから水穂は、階段の上に人影が見えたような気がしたことを思いだした。あの時誰かが盗み聞きしていたのだろうか？

「どうも青江さんの意図がわかりませんな」

山岸はやや苦しげにいった。

「昨日、我々がお邪魔した時、初めてあの人形をリビング・ルームに移したのですね？」

「そうです」

「人形について何か興味深い話は出なかったですか?」

「いいえ、何も」

そうですか、と刑事は失望したように眉を下げた。

「しかし青江さんがそういう推論を展開されていたというのは大きな収穫ですよ。私もそのセンで一度考えてみることにしましょう」

山岸は自分自身を奮い立たせているようだった。

一通りの事情聴取が終わったので、水穂の方から質問してみることにした。まず青江の死因からだ。

「ここですよ」

といって山岸は自分の頭の後ろを掌で叩いた。

「後頭部を何度も殴られていました。凶器は金属バット」

「バット?」

「死体から十メートルほど離れた所に落ちていましたよ。近くのゴミ捨て場から拾ったものらしく、ひどく汚れているうえに、亀裂が入っています。一応出所を調べますが、おそらく無駄でしょうな」

「後ろから襲われたんでしょうか？」と水穂は訊いた。

「そうでしょうね。歩いている時に突然、というわけですな」

「青江君は気づかなかったのかしら？」

青江がそれほどぼんやりした男でないことを水穂は知っている。

「何か考えごとをしておられたのかもしれませんな」

山岸はその件についてはあまり気にとめていないようすだった。

「盗まれたものは？」

「財布の中から現金が盗まれていました」

「お金が？」

「ええ。現金だけ抜いて、財布は金属バットのそばに捨ててありました」

「へえ……」

金目当ての通り魔の仕業に見せかけたのだろうと水穂は推理した。

「問題の人形はどうでしたか？　何か変わったことはありませんでした？」

「特にありません。誰かが触った形跡もありませんしね、今のままでは事件に関係があるのか、それともないのかさえ見当がつきません」

刑事は冴えない顔をしていった。

このあと水穂は、他の場所で質問を受け終えた悟浄と一緒に警察署を出た。悟浄は主に人形のことを訊かれたといった。

「それで私はあの人形のジンクスのことを説明したんですよ。丁寧にね。ところが彼等はあまり真面目には記録していないようすでした。欠伸《あくび》を嚙《か》み殺したような顔をしているだけです」

そうだろうな、と水穂は思った。刑事というのは現実主義者なのだ。

「彼等が聞きたいのはそういう話ではなかったようですね。なぜあの人形が竹宮家にあるのかとか、青江さんが何に興味を持ったと思うかとか、そういうことを聞きたかったようです」

「そのことについて、何とお答えになったの？」

「知らない、と答えました。実際そうなのだから仕方がありません。すると彼等は間を持て余したように髭《ひげ》を撫《な》でたり、鼻毛を抜いたりして、とても不機嫌そうな態度をとりました。知らないのは私の落ち度だとでもいいたげでした」

言葉とは逆に、悟浄の口調にはそうした刑事たちのようすを面白がっているような響きがあった。本当に不思議な男だ。

「あなたはどのようなことを訊かれたのですか？」

自分のことをしゃべってしまうと、今度は水穂に訊いてきた。水穂は山岸とのやりとりを出来るだけ正確に話した。悟浄は彼女の一言一言を味わうように聞いていたが、特に彼が興味を示したのは、昨夜の青江の推理を話した時だった。

「すばらしい考え方だ」

人形師は目を輝かせていった。「その時まだ宗彦氏は死んでいなかった――じつに大胆な仮説です。しかもそれは充分に考えられることです」

「そこから先についても、青江君には何か考えがあったようですが、聞きだせませんでした」

「そこから先、ですか」

悟浄は歩きながら腕を組み、片方の手で顎《あご》を支えた。

「そこから先を知ったがために、彼は殺されたのかもしれませんね。ところで青江さんはピエロの人形については何もいっておられなかったのですか?」

「そのことですけど……」

水穂は昨夜青江が漏らした言葉を悟浄にも話した。頼子があんな死に方をするとは考えられないといったこと。それから佳織から聞いた、頼子が人形を投げ捨てたという話に興味を持っていたこと。

「ほう、佳織さんがそんなことをおっしゃってましたか」

人形師は首を捻《ひね》った。

お茶でもどうかといって、水穂は悟浄を竹宮邸に誘った。「よろこんで」と彼はいった。

「それに、お訊きしたいこともありますし」

「訊きたいこと？」

水穂の問いかけに悟浄は、「いろいろあります」とだけ答えた。

屋敷には勝之・和花子夫妻や永島も来ていた。彼等だけでなく、捜査員たちも何人か出入りしている。どうやら青江の部屋を調べているらしい。

水穂もまず悟浄のことを皆に紹介した。静香や佳織は承知しているが、勝之などは怪訝な顔つきでじろじろと眺めていた。

勝之たちは警察からの連絡で事件を知ったらしい。それからあわてて駆けつけたということだった。

「刑事が来たのは、事件を知らせるのが目的じゃないさ」

苦りきった表情で、煙草をせわしなく吸いながら勝之がいった。

「アリバイを調べられたんだ。午後二時から三時――間の悪いことに、ちょうどその頃にこの家に寄っているんだ。会社からここへ来て、和花子を乗せて家に帰った。会社を出たのが一時頃で、家に着いたのは三時頃だった」

昨夜、勝之たちもこの家に泊まったのだ。今日は会社は休みのはずだが、ちょっとした用があるということで、今朝早く勝之は会社に出かけていったのだ。今の話から察すると、彼が会社から帰るついでにこの屋敷に寄って和花子をひろったらしい。

「それで警察には何といったの？」と静香が尋ねた。

「ええ、でもなんとかアリバイは証明できましたよ。家に帰った時に隣の奥さんと挨拶したんですが、その人が時刻をはっきりと覚えていてくれましたので。ここを出たのが二時二十分頃だから、途中でどこかに寄っている暇はないということです」

勝之は煙草を深々と吸い、不味そうに煙を吐いた。

「しかし失礼な話だ。いくらあんな事件があったからって、通り魔がやったことまで、こっちに疑いをかけるなんてのは」

「通り魔？」と静香が訊き直した。

「通り魔ですよ」と彼は繰り返した。

「あのあたりは危険だという話だったんです。警察沙汰にはなっていませんが、変質者が出たという噂を聞いたことがあります」

彼の話を聞きながら、あれが通り魔の仕業だったらどれほど気が楽だろうと水穂は思った。そして彼女は自分のアリバイのことを考えた。死体発見まで自分はずっと悟浄と一緒だった。たぶんそのことを知っているから、山岸もアリバイを尋ねてきたりはしなかったのだろう。

「ところで青江君の親戚の人というのは全然いないの？」

和花子が静香の方を見ていった。

「いないわ。孤児だったから、うちの人が引き取ったのよ」

「天涯孤独というわけですか。じゃあ、ここから葬式を出してやるしかないでしょうな」

勝之がいうと、「ええ、そのつもりよ」と静香は答えた。

葬式の話が出たからか、すっと日が陰るように場の雰囲気が暗くなった。青江の死が、ようやく現実味を帯びて皆の意識に迫ってきたのかもしれない。

「ま、少々変わったところはあるが、可哀想な青年ではあったね」

煙草の吸い殻を灰皿の中でひねりつぶし、どこかわざとらしい響きを含ませて勝之がいった。それに対しては、誰も何とも答えなかった。

そのうちに捜査員たちが下りてきて、青江の部屋にあるものを、いくつか持ちだしたいのだがといった。すぐには誰も答えなかったので、その痩《や》せた刑事は少し気まずそうな顔をした。

「ええ、御自由にどうぞ」と静香が代表していった。

「でもどういったものですの？」

「未現像のフィルムだとか、研究レポートだとかです」

と刑事は答えた。今度の事件にそんなものが関係しているとは、とても思えない。にもかかわらず、そんなものを持ち出していくようでは、青江の部屋からは特に大した手掛かりはなかったということだろう。

だがこの刑事たちの行為で、水穂は思いだしたことがあった。青江が面白いといっていた、宗彦のパズルの本だ。

――あれも警察が持っていってしまうのかしら？

できれば自分たちの手で調べてみたいと水穂は思った。

刑事が行ってしまうと、勝之たちも腰を上げた。明日また来るから、葬式のことはそれから考えようと勝之は静香にいっていた。

「私も少し疲れたから、失礼させていただくわ」

そして静香は鈴枝に食事はいらないからといい、そのまま二階に上がっていった。

水穂と佳織と永島、それから悟浄がその場に残された。

「あたしも」

佳織がぽつりと口を開いた。皆の目が彼女の唇に集中した。「あたしもアリバイを訊かれたのよ。いったいどういうつもりなのかしら?」

彼女は片手で顔を覆い、小さく首をふった。

「いや、それはあなたを疑っているという意味ではなく、関係者の位置関係を把握しておこうという狙いからでしょう」

冷静な口ぶりでいったのは悟浄だった。

「佳織は今日はずっと部屋にいたの?」

何気ないふりを装って、水穂は訊いてみた。

「二時半まで一人でFMの音楽を聞いていて、そのあと永島さんに髪を切ってもらっていたわ。それまで永島さんはおばあさまの部屋にいたのよね?」

「まあそうです。でも中座したこともありますよ」

佳織に同意を求められ、曖昧《あいまい》な頷き方をしながら永島は立ち上がった。

「当然僕もそのあたりを訊かれたんですが、奥様の部屋にいて、そのあと佳織さんの部屋に行ったというだけで、細かい時刻なんて全く覚えていないんですよね。警察はものすごく正確な数字を求めてくるから困ってしまう」

「大抵《たいてい》の人はそうよ」

佳織は訴えるような目を水穂に向けてきた。

「何時何分にご飯を食べて、何時何分にトイレに行ったなんてこと、普通は覚えてないんかいないわ」

「警察がそれで納得してくれればいいんですが」

永島は疲れた笑いを作った。「じゃあ僕もこのへんで失礼しますよ」

佳織が見送ろうとしたが、その必要はないと彼は手で制した。

「ところで少しお尋ねしたいことがあるんですが」

永島が帰ってから悟浄が佳織のそばに寄ってきた。

「何ですか？」

「あなたのお母さんが亡くなった時のことです」

すると佳織はうんざりしたように軽く瞼《まぶた》を閉じ、ゆっくりとかぶりをふった。

「今日はとてもそんなことをしゃべる心境じゃないわ」

「たぶんそうでしょう」

人形師はゆっくりと瞬きして頷いた。「しかし、是非聞かせていただきたいのです。もしかすると、今度の一連の事件とつながりがあるのかもしれない」

佳織は戸惑ったような顔をして水穂を見た。無関係のはずのこの人形師が、突然探偵のような口のきき方をすれば、戸惑うのも無理はないかもしれない。

「うまく説明できないけど」

水穂は自分の掌をこすり合わせながら佳織の目を見つめた。

「あたしは今度のことでいろいろと、この方に相談しているの。当事者だとわからないようなことを、たくさん指摘してもらったりもしたわ。この方は信用できる人だと思うから、何とか質問に答えてくれないかしら？」

佳織は視線を下げ、少しの間黙ってから悟浄の方に顔を上げた。

「母の死の何について訊きたいんですか？」

「まずはその時の状況です。出来るだけ詳しく」

佳織はまたちらりと水穂の顔に視線を走らせ、大きく呼吸をした。

「あの日屋敷にいたのは、あたしと両親だけでした。鈴枝さんはおばあさまのお供で芝居見物に出かけていましたし、青江君は大学でした」

彼女は淡々とあの日の出来事を語り始めた。宗彦と部屋にいる時に叫び声が聞こえたこと。宗彦に抱えられて廊下に出ると、頼子が階段を上がってきて、ピエロを投げつけるやいなやバルコニーから飛びおりたこと。佳織は部屋に戻って車椅子に乗り、それからあらためて母の死体を見に行ったこと——

「よくわかりました」

厳しい表情で聞いていた悟浄が佳織に頷きかけた。「その現場を是非見せていただきたいですね。かまいませんか？」

「別にかまわないんじゃないかしら。誰の迷惑になるわけでもないから」

「後であたしが案内しますわ」

水穂が横から申し出た。

「お願いします。——ところで人形ですが、そのあとすぐにしまいこまれてしまったそうですね？」

悟浄が佳織に訊いた。

「ええ。おばあさまが箱に入れて、御自分の部屋で保管していたそうです。出したのは、この前あなたが来られた時ですわ」

「それからはずっと例の地下室に置いてあったのですね？」

「ええ、そのはずです」

佳織が同意を求めるように水穂を見たので、間違いないと彼女も保証した。

「なるほど、少しわかりかけてきました」

悟浄は満足そうな顔をした。

このあと水穂は佳織と二人で彼を二階に案内した。案内といっても、十字形にクロスした廊下と、頼子が飛びおりたバルコニーやピエロを置いてあった棚を見せるだけのことだ。

「りっぱなものですね」

廊下を一通り歩いてから、悟浄は感心したようにいった。

「十字屋敷という名前の由来がわかりました。この建物をお建てになったのは？」

「祖父です」と佳織が答えた。

「すばらしい」

彼はもう一度廊下を見渡して繰り返した。「全くすばらしい」

それから悟浄はバルコニーに出て、ずいぶん長い間裏庭を見下ろしていた。その間水穂たちは廊下で待っていたが、「不思議な人ね」と佳織が囁《ささや》いたので、「不思議な人よ」と水穂は返しておいた。

彼女らの声が聞こえたのか、近くのドアが開き、静香が顔を出した。そして、

「こんなところで何をしているの？」

と訝《いぶか》しそうに訊いてきた。

「申し訳ありません」

横から来てすぐに謝ったのは悟浄だ。「建物に興味があるので、ちょっと中を案内していただいたのです」

「そう……」

静香は特に疑ったようすもなく、水穂たちの方を向いた。「お茶でも飲もうと思って、お湯を沸かしたところなんだけど、あなたたちもどう？」

水穂は佳織と顔を見合わせて、「そうね」と頷いた。

「いいお茶があるのよ。人形屋さんもどうぞ」

静香に誘われ、悟浄も恐縮したようすで部屋に入った。

日本茶はたしかに旨《うま》かったが、場の雰囲気は重苦しかった。静香が茶や着物の話をするのに、佳織や水穂が適当に相槌《あいづち》を打つ程度だった。青江のことは誰も話題に出さない。つい先程起こった事件であるというのに――

悟浄は彼女らの話には興味がないようすで、長い間巨大な肖像画を眺めていた。そして水穂たちの会話が途切れた時に、これは誰の肖像なのかと訊いた。自分の夫の絵で、遺言に基づいたものだと静香が答えた。

「御自分の絵を、この部屋に飾るよう遺言されたわけですか？」

「いえ、そうじゃなくて……」

静香はこの絵がどういう経路でこの場所に落ち着いたかを人形師に説明した。

「なるほど」

悟浄は何度も頷きながら、あらためて絵に視線を戻した。

「それにしても大きな絵ですね。この大きさも遺言で指定してあったのですか？」

「いえ、遺言ではなるべく大きな絵ということで……あとは全部宗彦さんがやってくれたんです」

「そうですか。いや、素晴しいものです」

悟浄は感心した声を上げた。

手洗いに行くふりをして静香の部屋を出ると、水穂はこっそり青江の部屋に入ってみた。例のパズルの本を探してみたのだ。男の割りには整理のいき届いている部屋で、何百冊という本が棚に並んでいた。

目的の本は机の上の小さな本棚に入っていた。『世界のパズル入門』という題をつけてある。水穂はそれをセーターの中に隠した。

3

青江が殺されてから四日が経過した。捜査員たちは現場周辺を徹底的に調査しているようだが、まだ手掛かりらしきものは得られていない模様だった。雑木林の中の遊歩道ということで辺りには民家もなく、目撃者や物音を聞いた者も見つかっていないらしい。

山岸刑事は毎日のように竹宮家を訪れた。彼は依然、宗彦たちが殺された事件と結びつけて考えているようだった。彼の推理では、青江は竹宮邸での殺人事件について何か知っていて、そのことを犯人に気づかれて殺されたのだろうということだった。

「果たして青江さんは何を知っていたのか？　なぜ知ることができたのか？　それに関して彼は何か証拠を握っていたのか？　それが物的証拠なのだとしたら、それはいったいどこにあるのか？」

ソファに水穂や佳織と向かい合って座った山岸は、拳を振りながら疑問を並べた。こめかみに血管が浮いている。

「そのあたりを中心に捜査を進めているわけです」

と声に力を抜いて彼はしめくくった。

「でもまだ何も出てこないんでしょう？」

佳織が少し冷たい言い方をする。

「これからですよ。勝負はこれからです」

山岸は落ち着いたようすでいった。

「刑事さんは、あたしたちの身内の中から犯人を出したがっているみたい」

「あなた方を疑っているということは否定できませんな。残念ながら」

「お金が盗まれてたんでしょう？　だったら強盗の仕業じゃないんですか？」

「まあ、その可能性があることも否定できません。ですからその方向でも調べています」

山岸は耳の穴に指を突っ込み、こりこりと動かしたのち、その指先をふっと吹いた。

「ピエロの人形の件はどうなったんですか？　何かわかりました？」

水穂が訊くと、途端に山岸は顔をしかめた。

「いろいろ調査しましたが、どうも関係が浮かんできませんな。関係といえば、宗彦氏たちが殺された現場にもあの人形が置いてあったという程度で。あの悟浄とかいう人形師に話を聞いても、超現実的な話しか出てきませんしね」

悟浄のオカルト的な話に、この現実主義者が途方に暮れているようすが、水穂の目に浮かんだ。

「あの人、いったい何者なのかしらね？」

佳織の疑問は水穂に向けられたもののようだったが、答えたのは山岸だった。

「我々が調べたところでは、まあ一応名の通った人形師ではあるようですね。店も持っていて、従兄《いとこ》と一緒にやっているらしい。ああ見えても一流大学の理学部にいたエリートですよ」

「理学部？」

水穂の方がびっくりした。

「ただし三年で中退しています。いわゆる変人ですな。人形のジンクスがどうのこうのいってましたが、あながちでたらめでもなくて、何度かこうした事件に巻きこまれています。もしかしたら彼自身が厄病神《やくびょうがみ》なのかもしれません」

そして山岸は大きな口を開けて笑った。

水穂は次に悟浄と会うことを楽しみにしていた。例のパズル書は、こっそり彼に渡してある。青江が何に興味を示したのか、彼に考えてもらおうというわけだ。

「あの人も容疑者なんですか？」と佳織が訊いた。

「まあ、気になる存在ではありますが、我々が調べたところでは青江さんとのつながりもないし、無関係と考えて間違いないだろうと思っています。それに彼はずっと水穂さんと一緒だったということですし」

それから山岸は、ピエロの人形をはじめ、青江の持ち物の一部は今日中に返せるだろうといった。

「あの方が無関係だということは、水穂さんも無関係ということですね。ねえ刑事さん、そうでしょう？」

佳織の口調には少し熱がこもっていた。

「まあ、そうですね。アリバイがありますから」

「それから、たぶんあたしも容疑からは外れているんでしょうね？　だってあたしの身体では、人殺しなんて出来るわけありませんもの」

佳織に見つめられ、山岸はかなり答えづらそうにした。咳《せき》払いをする。

「難しいのではないか、とは考えています。しかし断言はできません。あなたのような方々には、それなりの巧《うま》いやり方があるのかもしれませんからね」

すると佳織は久しぶりに表情を和らげて水穂の方を向いた。

「聞いた、水穂さん？　この刑事さん、案外優しい方よ。今まで出会った大抵の人は、何をするにも、あたしには無理だろうって決めてかかったものよ。でもこの方はあたしの可能性を認めてくださってる」

「褒《ほ》めていただけて光栄ですよ。ちょっと複雑な心境ですが」

山岸は頭の後ろの方を掻《か》いた。

「そうなんです。あたしたちには、あたしたちなりのやり方があるんです。両足が自由に動く人たちよりも、ずっと巧いやり方が。でも残念ながらあたしは犯人じゃありませんわ。だってあたしにもアリバイがあるんですから。二時半には永島さんと一緒にいました。青江さんを殺して、二時半に部屋に戻るなんて不可能でしょう？」

「まあ難しいでしょうね。青江さんが殺されたのは、屋敷を出た二時二十分から死体が発見された二時三十分の間と見られていますから」

「車椅子にエンジンでもついていたら別でしょうけどね」

そういって佳織はにっこりとした。その妙な陽気さが、水穂には気になった。

山岸が帰った後、水穂は佳織を部屋まで連れていき、そのあと静香を見舞った。静香はこのところずっと体調を崩している。食欲もないようだし、それを物語るように顎《あご》のあたりの肉が落ちたようだ。水穂が行くと、ちょうど鈴枝が食事の片付けをしに来たところだった。

「刑事さんは帰ったらしいわね」

細い声で静香がいった。

「ええ。でも特に用はなかったみたい」

「青江君のことで何かわかったことがあるのかしら？」

「さあ……あるのかもしれないけれど、あたしたちには話してもらえなかったわ」

「ずいぶん長い間お話しになっておられたようですね」

食器を片付け終えた鈴枝が、手を休めていった。水穂たちと山岸がしゃべっているのを台所の方から見ていたらしい。

「大したことじゃないのよ。山岸さんたちがどういうことを調べているのか伺っていただけ」

軽い調子を心がけて水穂は答えた。

「あの刑事さんはまだ、青江君を殺した犯人がこの家の中にいると考えているのかしら」

静香は憂鬱《ゆううつ》そうに呟《つぶや》く。

「さあ……」

水穂が言葉を濁した時、「馬鹿げたことですよ」と鈴枝が強い口調でいった。

「あの日、私はずっと下におりましたからわかります。どなたも、そんな疑いをかけられるはずがないんです」

「そうなの？」と水穂はちょっと驚いて訊いた。

鈴枝は深く頷いた。

「和花子お嬢様がここをお出になる直前まで、青江さんはまだリビングにおられました。青江さんが出ていかれてからは、和花子様以外どなたも屋敷を出ておられません。水穂お嬢様たちが青江さんを追っていかれただけです」

「じゃあきっと警察は、誰かが出ていくのを鈴枝さんが見落としたと思っているのね」

「でも、皆さんたしかにお屋敷におられましたよ」

鈴枝が断言したので、水穂もそれ以上は何もいえなくなってしまった。

「もういいわ、鈴枝さん。それより、和花子を呼んでちょうだい」

「和花子さんを？　はい、かしこまりました」

静香に命じられ、鈴枝は電話をかけにいった。

「和花子叔母様に何か用があるの？」

水穂が訊いてみたが、「特に用ということもないのだけれど」と静香は何だか歯切れが悪かった。

このあと少しして、若い捜査員が青江の遺品の一部とピエロの人形を持ってやって来た。どうやら手掛かりにはならなかったようだ。

あの人形は不吉だと静香がいうので、早速悟浄に取りに来てもらおうということになった。そこで水穂が悟浄が泊まっているホテルに電話して、その旨を伝えた。今からすぐに行くと彼は答えた。


「難航しているようですね」

玄関に入ってきて、開口一番悟浄はいった。警察の捜査のことをいったらしい。

「関係者全員が鉄壁のアリバイで守られていると聞きました」

「よくご存知ですわね」

「人形について調べる係りの捜査員と親しくなりましてね。世間話をするような調子で教えてくれたんです」

「その話、あたしも聞きたいですわ」

回りに目を走らせ、水穂は声をひそめた。

「実際のところ全員のアリバイがどうなっているのか、あたしにもよくわからないんです。だからといって、しつこく問い質《ただ》すわけにもいかないし」

「そうでしょうね。——どこか話のできるところは？」

「あたしの部屋があります」

悟浄を自分の部屋に招くと、水穂は外のようすを窺《うかが》ってからドアを閉めた。何となく佳織たちに対して裏切り行為をはかっているような後ろめたさがある。その佳織の部屋からはクラシックが聞こえていた。たぶんまたFMラジオを聞いているのだろう。

「ところで先日お貸ししたパズルの本について、何かわかりました？」

椅子を勧めながら水穂は気になっていたことを切りだした。

「ああ、あの本ですか」

悟浄は腰を下ろした。

「いや、何かがわかったというほどではないのですが……あの本は佳織さんがお持ちだったということでしたね。それをあなたに貸そうとしたところ、その場に居合わせた青江さんが先に読むことになった」

「そうですけど、それが何か？」

「いえ、それを伺っておきたかったのです。——さて、ではアリバイの方を始めましょうか」

悟浄は小さなノートを取り出してきた。彼女が訊くと、簡単なスケッチなどをするためにいつも持ち歩いているのだという。そして今日そこには、事件の関係者のアリバイが記入してあるということだった。

「まず奥様ですが」

彼の報告は静香のことから始まった。「午後はずっと部屋におられたようです。そして一時半から永島さんに整髪を行ってもらったとなっています。その間一度だけお手伝いさんが顔を出しています」

「整髪をしていたのは何時頃までかしら？」

「奥様の証言では二時二十五分頃までだということです。永島さんが出ていかれた時に時計を見たんだそうです。そのあとも騒ぎが起こるまで、ずっと一人で部屋にいたとおっしゃっています」

「永島さんは何と？」

「ええとですね」

悟浄はノートを見た。「奥様の部屋にいたとは答えておられるのですが、時刻ははっきりわからないということらしいです。その後トイレに行ってから、佳織さんの部屋を訪れたということです」

「その時刻は？」

「二時三十分です」

悟浄は即座に答えた。

「ただしこれは永島さんの証言ではなく、佳織さんから聞いたものらしいです。永島さんは正確に覚えておられません。たしか先日も、このような話をしておられましたね」

そうだったと水穂は思いだした。誰だって細かい時刻まで気にして生活しているわけじゃない——これは佳織の台詞《せりふ》だった。

「佳織はどうしてそんなに正確に覚えていたのかしら？」

「FMラジオを聞いていて、永島さんが入ってきた時にディスクジョッキーが時刻を告げたんだそうです。その直後にかかった曲名も記憶しておられて、警察で確認したところ間違いなかったようです」

「で、佳織はそのあとずっと永島さんと一緒だったんですね？」

そうです、と悟浄は頷いた。

「叔父様たちはどうなのかしら？　だいたいのことは聞いているんですけど」

「近藤勝之氏は午前中に会社に行き、午後一時過ぎに会社を出ておられます。この家に到着したのが二時十五分頃で、二十分には和花子さんを連れて出発されました。帰宅されたのが午後三時——これは近所の主婦の証言ではっきりしています」

「叔母様は？」

「勝之氏の迎えが来るまで部屋におられました。着替えと化粧をしておられたんだそうです」

このあたりのことは水穂がすでに持っていた知識と変わらない。

「じゃああとは鈴枝さんですね」

「そうです。鈴枝さんの証言を整理すると、このようになります」

ここで悟浄は小さく深呼吸した。

「鈴枝さんは殆《ほとん》ど一階にいたと証言されています。ただ、二時少し前に用があって奥様の部屋に行かれたようです。このことは奥様や永島さんの証言と一致しています。二時過ぎに青江さんが下りてきて、大学に行く準備を始めたそうです。青江さんがどこかに電話をかけたあとで、ピエロを鞄につめたりしているのを鈴枝さんは目撃しています。二時十五分頃勝之氏が来ました。勝之氏は表に車を停めて、その中で夫人を待っていたということです」

「すると叔父様は家の中には入ってこなかったんですか？」

「そのようです。インターホンで鈴枝さんに、自分が来たことを告げたそうです。それで鈴枝さんが和花子夫人の部屋に知らせに行ったというわけです。夫人は台所で水を一杯飲んでから出ていかれましたが、その少し前に青江さんが出かけたそうです。車の中の勝之氏が、遊歩道に向かって歩いていく青江さんを見送っておられます。そのあと夫人を乗せて帰路につかれました」

「それが二時二十分頃ですね？」

「そうです。このあとすぐに我々が現れたことも鈴枝さんは述べておられます。二時二十五、六分というところでしょうか」

「そのあとは騒ぎが起こるまで、鈴枝さんは誰とも顔を合わさなかったんでしょうか？」

「いや、我々が出た直後、トイレから出てきた永島さんと言葉を交わしておられます。永島さんはこのあと佳織さんの部屋に行ったということです」

「へえ……」

たしかに全員にアリバイが成立していることを水穂は理解した。青江が殺された現場までの距離を考えると、犯行推定時刻を挟んで最低二十分は屋敷を留守にしていなければならない。しかしそれに該当する者は皆無だ。

「するとやっぱり青江君は通り魔に襲われたのかしら？」

こみあげてくる期待を抑えながら水穂はいった。自分の身内を疑いたくないというのが正直な気持ちだ。

「そうですね、アリバイを崩せなければ、そういう結論を出さざるをえなくなるでしょうね」

「崩すって？」

その言い方が水穂の気にさわった。悟浄はノートを閉じ、指先でこつこつとテーブルを叩く。

「じつは気になっていることがあるのです」

彼は決心したようにきりだした。

「今もお話ししたように、全員のアリバイは成立しています。しかしそれは非常に微妙なタイミングの下《もと》に成り立っているのです。整然と編みこまれたクモの巣のようなものです。各自の証言の中には、極めて細かい数字が出てきますが、この中のどれかひとつでも曖昧《あいまい》であったなら、クモの巣はバラバラにほどけてしまいます」

「要するに」と水穂は唇を舐めた。「全員が嘘をついていると？」

「全員とは限りません」

悟浄は首を振った。

「犯人と、それからもう一人が嘘をついているだけなのかもしれません」

「もう一人って……共犯者ですか？」

「それはわかりません。何らかの理由があって、犯人を庇《かば》っているだけなのかもしれない。身内が犯人であれば、庇う理由は充分にあるわけです」

水穂は黙りこんだ。反論は思い浮かばなかった。

「山岸刑事はピエロのことを何かいってましたか？」

話題と共に口調も明るく変えて悟浄は訊いた。

「何の手掛かりにもならなかったようです」と水穂は答えた。

「だから人形を返してくれたんですわ」

「なるほど。――じゃあ引き取ることにしましょうか」

金額はどうでもいいから、早く引き取ってもらいなさいと静香はいっていたのだが、悟浄は買った時の価格をきちんと調べていて、それに幾分加算した額を封筒に入れて持ってきていた。

「こういうことは、きっちりやっておかないといけません」

というのが彼の言い分だった。

人形を手にすると悟浄はまず正面から眺め、次に点検するように細かい部分を見た。そして最後にもう一度前から見て、納得したように頷いた。

「ほっとされたみたいですわね？」

「ええ、ほっとしました。これでジンクスに悩むこともないでしょう」

「あたし、迷信なんかはアテにしない方ですけど、この人形のジンクスだけは怖いと思いましたわ。頼子伯母様から青江君まで、次々と不幸な死に方をしたんですから」

「不気味な人形です」

そういって悟浄は、またピエロの憂鬱《ゆううつ》そうな顔に目を落とした。

「わからないのは、伯父がなぜその日に限ってピエロの人形を飾ったのかということもですわ。それまでは今と同様、『仔馬と少年』を飾ってあったらしいのに」

水穂がいうと悟浄はちょっと視線を遠くにやり、それからまた彼女の顔に戻した。

「よくわかりませんが」と彼はいった。「あの場所には『仔馬と少年』よりも、ピエロの方がふさわしいと思われたのでしょうね」

「かもしれませんわね。とにかくちょっと変わった趣味の人でしたから。祖父の肖像画を廊下の角に飾ったりしたのも、伯父だということですし」

「ほう……」

悟浄の目が空間の中途半端な位置で静止した。

「何か？」と水穂が声をかけてみても反応がない。数秒経ってから彼は今一度ピエロを見つめ、一瞬大きく目を見開いた。

「どうかしました？」

彼女はもう一度呼びかけた。今度は彼も顔を上げた。

「奥様はおられますね？」

と彼は訊いてきた。落ち着いていて、ひどく重みのある声だった。

「ええ、部屋に……」

「では御挨拶をしてきましょう。このまま黙って人形を持って帰ったのでは失礼にあたりますから」

悟浄は人形を持って立ち上がった。それで水穂も腰を上げかけたが、彼は掌を広げてそれを制した。

「結構です。ちょっと御挨拶してくるだけですから」

「そうですか……」

水穂が答えるとすぐに、彼は階段を上がっていった。


（ピエロの目）


僕を片手に持って階段を上がると、悟浄は棚の「仔馬と少年」の横に僕を置いた。そしてそのまま慎重な足取りで南側のバルコニーまで歩き、そこから僕の方を見た。

しばらくそうした後、彼は廊下の中央部——二本の廊下が交差しているところ——まで戻ってきて、そこにしゃがみこんだ。彼が何をしているのかはよくわからない。

やがて立ち上がった彼は、とても難しい顔をしていた。そして僕をそこに置いたまま、老婦人の部屋のドアを叩いた。返事があって彼は中に入っていった。

彼はいったい何を考えついたのだろう？　あの白いネグリジェの女が自殺した事件に、何か秘密でもあるのだろうか？　そして彼は先程の若い女性

——水穂といった——の言葉の何に、あれほど衝撃を受けたのだろう？

まず何より、悟浄はなぜこんなところに僕を置いたのだ？　こんなところに置いても、何の意味もないではないか。

それともここに意味があるのだろうか？

僕にはよくわからない。

しかし異常な屋敷であり、異常な一族だった。彼等の行動のどれ一つを取っても僕には理解できなかった。僕だけではない。誰にもおそらく理解できないだろう。

そもそも彼等はなぜここに集まってきたのか？　彼等はいったい何を望み、何をしようとしているのだろう？

悟浄が部屋から出てきた。彼の額はさっきにくらべて少し赤くなったようだ。彼が何か強烈な思いにとらわれた時、額が赤くなることを僕は知っている。

悟浄は立ち止まって僕を見てから、数歩進んで廊下の交差部に立った。そして再び僕の前に戻ってきた。

「そういうことだったか」

深いため息をつくように彼はつぶやいた。

そういうことだったか？　それはいったいどういうことなのだ？　僕をこんな棚に置いて、いったい悟浄は何を満足しているのだ？

だが彼には僕の声は聞こえない。彼はゆっくりと頷き、僕を手に取った。

彼の手はとても熱かった。

# 第六章　肖像画

## 1

　この夜、水穂《みずほ》はベッドに入ってからもなかなか寝つけなかった。気分が昂《たか》ぶっているのは、悟浄《ごじょう》の話を聞いたからだった。あのアリバイの話――クモの巣の如く整然としたアリバイの話――を聞いたせいだ。

　――それに帰る間際の彼のようす……。

　静香《しずか》への挨拶をすませてきたという悟浄のようすには、明らかにそれまでとは違ったものがあった。彼のあれほど険しい顔を水穂は見たことがない。彼はいったい二階で、静香の部屋で何をしてきたのだろうか？

「青江さんの電話ですがね」

玄関まで悟浄を見送った時、彼は靴を履《は》きながらいった。

「電話? ああ……」

青江が出ていく前にかけていたという電話のことをいっているのだと、ようやく気づいた。

「いったいどこへかけていたんでしょうね。警察ではまだ解明できていないということですが」

「さあ……それが何か?」

「ええ、それがとても気にかかるんですよ」

そういって彼は珍しく憂鬱そうな表情を見せた。

悟浄が帰ってから、水穂は静香の部屋に行った。そしてそれとなく人形師との会話を尋ねてみた。

「別に大したことは話してないわよ。あの人はなかなか礼儀正しい人ね」

というのが祖母の台詞《せりふ》だった。

「事件については何もいってなかったかしら?」

「何も話さなかったわよ。いくらジンクスだといっても、今度の事件のことをあの人や人形のせいにするわけにはいかないわよ。——あの人はこの部屋の装飾品に興味を持ってたみたいね。結構熱心に観察していたみたいよ」

「装飾品……」

水穂はあたりを見回した。亡き幸一郎が集めた骨董品が、整理されて飾ってある。北欧で手に入れたというボウ・ガン、江戸時代に入ってきたという懐中時計等。そしてその幸一郎自身の巨大な肖像画が壁にあった。

悟浄は何かに気づいたのだろうか？　そしてそれは青江が到達した結論と同じものなのだろうか？

そうだ、と水穂は毛布を握りしめた。青江は真相にかなり近い部分まで迫っていたに違いない。そしてそれを恐れた真犯人が、彼の推理を中断させるために彼を襲ったのだ。

青江と最後に交わした会話を水穂は思いだしてみる。あの時彼はいった。宗彦は松崎に殺されたのではない、殺されたふりをしただけなのだ、と。だがそれだけではない、とも彼はいった。そこまでを一幕とするなら、二幕三幕があるはずだ——

青江はいったい胸の内に何を秘めていたのか？　水穂は完全に冴えきった頭で考えてみる。身体がやけに熱く感じられるのは、暖房のせいばかりではなさそうだ。

——二幕、三幕……そういえば青江君は芝居になぞらえて何かいったわ。『我々が目にしたものの大部分は、巧妙に仕組まれた芝居だった』……いえそれだけじゃない、彼はほかに何かいったはずよ。

水穂は何度も寝がえりをうった。脳裏のどこかにそれが引っ掛かっていて、うまく手元に引き寄せることができない。

芝居から連想してみる。舞台、シナリオ、台詞、演技、役……役者……。

——役者?

そうだ、と彼女はベッドの中で大きく頷いた。彼はこういったのだ。『意外な役者が意外な役を演じたらしい』、と。

なぜ彼はそんなことをいったのか? 単に事件の複雑さを強調するために、そんな比喩《ひゆ》を使ったにすぎないのか? それとも……。

——それとも?

水穂はベッドから身を起こした。室内は真っ暗だ。闇の中の何かを彼女は凝視した。

彼女は布団から出てガウンを羽織り、部屋の灯りをつけた。光になじまない目を掌で覆いながら、バッグからノートを出す。そこには青江が殺された時の皆のアリバイを書きこんであった。

悟浄がクモの巣と形容した各自のアリバイを、水穂はひとつひとつ点検していった。気持ちが昂《たか》ぶり、鼓動が速まっているのが自分でもわかる。

今度の事件に対して、水穂は大きな壁の存在を感じていた。それを越えないことには、真相に辿《たど》りつくことはできないのだ。

出口がないと思われた壁に、ほんのわずかだが割れ目が存在することを水穂は予感していた。その割れ目は徐々に大きくなり、やがて向こうがわに行きつくこともできるはずだった。

もっとも、そのこと自体がいいことなのかどうかはわからない。

壁の向こうにさらに深い悲しみが存在することも、水穂は予感している。

2

翌朝――

ノックの音がしたので返事をすると、ドアが開き、車椅子に乗った佳織《かおり》が姿を見せた。彼女はベッドの上にスーツ・ケースが開いて置いてあるのを目ざとく見つけ、

「水穂さん、帰っちゃうの？」

と責めるように眉を寄せた。

「ええ。いつまでもお世話になってるわけにもいかないでしょ」

平静を装ったつもりだが、自分の声が水穂には不自然に聞こえる。それでわざと佳織の方を見ずに、着替えをスーツ・ケースに詰める作業に身を入れた。

帰ろうと決心したのは、明け方近くになってからだった。昨夜、水穂はついに事件の核心を摑《つか》むことに成功したのだ。だがその代償として、眠れぬ夜を過ごさねばならなくなった。頭は朦朧《もうろう》としているのだが、意識のどこかにヒステリックに冴えた部分があり、それが身体を眠らせようとしないのだ。

家に帰ろう――ぼんやりした思いの中で彼女は決心した。真相に迫った以上、このままここに居続けることは不可能なのだ。

そして朝目覚めるなり身支度を始めたのだが、そこに佳織が入ってきたというわけだ。

「もう少しここにいてくれるっていう約束だったでしょ？　せめて警察の人たちが出入りしなくなるぐらいまでって」

佳織の鋭い視線が横顔に浴びせられるのを水穂は感じた。手を休めずに彼女は、

「もうあと少しよ」といった。

「あと少しって？」

「あと少しでそうなるわ、きっと。警察の人は来なくなって、世間の人も事件のことを忘れるの」

「どうしてわかるの？」

佳織の声が低く沈んだように聞こえた。

「何となくよ」

水穂は答えた。そして、今度佳織が何か訊いてきても、しばらくは答えずに黙っていようと心に決めた。

だがその決意は空振りに終わることになった。少しの沈黙ののち、佳織の方が出ていったからだ。車椅子のタイヤが回る、きいきいという音だけがいつまでも部屋の中に残っていた。

一通りの片付けを済ませたあと、水穂は一階に下りていった。鈴枝がいつものように朝食の準備をしている。自分よりも彼女の方がはるかにこの家に溶けこんでいるのだと、彼女がスープの味見をする姿を見て水穂は思った。鈴枝はまるでこの台所の一部みたいだった。同化している。

料理に熱中していたらしい鈴枝は、すぐ横に水穂が立っているのを見て少し驚いた

顔をした。そして、それから、

「おはようございます、昨夜はよくおやすみになりましたか？」

と笑顔で訊いてきた。ええぐっすり、と水穂は答えた。

鈴枝はにっこりすると、また自分の仕事に戻った。だが水穂はそこに立ったまま、じっと彼女の動きを目で追っていた。やがて彼女の視線に気づいた鈴枝は、作業を中断して不思議そうな顔をした。

「何か御用ですか？」

と彼女は不安そうに訊いた。

「ボタンのことよ」と水穂はいった。

「伯父様のパジャマのボタンのこと。あれはいったいどこに落ちていたの？」

こうやって切り出すことを、水穂は最初から決めていた。もっと早くこの点について追及するべきだったのだ。今となっては遅い。が、このまま済ませるわけにもいかなかった。

「ボタン……？」

鈴枝の笑顔はわずかに歪《ゆが》んだようだった。それを見て、水穂は自分が辿《たど》りついた結論に間違いがなかったことを確信した。

「ボタンよ」と彼女はもう一度いった。

「ただし、伯父様の死体のそばに落ちていたなんていう話は聞きたくないの。だってあたしは見たのよ。あの夜、二階の棚の上にあのボタンがあったのを。ボタンが勝手に移動するわけないわよね」

鈴枝の胸が大きく隆起するのがわかった。どう釈明するべきかを考えているようだ。その余地を奪うように水穂は続けた。

「鈴枝さんが二階の棚でボタンを見つけて裏庭に捨てたんじゃないのよね。鈴枝さんのほかにもう一人、外部犯だと見せかけるための工作に参加した人がいたのよ」

「いいえ、あれは私一人で……」

「いいのよ」

水穂は静かにいった。「もう全部わかっているのよ。その人が棚の上に置いてあったボタンを裏庭に捨てたのよね。でもここで不思議なことがあるわ。どうしてその人には、それが伯父様のパジャマのボタンだとわかったのかしら？」

鈴枝の唇がわずかに動いた。言葉が聞こえないのは声が小さいからではなく、いうべき言葉がまだ決まらないかららしい。

「鈴枝さんは内部犯だということを隠すために、いろいろなことをしたわね？」

ゆっくりと言葉を選びながら水穂はいった。鈴枝は背筋を伸ばしたようだった。

「でも本当は単に内部犯というだけでなく、松崎さんが犯人だということも知っていたんじゃないの？」

鈴枝は目を伏せた。彼女の横で鍋のひとつが湯気をたてだしたので、彼女はすっと腕を伸ばして火の加減をした。

「同時に」と水穂は唇を舐《な》めた。口の中もカラカラだ。「松崎さんが犯人じゃないってことも知っていたんじゃないのかしら？」

鈴枝の表情に変化はなかった。エプロンの前で掌を組み、じっと目を斜め下に向けている。呼吸にも乱れがないようだった。やがて彼女は、

「何をおっしゃりたいんですか？」

と尋ねてきた。低く落ち着いた声だったが、ぞくりとする何かがある。

「松崎さんは伯父様を殺してはいないのよ。誰も殺してはいないの。それを最初から鈴枝さんたちは知っていたのよ。それだけじゃないわ。本当の犯人が誰なのかも知っているはずだわ。誰が伯父様たちを殺し、松崎さんを陥《おとしい》れようとしたのかを」

「お嬢さま」

やはり低いが、今度はかなり鋭い語気で鈴枝はいい放った。水穂は彼女が次に何を

いうのかを待った。

だが彼女は何もいわなかった。目を伏せたまま、きっちりとした彼女の性格そのままに、右左とゆっくり首をふっただけだった。そして調理台に向き直り、黙々と食事の支度を始めた。きっぱりとした拒絶を身体全体で示しているようだった。

「よく……わかったわ」

水穂は溜《た》め息《いき》をつき、まわれ右をした。背後に聞こえる鈴枝の包丁さばきの音は、全く乱れていない。

暗い気分で水穂は階段を上がっていった。何も答えてはもらえなかったが、鈴枝のあの毅然とした態度が全てを物語っているともいえる。

「さようなら」

どういうわけか、そんな言葉が口をついて出た。

（ピエロの目）

狭いホテルの一室に僕はいた。ホテルといっても薄汚れたビジネスホテルで、窓の外には灰色の工場や民家の屋根瓦、その民家の物干に揺れる洗濯ものが見えるだけだ。

僕はこの部屋に連れてこられてから、ずっと悟浄の横顔を眺め続けていた。

悟浄は簡易ライティングデスクに向かい、ノートを広げて延々と思案している。ノートの中には、鉛筆で図形が描かれていた。その図形というのは、どうやらあの十字屋敷の見取り図のようだった。十字形に交差した廊下や部屋の配置を描いてある。

建物の図だけではない。いつの間に調べたのか、庭や駐車場との位置関係もそこには記してあった。

図の横には細かい字で何やら書きこんである。それは箇条書になっていて、悟浄は今、それを書きこむことに熱中しているようだった。

デスクの上には、ノート以外に黒い表紙の古びた本が開いて置かれていた。そしてその本の余白にも、何か絵が描いてある。それもまたあの十字屋敷の形に似ていた。

僕はこれらのことから、あの夜どういうことが起こったのかを完全に理解することができた。あの夜とは、例の女性が飛び降り自殺をはかった夜のことだ。あの夜もまた、僕は完全に騙《だま》されていたのだ。

また悟浄は、何時間か前までは宗彦たちが殺された時のことを推理していた。彼が今開いたノートの前頁には、あのオーディオ・ルームの見取り図が描いてあり、その横にはやはり、推理内容を細かく書きこんであった。

悟浄は完全に真相に到達している――そう断言していいと思う。僕が今まで不可解に思っていたことや、各自の言動など、すべて彼の推理によって説明できるのだ。

もうすぐ終わる、何もかも。

3

重い空気の中での朝食が終わった。水穂は佳織と二人、テーブルに向かい合って、スープを飲み、サラダとオムレツを食べ、フレンチトーストを口に運んで、コーヒーを飲んだ。その間二人とも黙ったままだった。料理を運んでくる鈴枝も無言で、食器の音が耳障《みみざわ》りなくらい食堂に響いた。

途中鈴枝は食事をトレイに乗せて静香の部屋に行ったようだ。朝食を運ぶだけにしては時間がかかっていたようだが、彼女が静香に何を報告していたのか、水穂には想像がついた。

「みんないなくなったわ」

朝食を終えて水穂が立ち上がりかけた時、ふいに佳織が呟いた。水穂は彼女の顔を見下ろしたが、佳織は真っすぐ前を向いたままで続けた。

「二ヵ月前には、みんながいたのよ。お母さんもお父さんも……おばあさまだって一緒に食事していたわ。でも今はあたしひとり。どうしてこんなことになってしまったのかしら？」

水穂は何かいおうとしたが、適切な言葉が思い浮かばなかった。なぜこんなことになったか？ それについては誰もがわかっているはずなのだ。

水穂は黙ったまま、その場を去った。佳織もそれ以上は何もいわなかった。

階段を上がって自室に引き上げようとした時、カチャリとドアの開く音がした。静香のいつもにも増して白い顔が現れた。

「今、いいかしら？」と彼女は訊いてきた。

水穂は視線を少しそらせてから、笑みを作って頷いた。

「じゃあ、ちょっと来てくれない？」

「はい」と返事して、水穂は静香の部屋に向かった。胸が締めつけられるような感覚が、突然襲ってきた。

「帰るそうね」

水穂がドアを閉めると、静香は穏やかな口調でそういった。特に責めるような響きもないし、引きとめたがっているふうでもなかった。

「長く居過ぎたと思うんです」

水穂はいってみた。正直な気持ちだった。静香はよく理解できるというように、何度か首を縦に動かした。そしてポットの湯を急須《きゅうす》に注ぎ、二つの湯のみ茶碗に均等に茶を入れた。

「鈴枝さんから聞いたわ」

静香がいった。何を聞いたのかはいわなかった。

「あなたがいろいろなことを考えているようだということはわかっていたけれど、私が考えていたよりも、ずっと深いところまで考えは進んでいたようね。たぶん、ずいぶん辛い思いもしたでしょう」

「ええ、おばあさま」

水穂は感情が表に出てしまわないように気持ちを抑えながら答えた。

「少し辛かったですわ。だから最初は、その嫌な考えをずっと避けて通っていたんです。でもとうとうそれもできなくなりました」

静香は両手で湯のみ茶碗を持ち、口をすぼめて茶を啜《すす》った。彼女の目は相変わらず優しそうで、そしてどこか寂しげだった。彼女の顔に刻まれた皺《しわ》の一本一本も、その目と同じような表情を持っていた。

「どうしようかと思ったのよ」と静香はいった。

「このままあなたを帰してしまってもかまわないわけだけど、いろいろな誤解があったままではまずいと思うし、あなただってすっきりさせたいと思うでしょ？」

「すっきりしたいとか、そういう問題じゃないんです」

水穂は頬《ほお》が少し紅潮するのを感じた。「どういったらいいのか自分でもよくわからないんだけど、こういう形で幕を閉じてしまうのはよくないと思うんです。とても不自然だし、きっといろいろな歪《ひず》みが残ると思う。でもそれはもしかしたら、あたしの僻《ひが》みなのかな。自分がまるで竹宮家の仲間入りをさせてもらえなかったみたいに思って……よくわかりません」

話の途中から水穂は、髪に手をやったり首をふったりしていた。小さな混乱が彼女を襲っていたのだ。

「もういいのよ、あなたが苦しむことはないの」

見かねたように静香がいった。そして微笑んだ。

「話しあいましょう。あなたが考えたことについて。それから私が知っていることについて」

水穂は祖母の顔を真正面から見返した。静香はたっぷりと時間をかけて、目を閉じながら頷いた。

「青江君と話し合っていたようね？」と彼女は水穂に訊いた。

「ええ」と水穂は顎《あご》を引いた。

「彼の方が先に真相に気づいていました。彼はそれを胸に秘めて……たぶん証拠を摑《つか》んでからと思ったのだろうけど、その前にあんなことになったんです」

静香はまた茶を啜った。特にいい添えることはないようだった。

「青江君と最後に話した夜、彼はいいました。松崎さんは伯父様を殺していないって。殺したつもりだろうけれど、相手が殺されたふりをしただけなんだって」

静香の顔に驚きの色はない。わかりきったことを聞いているというように、水穂には見えた。

「でも彼はいったんです。ここまでは、芝居でいえばほんの一幕に過ぎないんだって。真相には二幕三幕があって、意外な役者が意外な役を演じているかもしれない――。あたしは彼のこの言葉を頭の中で何度も繰り返しました。彼はいったい何をいいたかったのかってね。そうしてやっとひとつの考えに辿《たど》りつくことができたんです」

水穂はここで深呼吸をして静香を見た。相変わらず祖母の表情には変化がない。以前水穂は、音楽や絵画についての自分の意見をこの祖母に聞いてもらったが、その時と全くかわらなかった。

静香の顔を見ながら水穂は、思いきって次の言葉を述べた。

「松崎さんは伯父様を殺したと思っていました。でもそれは相手が殺されたふりをしただけだった――この手品の種には、もうひとつ仕掛けがあったんです。それはね、その殺されたふりをした相手というのは、宗彦伯父様じゃなかったということです。ガウンのフードを頭からすっぽりかぶり、眼鏡をかけて、しかもつけ髭をしたら、暗がりの中では判別できないと思いますわ。あたしがこんなふうに思ったのには根拠がありあます。松崎さんが伯父様を殺したといってる時刻よりも後で、あたしは伯父様の部屋で灯りが点くのを見たんです。あの時に伯父様はまだ生きていた――そうすると松崎さんが殺したという人物は、伯父様以外の人物だということになりますわね。ただこのトリックには問題がありました。いくら変装しても、体格まではどうにもごまかせない。そうすると、伯父様に化けることができる人間はかぎられてきますわ」

水穂は静香の反応を窺《うかが》いながら続けた。

「つまりそれは……永島さんしか考えられないんです」

ここで静香はふうーっと長い息を吐いた。彼女なりに緊張していたということだろうか。そしてこれは肯定の意思表示と取れた。

「永島さんは伯父様に化けて松崎さんに殺されるふりをし、そのあとで実際に伯父様を刺し殺したんです。こうすれば、完全に松崎さんに罪を着せることができますから。だから三田さんも殺したのは、おそらく予定外の行動だったんじゃないかしら。とにかく、こう考えれば、いろいろな部分で筋が通ってくるんです。そのひとつが、松崎さんが犯人だということを証明する決め手になったジグソー・パズルの一件でした。永島さんは地下室にしのびこんで、落ちていたパズルの部品を箱に戻したということでしたわね。その時に箱の蓋《ふた》が破れて、問題の部品を警察に見つけられてしまい、結局それが原因で松崎さんが追いつめられましたわ。だけど考えてみたら妙な話だと思うんです。パズルの部品を、わざわざ箱に戻しておく必要があったのかしら？

仮に『ナポレオンの肖像』の部品が一枚欠けていたところで、警察は特に気にとめなかったでしょう。だから永島さんとしては、拾った部品を燃やすなり捨てるなりすれば済む問題だったんです。箱の蓋が破れていたことにしても、どうもわざと警察に見つかるように仕掛けたとしか思えない。それに気にかかるのはジグソーのことだけじゃないんです。鈴枝さんの話では、伯父様は犯人の髪の毛を摑《つか》んでいたということでしたわね？　だけど、うまくできすぎてると思いませんか。それもこれもすべて、松崎さんの仕業に見せかけるためのトリックだったんです」

さらに水穂には、はっきりさせねばならないことがあった。

「松崎さんを陥《おとしい》れるためのトリックはほかにもありました。松崎さんが捨てていった手袋に血を付けたり……でも、そういうトリックを無効にしてしまったのが鈴枝さんでした。伯父様が握っていた髪の毛は処分したし、手袋は門の外に捨てたらしいですわね。でもそれらの工作は、鈴枝さん一人の手によるものじゃなかった。もう一人――おばあさまがその工作に加わっていたんですわ。そうでしょう？」

静香はすぐには答えず、空間の一点を見つめるような目をしていた。が、やがてその目を伏せると、わずかに首を傾けていった。

「ええ、そうよ」

水穂は大きく息を吸った。

「でもそれは、犯人が内部の者だと漠然と判断したからじゃないんですよね。おばあさまはその時点で御存知だった。真犯人は永島さんで、松崎さんに罪を着せようとしていることを」

ここで初めて水穂は静香と目が合った。祖母の目を見ながら彼女は、

「ボタンのことです」

と続けた。

「あのボタンも永島さんが仕掛けたものだったはずなんです。鈴枝さんは死体のそばに落ちていたといったけれど、あれが階段横の棚に乗っていたことをあたしは知っています。でもおかしいですよね。伯父様のパジャマのボタンをあんなところに乗せておいたって、松崎さんを陥れるトリックにはならないもの。じゃあいったいどういうことなのかしら？　答えはひとつ、永島さんは別の場所――棚の上なんかじゃなくて、松崎さんに疑いがかかるような場所にボタンを落としたんですわ。それをおばあさまが拾って、棚の上に乗せたんでしょう？」

一気にしゃべってから水穂は静香の返事を待った。ここまでの推理には自信があった。何度も繰り返しチェックしたのだ。

静香はため息をつくように、「そうよ」と答えた。ひどく辛そうに聞こえたが、表情には苦痛の色はなかった。

「あの夜御手洗に行こうとドアを開けた時、永島さんが階段を上がってきたの。こんな時間にどうしたのかと思ってようすを窺っていると、あの人の部屋がある方とは逆の廊下を歩いていくじゃない。松崎さんたちの部屋がある方よ。それで廊下の角までいって覗《のぞ》いてみると、永島さんは松崎さんの部屋の前にしゃがんで何かしていたわ。私は何となくよくないものを見たような気がして、自分の部屋に引き返したの。そして充分に時間が経ってから、もう一度部屋を出たのよ。御手洗を出てから、私は永島さんがしゃがんでいたあたりを調べてみたわ。そうすると――」

「例のボタンが落ちていたのですね」

「そういうこと」と静香は頷いた。

やはりそうだったか、と水穂は合点した。もし捜査員が松崎の部屋の前でボタンを発見していたら――おそらく発見しただろう――彼に容疑がかかることは間違いなかっただろう。

「でもその時はね、まだ何が起こっているのか、全然知らなかったのよ。そのボタンにしても、永島さんが置いていったものなのかどうかもはっきりしなかったわ」

静香はやや悲しげにいった。あの時に事件のことを知っていたら、また違った対処の仕方もあった——という意味なのだろうか。

「それでその時は、ボタンを棚の上に置くだけにしたのですか？」と水穂は確認した。

「そう。特に意味なんかはなくてね」

そういって静香は薄く笑った。

——たぶんこの直後にあたしが部屋を出て、棚の上のボタンを見たのだわ。

水穂はそう思った。そしてこの時間のズレが少しでも狂っていたら、また別の展開になったはずなのだ。

「鈴枝さんはね、地下室の死体を見つけると、まずは私に知らせてくれたのよ。あの人は頭の良い人だから、即座に内部の者が犯人だと見抜いたらしいわね。私は地下室に行って状況を確認すると、何とか外部からの侵入者の仕業に見せかけられないかと鈴枝さんに相談したわ。そこで二人で知恵を絞って、いろいろな工作をしたのよ。でもね、私は鈴枝さんに隠していることがあった。それが何かあなたにわかる？」

「わかりますわ、おばあさま」と水穂ははっきりと答えた。

「その時におばあさまは、犯人が永島さんだということに気づいたんでしょう？」

「そういうことよ」と静香はいった。

「宗彦さんのパジャマのボタンがひとつ取れているのを見た時、それが例のものと同じだということにすぐに気づいたのよ。犯人は永島さん、そしてあの人は松崎さんに罪を着せようとしたのだと、私にはわかったわ。でも私はこのことを鈴枝さんには話さなかった。だからあのボタンの工作は私がやったことで、鈴枝さんは知らなかったはずなのよ。騒ぎが起こる少し前に、私が二階のバルコニーから投げ捨てたの」

そういうことだったのか、と水穂は自分の迂闊《うかつ》さを思い知った。裏口の真上にもバルコニーがある。わざわざ裏口を通らなくても、そこから投げ捨てればいいことなのだ。

「でも山岸刑事に詰め寄られた時、鈴枝さんはボタンも自分が捨てたのだと答えていましたわ」

「そこが彼女の賢いところなのよ。ボタンは私が捨てたもので、それに関しては何か事情があるのだろうと察したらしいわ。それで自分が捨てたと答えて、刑事さんの追及が私に及ばないようにしたのよ」

「松崎さんが捕まった時も、鈴枝さんは真相を知っていたわけじゃなかったんですね？」

「そうよ。私が何か隠していることは気づいていたようだけれども」

「おばあさまは松崎さんが犯人じゃないということを知っていたのに、それをなぜ警察にしゃべらなかったのですか？　松崎さんよりも永島さんの方を守りたかったから？」

すると静香は頰に手をあてて首をふり、

「それは違うのよ」

といった。「たしかに最初は永島さんを庇《かば》っていたわ。あの人の殺した相手があの二人だったことで、あまり憎む気が起きなかったのは事実だし……」

むしろあの二人なら殺されて当たり前だ——そんな気持ちが静香の言葉には含まれているようだった。

「それに……佳織のこともあったわ」

やや思いきったようすで静香はいった。

「佳織は永島さんを慕っているわ。あの人がそばにいるだけで、どれほどあの子が元気づくか——もしあの人が自分の父親を殺した犯人だと知ったら、あの子は一生立ち直れないほどの深い傷を心に受けるでしょう。じつはね、和花子《わかこ》には本当のことを話したのよ。和花子だけじゃなく琴絵《ことえ》——あなたのお母さんにもよ。そうして三人で相談して、このまま済むものなら永島さんのことは黙っていようと決めたの」

そうだったのか、と水穂はようやく納得した。あの葬儀の日の琴絵のようすには、どこかよそよそしいところがあったのだ。

でも、と静香はいった。

「でも松崎さんが捕まった時、その気持ちは変わったわ。あれほど巧妙に人を陥れることのできる永島さんが、何だかとても恐ろしく思えたのよ。でも佳織のことを思うと、すべてを暴露して永島さんが逮捕されるようにするという決心もつかなかった。そこで私は、永島さん自らが佳織のそばから姿を消し、そのあとで自首してくれればいいと考え始めたのよ。宗彦さんのパジャマのボタンについて、鈴枝さんは事実とは違うことをしゃべったでしょ？　あのことで、永島さんは自分の犯行が誰かに知られていると感付くと思ったのだけれど」

「感付いたことは感付いたでしょうね」と水穂はいった。

「だけどあの人はあたしたちの前から姿を消しもしなかったし、自首もしなかった。それどころかさらに、彼のトリックを見抜いた青江君を殺してしまいました」

青江が生きていた最後の夜、水穂と彼が一階のリビングでしゃべっている時、誰かが階段の上にいる気配がした。あれは永島だったのだ。

「まさかあの人がまた人殺しを重ねるとは……夢にも思っていなかったわ」

その時の衝撃が蘇《よみがえ》ったのか、ひどく疲れたような声を静香は出した。

「だけどおばあさまは、ここでまた彼を庇いましたね。彼と会っていた時間を、少しずらして刑事に話したでしょ？　あの日二時二十五分頃まで部屋に一緒にいたとおばあさまは証言しているけれど、本当はもう少し前に永島さんは部屋を出て行ったのでしょう？」

「ええ……。青江君が殺されたと知った時、すぐにそれがあの人の仕業だとわかったのよ。私の部屋を出ていったのは実際には二時十五分頃だったから、時間的にもぴったりだったのよ」

「あんなに早く死体が見つかるとは、永島さんも予想していなかったから、アリバイ工作みたいなものは全然していなかったんでしょうね。それで彼は警察官に対して、すべて時刻を曖昧《あいまい》にしてしゃべったんです。おばあさまの部屋に行って、そのあとは佳織の部屋に行った。時刻ははっきり覚えていない――というふうにね。彼はおばあさまが偽証してくれたことをどう思ったでしょうね？　都合よく勘違いしてくれているとでも解釈したかもしれません。でもそれにしても彼はあまりにもツイていました。佳織まで嘘の証言をしたんですもの」

水穂がいうと静香は頭痛を抑えるように目頭に指を当て、しばらくその姿勢でじっとしたのち、深く長い息を吐き出した。

「あの子は何も知らないはずなのよ。それなのにどうしてあんな嘘を……」

「たぶん直感で悟《さと》っているのだと思います。感受性の強い子だから」と水穂はいった。

「もしかしたら永島さんの態度だとかそういうことで、青江君を殺したのは彼だと気づいたのかもしれませんね。でもあの子は永島さんを庇いました。二時三十分頃から永島さんが部屋に来たといっていたけれど、それはあの子の嘘。あの子は本気で永島さんを愛しています。憧れとかそういう甘いものじゃないんです」

「決着は私がつけるつもりよ」

静香はきっぱりといいきった。

「佳織を傷つけない方法で、永島さんには消えてもらい、松崎さんの容疑は晴らしてみるわ。どうすればいいのかまだわからないけれど、何とかやってみるつもりよ」

「で、それまではあたしにも黙っていてほしいというわけですね？」

「あなたが警察に訴えたいというなら、引きとめないわ」

それでふっと水穂は唇を緩めた。

「あたしがそんなことしたって仕方がありませんわ。でももうひとつだけ教えて下さい。いったい何が動機で永島さんは伯父様たちを殺したのかしら？」

するど静香は窓の外に目をやり、

「私にもはっきりしたことはわからないのよ」

と答えた。

「でもこうなった以上、どうやらあの人の頼子に対する思いは本気だったのかもしれないと想像するだけね」

「伯母様に対する思い……」

以前佳織もいったことがある。永島は頼子のことを愛していて、彼女を自殺に追い込んだ宗彦と理恵子を深く憎んでいると。すると彼の犯行の動機もそういうことなのだろうか。たしかにそれが動機であるなら、静香や佳織が彼を憎みきれない心理は理解できると水穂は思った。

「さあ、これで何もかも打ち明けたわ。もう質問はないかしら？」

「ええ、おばあさま。どうもありがとう」

水穂は立ち上がった。

「またオーストラリアへ行くの？」と静香は孫娘を見上げていった。

「ええ、そうね。もう一度オーストラリアへ行って……何もかも忘れられるように努力します」

そして水穂は部屋のドアを開けた。

壁に飾られた巨大な幸一郎の肖像画が一瞬自分を見たような錯覚を、彼女は受けた。

（ピエロの目）

ホテルを出た悟浄は、すぐにタクシーを拾って行き先を告げた。どうやら彼は十字屋敷へ行くつもりのようだった。彼の手には鞄が抱えられていて、その中に僕が入っている。

悟浄はあの竹宮邸のトリックを明かしに行くつもりなのだろう。そのことで誰かが救われるのか、それともさらに誰かが不幸になるのかはわからない。たぶん悟浄自身にもわかっていないだろう。

僕が見た竹宮家の悲劇は、今終局を迎えようとしている。あの飛び降り事件から始まった一連の悲劇は——

それにしても謎の多い事件だった。

まずあの地下室での事件だ。あの夜、真っ暗な地下室に入ってきたのは、宗彦ではなく永島という男だった。だが僕はあの時には、彼の名前を宗彦だと思っていた。そう錯覚する理由が、それ以前にあったからだ。

僕を錯覚させたのは、応接間での会話だった。そう、悟浄が初めて屋敷に現れた時のことだ。あの時に老婦人たちはいっていた。この人形を廊下の棚の上に置いたのは、「宗彦さん」らしい、と。しかしじつは違ったのだ。僕をあの階段横の飾り棚に置いたのは、永島という男だった。この食い違いで、僕は永島のことを宗彦という名前だと錯覚してしまったのだ。

あの夜僕の目の前で刺されたように見えたのは、宗彦ではなく永島だった。そして僕がそのことに気づいたのは、つい最近のことだ。僕がリビング・ルームに飾られるようになった日、竹宮家の身内が集まって食事をした。その時僕はそのメンバーの中に、死んだはずの宗彦がいることを知ったのだ。そして彼の名前は宗彦などではなく、永島と呼ばれていることも知った。

あの夜刺されたのはこの男だったのか——この時初めて僕は真相に気づい

た。あの永島という男が宗彦に変装して殺されたふりをし、そののちに自らの手で宗彦を殺したのだろうということも。おそらく女を殺したのも永島なのだろう。

悟浄はこのことについてもそうだが、何人かの手によって永島が庇われていたということにも気づいているようすだった。老婦人や鈴枝は、いうまでもなくそれらの中のひとりだ。

だがもちろん事件はこれだけで解決するわけではない。もっとも大事な件――なぜ永島があの二人を殺したのかという問題が残る。

悟浄はこのことについて述べるため、十字屋敷に行くのだ。

4

悟浄がやってきたという知らせを鈴枝から受けたのは、水穂がすっかり荷作りを終えた頃だった。水穂は玄関に出ていき、人形師と対峙《たいじ》した。

「お帰りになるそうですね」と彼はいった。鈴枝から聞いたらしい。

「その前に是非お話ししておきたいことがあるんです」

「あたしも」といいかけて、水穂はちょっと首を傾けた。

「でもたぶん確認になるだけだと思いますわ。お互い同じことを考えているんでしょうから」

「するとあなたも事件の真相を？」

悟浄は上目遣いに彼女を見た。

「ええ」

小さく頷いてから、水穂は背後を窺った。誰も聞いている者はいない。

「祖母にも確かめてみました。あたしの推理には間違いはありませんでした」

静香に話したと聞いて、悟浄は少し驚いたようだった。

「それで奥様は何と？」

「自分に任せて欲しいといいましたから、承諾しました」

「ほう……」

悟浄は下唇を噛み、下の方に視線を漂わせた後で顔を上げた。「やはり話し合う必要はありそうですね。あなたの部屋で話ができますか？」

「ええ、どうぞ」と水穂はスリッパを勧めた。

部屋に入ると、前の時のようにテーブルを挟んで向かい合った。悟浄は深呼吸をしてから、以前に水穂も見たことがあるスケッチ用のノートを取り出してきた。

「犯人については察しておられるわけですね？」と彼は訊いた。

「はい」と水穂は答えた。

「推理には間違いないと思います」

すると悟浄は探りを入れるみたいに小さな声で、

「永島氏……ですね？」

と訊いてきた。水穂はこっくりと顎《あご》を引いた。

「つまり永島氏が宗彦氏に化けていたことも見抜いておられるわけだ」

「祖母がそのことを隠していたことも」と水穂は付け加えた。

「では私の推理をお話ししますから、違っている点があれば指摘してください」

そういって彼は地下室での事件についての推理を述べた。それは殆ど水穂が考えたものと同じだった。

「違いはありませんわ」

聞き終えてから水穂はいった。

「部外者だというのに、よくそこまでお考えになりましたわね」

「部外者だからこそ、物事がよく見えるということもある」

そして彼は水穂の目を覗《のぞ》きこむようにして、「ところで、動機についてはどうお考えなんですか？」と訊いた。

「その点はまだ不明なんですけれど」

と前置きしてから、水穂は静香と話し合ったことをしゃべった。永島が頼子に対して深い愛情を持っていたらしいという話だ。

「その永島氏が頼子夫人を愛していたというのは事実なんでしょうか？」

「それは……永島さんの態度から察したと祖母はいっておりました」

「態度から、ですか。しかし……たとえばですね」

言葉を選んでいるような間があった。「それはカムフラージュだった、というようなことは考えられませんか？」

「カムフラージュ？　何をカムフラージュするんですか？」

「つまり――」

悟浄は言葉に詰まり、この続きはいわなかった。その代わりに、

「今度のことで、ずっと引っ掛かっていたことがあるんです」

と話題を変えた。

「それは、いったいどうやってあんな夜中に、永島氏は宗彦氏や三田理恵子さんを地下室に呼び寄せることができたかということです。それに松崎氏の収賄のことをなぜ彼が知っていたかということや、どうやって三田さんのワープロに細工できたかという疑問も残る」

「ええ、たしかに……」

水穂は答えられなかった。彼のいうとおり、そういった疑問については、何も解決していない。

「そこで私は考えました。もしかしたら永島氏は、宗彦氏や三田理恵子さんと何か秘密のつながりがあるのではないか、とね」

「秘密のつながり？」

水穂は思わず眉をひそめた。考えもしないことだった。

「三人だけの秘密を共有しているということですか？」

「そうです。しかもその秘密は並大抵のものではない。するといったいそれは何に関する秘密なのか？　永島氏は竹宮産業の人間ではありませんから、会社関係ではなかったと思われます」

淡々と人形師は語ったが、彼の言葉に水穂は息を飲んだ。

「まさか……」

「ええ」と悟浄は彼女の驚きを察したように頷いていった。

「頼子夫人の自殺に関係しているのではないか——私はそう考えました」

「伯母様の自殺……でもいったいどういう関係が？」

「突飛な考えですが」と人形師はいった。「あれは自殺ではなかったのではないかと、私は疑っているのです」

「自殺じゃないって……そんなはずはありませんわ。伯母様が落ちる瞬間を、佳織や伯父様がはっきり見ていたのですから」

「いや、それは正確ではありませんね」

悟浄はやや灰色がかった目を、真っすぐに水穂に向けてきた。

「佳織さんの話を聞いた限りでは、位置的にも時間的にも、彼女は飛び降りた女性の顔をはっきりと見ることはできなかったはずです。したがって厳密にいうと、階段を頼子夫人らしき女性が駆け上がってきて、そしてバルコニーから飛び降りたのを佳織さんは目撃したのです」

ずきん、と心臓がひと跳ねするのを水穂は感じた。それをきっかけに鼓動が速くなり、全身が熱くなった。

「じゃあ飛び降りたのは伯母様じゃなかったと?」

「そうです。そしてその疑いを持った人間がもう一人います。青江さんです。彼はこのようにいったと教えてくださいましたよね。あの頼子おばさんが、あんな死に方をするとは考えられない――。私は青江さんの推理はすべてここから出発しているのではないかと考え、そうして仮説を立ててみたのです」

悟浄は持参してきた鞄を開け、中からピエロの人形を出してきた。「青江さんはなぜこの人形を持ち出したのか? この人形の何を調べようとしたのか? また犯人は、この人形の何を調べられると都合が悪かったのか? 青江さんが殺された時山岸刑事はこういったのでしたね、誰もこの人形に触った形跡はない――と。しかし形跡がないはずはないのです。たしかに最初はガラスケースに入っていたのですから、あまり触っていないでしょう。ですが、聞くところによれば何人かの人は直接触っているようですから、その人たちの指紋が全く出ないというのはおかしい。ではなぜ出ないのか? それは犯人が拭き取ったからでしょう。そして犯人はなぜ指紋を拭き取らねばならなかったか? それは、付いていては拙《まず》い指紋が残っている可能性があったからなのです」

「付いていては拙い指紋とは?」

「それは三田理恵子の指紋です。彼女がピエロに触る機会はなかったのだから、彼女の指紋が付いていれば、いったいいつ触ったのかということになる」

「三田さんの？」

水穂は頭を振った。こめかみのあたりが痛くなる。

「わからないわ。どういうことなんですか？」

「青江さんは推理したんですよ。飛び降りた頼子夫人というのは、じつは三田理恵子が変装していたのではないか、と」

「まさか……」

「すばらしいアイディアです」

人形師は目を輝かせていった。

「青江さんは考えました。これを証明する手段がないものかと。そこで思いだしたのが、頼子夫人は階段を駆け上がってくるなり人形を投げつけたという話でした。もしあの頼子夫人が偽者ならば、人形にはその偽者の指紋が残されているのではないか？」

「青江君はそこまで気づいて、それで大学で指紋を調べようと人形を持ち出したというわけですか？」

「たぶんそうだと思います。そして犯人——永島氏は、青江さんのそういう考えを何かのきっかけで知ったのです。私は、青江さんが外出前に電話をかけていたという事実が気になります。もしかしたら青江さんは、自分の考えを電話の相手にしゃべっていたのかもしれない。そしてそれを永島氏が偶然聞いたのではないでしょうか。それで永島氏は、とにかく一刻も早く青江さんを殺さなくてはならなくなった」

「信じられないわ」と水穂は自分の頰《ほお》を両手で包んだ。

「じゃあ本物の伯母様は、いったいどうやって死んだのですか？」

彼女の問いに、悟浄はわずかに顔を歪めた。

「非常にいいにくいことですが、変装した三田理恵子が飛び降りる以前に、あのバルコニーから落とされて亡くなっていたのだと思います。おそらく睡眠薬を飲まされていたのでしょう」

「その犯人が、あの三人……永島さんと伯父様と三田さんだと？」

「そういうことです」

「信じられないわ」と彼女は繰り返し、首をふった。「だって……変装していたにしろ、その女性がバルコニーから飛び降りたのは事実なんです。だったら、その女性も無事ではいられないはずでしょう？」

「だから」といって悟浄は水穂の顔をじっと見つめた。

「そこには巧妙なトリックがあったのです。殆どマニアックとしかいいようのないトリックです。この本がなければ、おそらく永遠に気づかなかったのではないかと思うほどです」

彼が取り出したのは、例のパズルの本だった。

「やはりそこに何か……？」

「ええ、重大な鍵が隠されていました」

そういって彼は小さなスケッチノートを開いた。そこには十字屋敷の二階の見取り図が描かれていた。

「あの夜悲鳴を聞いて、佳織さんと宗彦氏は部屋から飛びだしたということでしたね。そして彼等の目の前で、その女性はバルコニーから身を投げた。そこで宗彦氏は佳織さんを抱えたまま部屋に戻り、彼女を車椅子に乗せたのち、再び部屋を出ていった。佳織さんも車椅子で後に続き、夫人が落ちたバルコニーに行って下のようすを見た——こういうことでしたね？」

「ええ」と水穂はいった。「佳織によれば、バルコニーの下には倒れた伯母様と、駆け寄った伯父様の姿があったそうです。他の女性の姿などなかったはずなのです」

「そうでしょうね」

悟浄はゆっくりと頷いた。「夫人が落とされたのは北のバルコニーですから、そこからは夫人の死体しか見えないはずです」

「…………」

「しかし女が飛び降りたのは北のバルコニーではないのです。女は東のバルコニーから飛び降りたのです」

「そんなはずありませんわ。佳織の部屋の前からだと、北のバルコニーしか見えないんですから」

「真っすぐに見通せば、ということです。もしこの位置に――」

といって彼は図面上の廊下の交差点に、線を一本入れた。「もしここに鏡があれば、佳織さんの部屋から見えるのは、東側のバルコニーということになる。そして北側の階段と思われたのは、東側の階段になります」

また心臓が痛むほどに弾むのを水穂は感じた。鏡？　佳織が見た光景というのは、鏡に映った虚像だというのだろうか？

「すべてが巧妙に仕組まれた罠だったのです」と悟浄は静かにいった。

「夫人を殺した後、宗彦氏は佳織さんの部屋に行って彼女が部屋を出ないようにしました。その間に永島氏は鏡をセットし、三田理恵子は夫人に変装して待機したのです。そして理恵子はタイミングを見計らって悲鳴を上げて階段を上がり、東のバルコニーから下りたのです。北側以外は二階建てですから、バルコニーの下にワゴン車を止め、その上に布団でも乗せておけば飛び降りても平気でしょう。宗彦氏がいったん佳織さんを抱いたまま部屋に入ると、その間に永島氏は鏡を始末し、自分も身を隠しました。あとは佳織さんが体験したとおりで、永島氏と理恵子は隙を見て屋敷から出たのでしょう」

悟浄はピエロの人形を水穂の前に置いた。「階段横の『少年と仔馬』の人形と、このピエロとを取り替えたのも、このトリックのためです。『少年と仔馬』だと左右逆になるとわかってしまうと考えたのでしょう。それで、左右にそれほど差のない人形を持ってきたのです」

「ああ……」

先程悟浄がいったように、あまりにもマニアックな解釈だ。だが、この推理に反論する材料が水穂には見当たらなかった。

「この頁を見てください」

彼は黒表紙のパズルの本を水穂の前で開いた。その頁には、鏡を使った手品の仕掛けを紹介してある。箱の中に斜めに鏡を入れれば、正面から見ただけだと何も入っていないように見える。それを利用して鏡の内側に品物を隠すという手品の種も書いてあった。

「最初は気がつかなかったのですが、この頁の余白に妙な書き込みをしてあるのを見つけたのです。これですよ」

悟浄が指で差したところには、鉛筆で十字架のようなものが描いてあった。そして交差部に斜めに線をひいて、『ここに鏡』と書いてあった。

「これは……伯父様が？」

「そういうことでしょうね。宗彦氏もこの本を見て、廊下のトリックを思いついたのでしょう」

「この本の中で面白いものを見つけたと青江君がいってたけれど、この書き込みのことだったのね」

「おそらく」

水穂はゆっくりと頭を振った。あの時、先に青江にこの本を貸したことで、局面が大きく変わったということなのだ。

「しかしまだ問題はあります」

ノート上の図面をぽんぽんと叩いて悟浄はいった。

「こんな巨大な鏡を、どうすれば手品みたいに出したり引っ込めたりできるかということです。この点について青江さんが見抜いていたかどうかは不明ですが、私は先日のあなたのお話で思いつきました」

「あたしの？」

ここまでしゃべった時、部屋の外でコトリと物音がした。素早い動作で悟浄は立ち上がり、ドアを開けた。

佳織がはっと息を飲むように、悟浄の顔を見上げていた。

「佳織、聞いていたの？」

水穂が訊くと、彼女はとんでもないというようにかぶりをふった。

「立ち聞きなんてしないわ。ただ……」

「ただ、何なの？」

「おばあさまがこっちの方から歩いてこられて……なんだかとても青い顔をしておられたわ。それでどうしたのかなと思って来てみただけよ」

水穂は悟浄の顔を見た。「まずいな」と彼は呟いた。

「話を聞かれたかもしれません」

「おばあさまはどこ？」と水穂は佳織に訊いた。

「階段を下りていかれたようだけど」

それを聞くと同時に悟浄は廊下に出ていた。水穂もあとに続いた。

一階に行くと鈴枝が一人で掃除をしていた。静香がどこにいるのかを水穂は訊いた。

「自室だと思います」と彼女は表情のない顔で答えた。

「永島さんが見えてまして、部屋に来てほしいとおっしゃってました」

「じゃあ永島さんもおばあさまの部屋に？」

「さようでございます」

「危険だ」

悟浄は黒い上着をひるがえし、また階段を駆け上がった。水穂もその後を追った。

二階に上がると、悟浄は静香の部屋に直進した。そしてノックもせず、乱暴にドアを開けた。

入ったすぐのところで、永島が壁の肖像画の方を向いて立っていた。彼は水穂たちを見て怪訝《けげん》な顔をしたが、その一瞬の後、悟浄が彼に飛びかかっていた。ほぼ同時に空気を切るような音がして、肖像画に矢が突き刺さった。

「おばあさま」

部屋に入った水穂は叫んでいた。部屋の隅にはボウ・ガンを構えた静香の姿があった。彼女が永島を狙ったのだ。

「なぜ僕を……」

悟浄のおかげで助かった永島は、沈痛な面持ちで立ち上がった。

「何もかもわかってしまったんですよ、永島さん。あなたが宗彦氏に化けたことも、三田理恵子さんが頼子夫人に化けたことも。そうして鏡のトリックもね」

悟浄は左の拳で幸一郎の肖像画をばんと叩いた。絵の裏で、割れたガラスが重なり合うような音がした。

「この額縁の裏が鏡になっているんです。たぶんその上からベニヤ板でも張ってカムフラージュしてあるんでしょうがね。この額縁の幅と、廊下の角を結んだ長さが等しいということは確認済みですよ。おそらく廊下に飾ってあった時、額縁の下にはキャスターのようなものがついていて、どこかのロックを外せば簡単に動かせるようになっていたのでしょうね」

そうだったのか、と水穂は納得した。頼子が死んだ夜、この肖像画はまだ廊下の角に飾ってあったということだった。この裏が鏡になっていたのなら、先程悟浄がいったトリックも難しくない。

それから水穂は、巨大な鏡が永島の店の内装に使われていたことを思いだした。あれは宗彦の提案だと佳織がいっていた。ということは、その時すでに頼子を殺すトリックを考えついていて、それ用の鏡を注文するカムフラージュにしたのかもしれない。また、肖像画を手配したのも、その大きさを決定したのも宗彦だという話だった。

「何を……」

永島は肖像画を見上げ、それから悟浄の顔を見た。「何のことをいってるのか、僕にはわからないな。部外者の君が勝手な推測をしゃべらないでくれ」

「もちろん私は推理しただけです。でもあらゆる状況はあなたを指差しているし、宗彦氏たちや青江さんを殺した件については、奥様がすべて御存知だったんですよ」

彼の言葉に永島は驚いて静香を見た。静香はまだボウ・ガンを構えたままだった。

「見たのよ」と彼女は静かにいった。

「あの夜あなたを……あなたが松崎さんを陥れようとしたところも」

永島の顔から血の気のひいていくのがわかった。だが大きく見開かれた目だけは充血している。

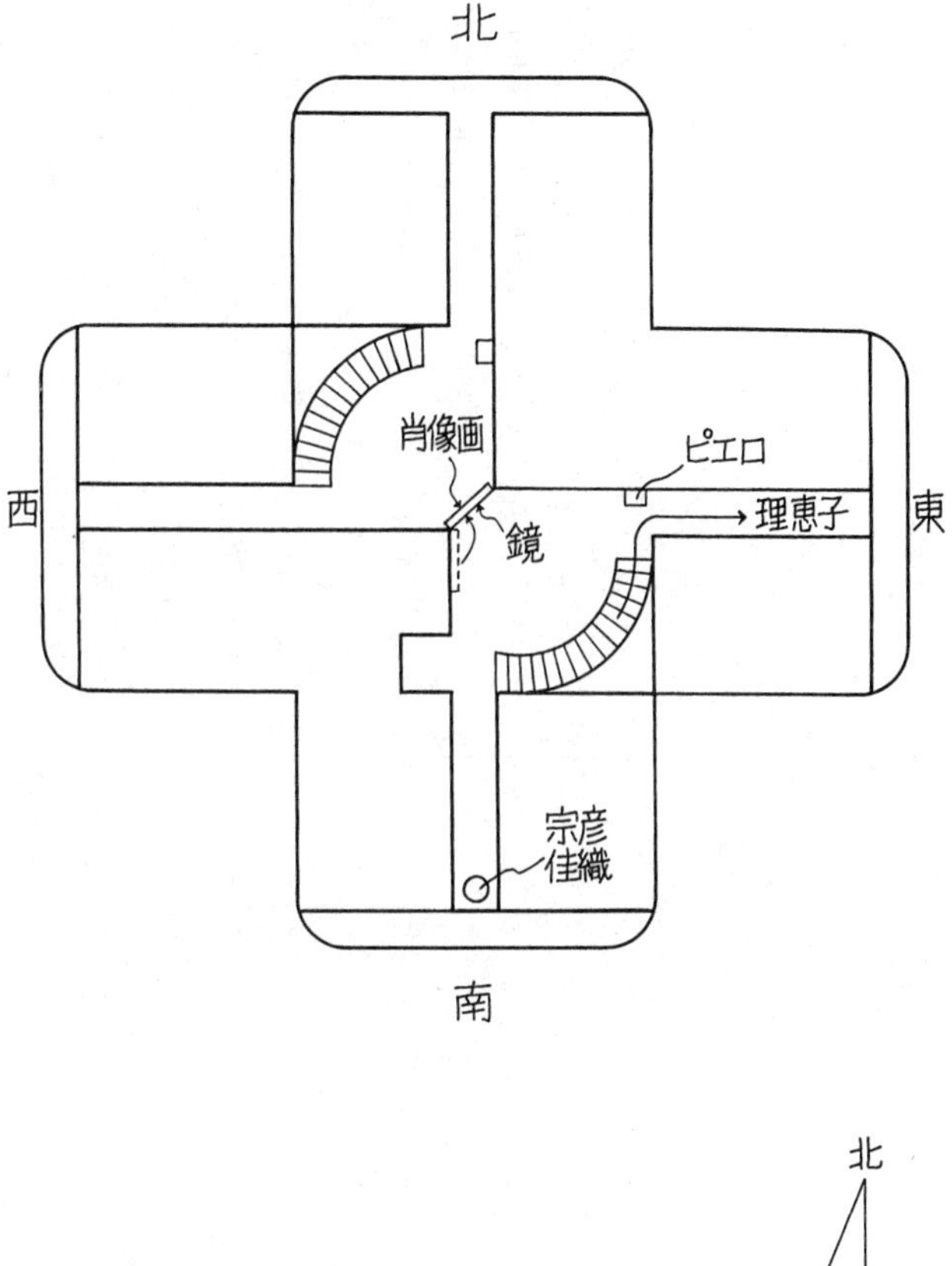


十字屋敷 2F

「そして青江君も……あなたが殺したのね」

静香がいうと彼は下唇を嚙み、両手を固く握りしめた。拳の表面に血管が浮いていた。

「教えて、なぜあなたたちは伯母様を殺したの?」

水穂が訊いたが、永島は顔をそむけた。

「私がいいましょう」

ここで静香が口を開いた。「あなたはあの人の――竹宮幸一郎の子供ではないのでしょう?」

水穂は息を飲んで永島を見た。彼も目を大きく広げて、静香の方を凝視していた。

「知っていたんですか?」と彼の口から漏れた。

「知っていました」と静香はいった。

少しの間沈黙が皆を包んでいた。永島の荒い息だけが聞こえる。だがやがてそれも聞こえなくなった。彼が次に顔を上げた時には、ずっと落ち着いた目になっていた。

「いつから?」と彼は訊いた。

「もうだいぶん前からです」と静香は答えた。「頼子はずっと疑っていて、主人が死ぬ少し前に、血液検査をしたのです。その結果、あなたと主人との間に血のつながりのないことがわかりました。皮肉なことに、その結果が出る前に主人は亡くなったのですが」

「彼女はまだ誰にもしゃべっていないと僕にはいったのに」

永島は悔しそうな顔をした。「誰にもしゃべらないから、黙ってこの家から出て行けと彼女はいったのです。もちろん遺産に関する父親の遺言は無効だといいました」

「それで殺したの？」と水穂は訊いた。

「宗彦氏から取り引きを持ち出されたのです」と永島は答えた。

「彼も夫人から聞いたのでしょう、僕が幸一郎氏の子供ではないことを知っていました。それで彼は夫人を殺す計画を僕に持ち出したのです。彼は三田理恵子との関係が夫人に知れて、離婚される危機に面していたのです。パズル狂の宗彦氏は、鏡を使ったトリックを考案しました」

「で、結局その共犯の二人も殺したのね」

永島はしばらく黙っていた。やがて脂の浮いた顔をこすると、深いため息をついた。

「僕の狙いは竹宮家を奪うことだった。母は竹宮幸一郎に捨てられ、地獄のような人生を味わった。復讐のために隠し子を名乗って近づいたんだ。十年……長い十年間だった」

その十年間を思いおこすように、永島は数秒ほど瞼《まぶた》を閉じた。

「計画のためには、あの二人は邪魔だった。しかも彼等は頼子夫人を殺した件で、青江に尻尾を摑《つか》まれていました」

「尻尾？　青江君に？」

水穂が問い直した。

「頼子夫人の四十九日より数日前に僕がこの屋敷に泊まった時、花瓶が倒れてベッドが濡れてしまったという話を前にしたでしょう。じつはあの時僕は一旦《いったん》は、佳織さんの勧めに従って宗彦氏の部屋で寝たのです。ところが朝目覚めてみると、ドアのところに手紙が差しこんである。宗彦氏宛で差出人の名前はなかった。内容は――」

永島は唇を舌で濡らした。「頼子夫人を殺したのが、あなたと三田理恵子だということを知っている。夫人の四十九日までに自首しなければ、警察に告白する――こういうことでした」

「青江君がその手紙を？」

「その時には誰だかわからなかった。しかしとにかく、早急に手を打つ必要があった」

「それで四十九日に殺人を……」

「あまり策を練っている余裕はなかった。それでたぶん……破綻《はたん》を招いたのだろうな」

そして彼はふうーっと息を吐いた。

「松崎さんに妙な手紙を書いたのも、あなただったのね？」と水穂は訊いた。

「そう。あの手紙で呼びだして、松崎に罪をかぶってもらうつもりだった。あの手紙はわざと理恵子が持っているワープロと同じ機種で打ったんだ。その時のインクリボンは口実をつけて理恵子の部屋に入った時、机の引き出しの奥に隠した。後に彼女を自殺に見せかけて殺した時、警察はそれを見つけるだろう。そうすれば松崎に奇妙な手紙を出したのは理恵子ということになる。松崎を陥れるつもりが、逆に宗彦を殺され、そのショックで自殺したと警察はみるはずだった」

「それならあなたの計画は、ほぼ予定通りだったわけだ」

悟浄がいったが、永島はふっと笑って首をふった。

「松崎が立ち去ったあと、電話で宗彦を呼びだしたんだ。夜中だったが、重要な話があるといったら、彼はあわてて地下室にやってきた」

「そして殺した？」

永島は首を縦にふった。

「部屋に入ってくるところを襲った。そして彼の死体を動かし、松崎との予行演習通り、ジグソー・パズルをばらまいた。松崎と格闘した時に抜いた、彼の髪を宗彦の手に握らせもした。ここまでは計画通りといっていいだろうね」

「予定外だったのは、三田理恵子の件だね？」

「そう。宗彦は息をひきとる直前にいったんだ。理恵子にも連絡してある、だからおまえの犯行だということは簡単に暴露《ばれ》るだろう……と」

「それで彼女も呼びだしたのね？」

水穂は拳を握りしめていった。永島は彼女の方をちらりと見て、また目をそらした。

「彼女が警察に訴えるとは思わなかった。そんなことをすれば頼子夫人を殺した件が明るみに出てしまうから。だけどそのままにしておくことはできなかった。理恵子も一緒に殺すしかないと思った」

「彼女は廊下で刺し殺したんだね？」

悟浄がいうと、永島は少し驚いたような顔をした。

「よくわかるね、そのとおりだよ。廊下で彼女を待ち伏せ、正面から刺した。そしてそのまま部屋に入り、宗彦の死体のそばに寝かせたんだ。本当は理恵子をあんなふうに殺すつもりじゃなかった。もっと確実に自殺に見える方法を選ぶつもりだった」

宗彦殺しについては完璧な計画を立てていただけに、悔しそうだった。

「それから……鈴枝さんが外部犯に見せかけるように工作したのも誤算だったな」

「松崎さんを陥れるための仕掛けが全部片付けられていて、焦《あせ》ったでしょうね」

水穂の言葉に永島はこっくりと首を折った。

「焦った。朝起きてみると状況が変わっているので、どうしようかと思ったんだ。だが、奴が落としていったパズルの部品を念のために拾っておいたのが役に立った」

「騒ぎが起きて地下室に入った時、隙《すき》を見てその部品に伯父様の血をつけ、その後でわざと警察に見つかるように箱に戻しておいたのね」

しかし永島は今度は首をふった。

「少し違う。奴が落としたのは、やはり『ナポレオンの肖像』の部品だったんだ。そのままでは役に立たないと思ったので、騒ぎが起きる前に応接間に入って『マザー・グース』の部品を一つ盗みだしておいた。そして騒ぎが起きて地下室に入った時に、隙《すき》をみてその部品に血をつけておいた。それから後日、松崎が実際に落とした部品と一緒に箱に入れたんだ。『マザー・グース』の部品ということで、前夜宗彦に付き合っていた勝之氏と松崎がまず疑われるだろう。そうなれば気の弱い松崎は自白すると踏んだ」

現実には、山岸刑事たちが永島の想像以上の推理力を働かせたということらしい。

「青江君を殺したのは、真相に気づきはじめたからね？」

水穂が一応訊いてみると、

「彼は切れすぎた」と永島はまずいった。

「松崎が捕まってからも、彼だけは執念深く真相に迫ろうとしていた。彼が口走る言葉のひとつひとつは、事件の核心に触れたものだった。宗彦に手紙を出したのもこの男に違いないと僕は確信したんだ」

「しかも彼はピエロを調べようとした」

横から悟浄がいった。永島は頷いた。

「あの日僕がおばさんの部屋を出た時、廊下で佳織さんに会った。彼女は青江が大学の図書館に電話していたことを教えてくれた」

「図書館？」

「鑑識学の本はあるか、それに指紋の取り方は載っているか――佳織さんによると、彼はそんなことをしゃべっていたらしい。それを聞いて僕は、彼がピエロの指紋をとろうとしているのだと気づいた」

「なるほど」

悟浄が小さく呟いた。

永島はもうしゃべることはないというように、がっくりと首を折った。その彼を見下ろして水穂はいった。

「でも永島さん、あなた変だと思ったでしょう？　おばあさまや佳織が、揃《そろ》ってあなたに有利なアリバイ証言をしてくれたことを。みんな、あなたのことが好きだったのよ」

だが彼はゆらゆらと頭をふった。

「たしかに親切にしてもらったとは思っている。だけど……僕の母が苦しんで死んでいった事実には変わりがない」

「あなたが……」

この時静香が絞りだすようにいった。「主人の子供でないことは、血液検査をする前からわかっていました」

永島の肩がぴくりと動いた。それから彼は顔を上げ、信じられないものでも見るように血走った目を静香に向けた。

「嘘だ……」

「嘘じゃありません。主人がそういったのです。でもあの人は、あなたが不幸な身の上に育った原因は自分にあるといっておりました。だからたとえ自分の本当の子供でなくとも、償《つぐな》う必要があるのだと——。頼子があなたに何をいったのかは知りませんでしたが、私と主人はあなたを追い出すつもりなどなかったのです。遺言も、そうしたことを承知の上で主人は書いたのです」

「そんな……」

永島は崩れるように床に跪《ひざまず》き、頭を抱え込んだ。

水穂は呆然と立ち尽くしたまま、幸一郎の肖像画に目を向けた。

静香の放ったボウ・ガンの矢が、幸一郎の胸に見事に突き刺さっていた。

5

水穂が駅のホームに立った時、また雪が降りはじめた。

ここへ来てからの出来事を思いだしながら彼女は雪を見た。そして佳織の将来を考え、静香や他の親戚のことを考えた。

あの直後、佳織がいないことに気づいた水穂は、あわてて彼女を探しにいった。もしや自殺をはかるのではないかと思ったからだ。事件の真相は、彼女にそのぐらいの衝撃を与えたはずだった。

だが佳織は無事だった。彼女の部屋で、じっとピエロの人形を見つめていた。悟浄が水穂の部屋に置いたままになっていたものを、持ってきたのだと彼女はいった。

「不思議な人形よ」と佳織はいった。

「ずっと不気味な表情だと思っていたけれど、じっと眺めていると何となく心が空っぽになっていくような気がするの」

そして彼女は続けた。「お母さんも、そういうところが気に入ってこの人形を買ったのかもしれないわね」

「佳織、あの……」

水穂が何かいおうとすると、彼女はその必要がないというように瞼を閉じて首をふった。そしてピエロを差し出した。

「悟浄さんにお返しして」

「ええ」と水穂はそれを受け取った。それから佳織の顔を見た。澄みきった目の端に、ほんの少しだけ涙の跡があった。

「大丈夫」と彼女は押し殺したような声でいった。「でも、もうしばらく一人っきりにしておいて」

そして佳織は目をそらした。水穂は小さく頷くと、黙って彼女の部屋を後にした。

それが佳織との別れだった。

彼女は本当に大丈夫だろうか――レールに雪が降り積もるようすを眺めながら、水穂は哀れな従妹《いとこ》のことを思った。

いや、大丈夫に違いない、と水穂は信じた。彼女にとっては、これからが本当の人生なのだ。今度の事件で彼女は、人を愛する喜びと辛さを知った。それを乗り越えれば、彼女はまた強くなるに違いない。足の不自由さを乗り越えて強く生きてきたように。

永島のことも考えた。

自供によると、彼は幸一郎にとりいり、頼子を誘惑することで、竹宮家を自分の手中におさめようとしたのだ。そしてその二人がいなくなってからは、彼の標的は当然の如く佳織に移った。

佳織さんには悪いことをした。しかし彼女に示した好意は偽りではなかった――彼はそういっているそうだ。

水穂は青江のことも考えた。彼もやはり本気で佳織のことを愛していたに違いない。ただそれを表現するのが下手だっただけなのだ——そう考えることが救いになるようで、また反面辛くもあった。

「お帰りですか？」

水穂がぼんやり考えていると、ふいに後ろから声をかけられた。顔を上げると悟浄が軽く会釈した。いつもの黒っぽいコート姿だった。手にした鞄の中には、例のピエロが入っているに違いない。

「あなたには、すっかりお世話になりましたわ」

「そんなことはないですよ。果たしてああいう結果がよかったのかどうか、疑問に感じているところです」

「真実を知ることは必要ですわ」

「それはまあ……ところで永島氏はどうなりました？」

「山岸刑事に連絡しました。あとは警察の仕事です」

「なるほど」

悟浄は頷き、少しあらたまった口調で、「結局永島氏にとっては、最悪の結果になったということですね」といった。

「最悪？」

「ええ。頼子夫人を殺した罪を隠すために、次々と殺人を繰り返さねばならなくなりました。そして最後は捕まる。彼にどのような判決が下るのかは不明ですが、おそらく彼の人生はおしまいでしょう」

「仕方がありませんわ」と水穂はいった。「犯罪は割りが合わない――いつの世でもいわれることです」

「たしかに」

悟浄は鞄を左手に持ちかえ、右手の指先に息を吐きかけた。白いもやが、一瞬彼の顔を覆った。

「ただ、こういうことは考えられないでしょうか。永島氏のこのような運命も、やはり誰かに計算されたものだった……とは」

「計算？　まさか」

水穂は薄く笑った。誰がそんな計算をするというのだ？

「仮に、ある人物が頼子夫人の死の真相を知っていたとします。その人物は犯人である三人に復讐しようとした。復讐の第一ステップは、まず三人の中の一人に、残りの二人を殺させること」

「悟浄さん……」

水穂は彼の横顔を見た。人形師は口元を緩めてはいたが、目は全く笑っていなかった。

「そのためにその人物は、わざと永島氏が宗彦氏宛の手紙を見るように仕組んだのです。その手紙には、宗彦氏と三田理恵子が頼子夫人を殺したことを知っている、と書いてありました。この手紙により永島氏は、どうしても二人を殺さざるをえなくなった」

「…………」

「ある人物の復讐の第二ステップは、永島氏の犯罪を暴露することでした。そのために使われたのがあなたや青江さんの頭脳です。ある人物は様々な方法で、あなたや青江さんが事件の真相に気づくようにヒントを与えました。パズルの本も、その中の書き込みもその一環だった」

「悟浄さん、あなたはまさか……」

「おかげで青江さんはほぼ真相に迫った。しかし決め手がない。そこである人物は、ピエロの人形に指紋が残っている可能性を示唆しました。実際に残っているのかどうかはわからない。いや、頼子夫人が投げ捨てたということ自体、その人物の作り話だったのかもしれない。ですが、このことから青江さんが指紋を調べようとしたなら、永島氏は必ず何らかの反応を見せるはずだと、その影の人物は考えたのです。結果は、青江さんも殺されるという、予想外のものだった——」

彼の話の途中から、水穂は首をふりはじめていた。そして両手を頰にあてた。

「そんなこと……とても信じられないわ」

「想像ですよ」

こういって悟浄はまた鞄を持ちかえた。

「さらに想像力を働かせるならば、その人物は単に永島氏の罪を暴露することが目的ではなかったのかもしれない。たとえば彼に有利なアリバイを自分が偽証してやることにより、永遠に彼を支配しようと考えたのかもしれない。解釈のしようによっては、これほど恐ろしい復讐はありませんよね」

水穂は激しい耳なりを感じた。心臓の鼓動が全身を揺るがすようだった。

「しかし、何の証拠もない」

悟浄は呟くようにいった。「何の証拠もないのです。こういうふうにも考えられる、というだけのことです」

この時雪の中を電車が入ってきた。水穂が乗るのとは逆の方向だったが、悟浄は乗る準備をした。

「あなたを信用してお話ししたのです。あなたなら、自分の胸の内にしまっておいてくださるだろうと思ったので」

そして彼は右手を差しだした。その白い掌を二、三秒見つめたあと、水穂は自分も右手をだして握手した。

彼女の手を離すと、悟浄は電車に乗り込んだ。黒いコートが車窓の向こう側で揺れていた。

彼の電車とすれ違うように、こちらの電車が入ってきた。

水穂は乗りこむ時に、ちらと一瞬だけ振り返った。その視線の方向には十字屋敷があるはずだった。

屋敷に雪が降り積もるようすを、彼女は想像した。


（ピエロの目）

事件は片付き、僕は悟浄に連れられて竹宮邸をあとにした。僕が去るから、というのではないが、もうあの家にこれ以上悲劇が起こることはないだろう。

全く奇怪な事件だった。

僕が最初階段の横に置かれた時、廊下の交差点にはすでに鏡がセットされていたのだ。つまり僕は東側の廊下にいた。僕が見た、足の不自由な女性を抱えた男性の姿は、鏡に映ったものだったのだ。そして階段を駆け上がってきた女性により僕は棚から落とされ――じつのところ投げ捨てられたというよりは彼女の手がたまたま当たってしまったという感じだったのだが――その直後にその女性は飛び降りた。そのあと僕は何者かによって――結局それは永島だった――持ち上げられ、また床に置かれたが、あの時僕は東から北の廊下に移されたのだ。

単純だが、大胆なトリックだった。

まあしかしこんなことは過ぎてしまったことだ。

僕は、僕が次に行くべき場所のことを考えねばならない。果たしてそこにはどんな悲劇が待ち受けているのか？

そうなのだ。

僕は決して「悲劇を呼ぶピエロ」なんかではない。悲劇の方が僕を待っているのだ。そしてそんなことは悟浄だって知っているはずなのだ。

十字屋敷に幸福《さいわい》あれ。

ただ僕には少しだけ気にかかることがある。あの車椅子の少女のことだ。皆が騒いでいる時、僕と彼女は二人きりだった。彼女は僕の顔をしみじみと眺め、涙をひと筋流した。そして呟いたのだった。

「全部終わったわよ、お母さん」――

何か安らぎを得たように僕には聞こえた。

彼女はいったい何が終わったといいたかったのだろう?

あの時の彼女の言葉と表情だけが、僕の心に澱《おり》のように残っている。

# 解説

高橋克彦

東野圭吾君はいったい何歳だったかと、ちょっと気になった。江戸川乱歩賞を受賞した『放課後』に生年月日があったはずだと思い出し書架から取って確かめた。昭和三十三年二月四日。だとしたら私よりも十一歳も若い。今年でまだ三十四歳にしかならない計算だ。うへっ、こんなに若かったの。なんだか厭になった。三十四歳なら八年前に私が物書きになった年齢よりも若い。するとこの『十字屋敷のピエロ』は三十一の若さでモノしたことになる。一緒に歳を取っているので、こんな計算をしたことはなかったが……となると当然『学生街の殺人』とか『卒業』なんてのは二十代で書いたというわけだ。こういう場で認めたくはないが、抜きんでた才能としか言い様がない。一、二冊ならともかく東野圭吾君はすでに多くの人の記憶に残る作品をいくつも著している。前述した他に『鳥人計画』『宿命』『魔球』などがそれだ。どれもが甲乙つけがたい傑作である。乱歩賞というやつは化け物みたいな賞で、そこからスタートすると、その受賞作の呪縛からなかなか逃れることができない。何年にもわたってそれが付き纏う。どんなに頑張って新しい作品を積み上げても、受賞作の印象を拭い去るのはむずかしい。だが、こと東野君に関して言えば『放課後』よりも他の作品名の方が先に出てくる読者が圧倒的に多いはずである。たった六年もしないうちに東野君は呪縛から逃れ、何倍にも大きくなった。私の知る限り、こういう作家は少ない。年齢も考慮するなら東野圭吾ただ一人と言っても過言ではないはずだ。デビュー当初の何冊かは私も余裕を持って読み進めることができたけれど『学生街の殺人』辺りから、なんとなく落ち着かなくなり、それが『鳥人計画』『宿命』と続くに及んで、正直言って読みたくない作家の一人になりはじめた。読んでいるうちに圧倒されて嫉妬が湧いてくる。こっちが自分の小説に行き詰まっている時などはなおさらだ。自信喪失に繋がりかねない。だが、新刊が送られてくると、つい手にしてしまう。今度はなにをテーマにしているのか気になる作家の一人でもあるのだ。常に既存のミステリーを超えた仕掛けを導入して読者を楽しませてくれる。

この『十字屋敷のピエロ』にしてもそうだ。連続殺人事件の中心にピエロの人形を置き、登場人物とは違った視点から事件を語らせている。探偵では事件を目撃できないし、渦中の人物におなじ役割を振れば、必ずどこかでアンフェアな描写を余儀無くされる。最初はただの趣向としか思えない。だが、読み進めるにつれてピエロの存在が事件そのものの解明に大きな意味を持っていることに気付かされる。そして大団円に至って、読者はピエロの目撃した状況にすべてのヒントが隠されていたことを知る。ピエロは目撃者であり、小さな探偵であり、しかも嘘をつかずに読者にミスリードを誘う小道具の役割も担わされている。その上、存在そのものが事件の不気味さを煽る。あらためて読み返し、実によくできたミステリーだと感心した。それで東野圭吾君がいったい何歳だったのかと気になったのだ。私は頁を繰りながら、ずうっとエラリィ・クィーンの作品を頭に思い浮かべていた。仕事に選んだ割合に私はミステリー通ではない。名作と呼ばれる作品には一応目を通しているが、熱中して読んだ作家となると外国ではポウやドイルを別格としてクィーンぐらいしかいない。あの明るさと透明感がたまらなく好きなのだ。大半が殺人を扱っているだけにどうしても重く暗くなりがちな世界だが、なぜかクィーンの創造する物語は爽やかだ。と言ってゲーム感覚の作品でもない。解明されると、動機にもきちんと納得ができる。ミステリーがお洒落な読み物であることを私はクィーンの作品で知った。謎の連続に興味を魅きつけられながら読み進め、それに答えが出ると、事件の背景に哀しい人間たちが蠢いていたことを知る。数学みたいに答えが出て、機械的に動いていた犯人像が浮かぶだけのミステリーは、結局暇潰しでしかないのだ。まあ、ディクスン・カーほどの知識人が構築した作品なら、それでも多少は上質の暇潰しと言えるだろうが、饒舌なだけの探偵ばかりが記憶に残り、どんな事件だったか、どういう犯人だったかほとんど忘れてしまっている。反対にクィーン。国名シリーズやX・Y・Z・最後の事件とその大方が記憶にある。この記憶の残り方が東野圭吾君とクィーンとの共通点だ。何度も会っていながら東野君に訊ねたことはないが、たぶん彼もクィーンが好きなのではないだろうか。

クィーンの作風と似ている点は明るさと透明感の他にもう一つある。脇道に逸れることなく真っ直ぐ事件の的を絞り込んでいくことだ。謎解きをメインとする本格物の欠点は少ない登場人物のすべてに動機を持たせ、怪しい行動を取らせることにある。だから必然的に脇道に逸れるケースが多くなる。解決して見ると大半の人物の行動や言動は無意味だったと分かる。きちんと整理すれば三分の一の分量で書けるはずの物語だったりする。ところがクィーンは脇道に逸れることを滅多にしない。探偵役が明晰であるなら、それが当然の道程であろう。一直線に突き進む。無理な行動を作者によって与えられることがないから、登場人物にも余裕が生まれる。結果的に不純物の混じらない透明感を生み出す。

『十字屋敷のピエロ』をすでに読み終えた読者には私の感想が的外れではないと分かって貰えるはずだ。犯人を知った上で読み直してみればいっそうはっきりする。すべての人物に余計な行動はまったく見られない。完璧な構築と言ってもいいだろう。これだけ隙がなければ無味乾燥な小説になりがちなのに、その印象を受けないのは、やはり人物がしっかりと描かれているからだ。こう書いていて、確か『白馬山荘殺人事件』を読んだ際に東野君に「クィーンに似ているなぁ」と感想を述べたことを思い出した。あれはマザーグースをモチーフに用いていたので単純に連想しただけだったかも知れないが、案外早くから私は東野圭吾君にクィーンを重ねていたことになる。

もっとも、事件の的に向かって一直線に突き進む作風は彼の得意なアーチェリーとも無縁ではないだろう。あの競技ほど的と自分とを一本の線に結び付けるものはない。その癖が作風に表われている可能性は高い。彼には常に的が光って見えているのだ。私に関して言うと、私は嘘に嘘を重ね、ジグザグになったところから、いきなり事件の核心にぶつかる展開を選ぶことが多い。私の得意なスポーツと言えば、絶対にテーブルホッケーである。今は廃《すた》れたが、昔はよく温泉場やスポーツセンターの片隅に置かれていたゲームだ。輪切りにした大根に似た球を弾いて相手のゴールに入れる。台の縁を利用して相手の隙を狙うようにカカカカと弾く、あれである。ビリヤードの方法と一緒でぶつける角度が結構むずかしい。場合によっては相手の意表をつくために三、四箇所角度を変えるようにして球を弾き返す。東野君の作風を考えているうちに、私の場合はそれだな、と気付いた。無意識にテーブルホッケーを頭に描いて構成を立てている。もともとテーブルホッケーは室内ゲームだ。私の小説の湿っぽさも、あるいはそんなところからきているのか。

東野圭吾が今後どんな小説世界を繰り広げていくのか。一読者として楽しみに待ちたい。彼の志しが常にミステリーに向けられていることも嬉しいことである。

本書は一九八九年一月、小社ノベルスとして刊行され、一九九二年二月に講談社文庫に収録されたものの新装版です。

|著者| 東野圭吾　1958年、大阪府生まれ。大阪府立大学電気工学科卒業後、生産技術エンジニアとして会社勤めの傍ら、ミステリーを執筆。1985年『放課後』（講談社文庫）で第31回江戸川乱歩賞を受賞、専業作家に。1999年『秘密』（文春文庫）で第52回日本推理作家協会賞、2006年『容疑者Xの献身』（文春文庫）で第134回直木賞、第６回本格ミステリ大賞、2012年『ナミヤ雑貨店の奇蹟』（角川文庫）で第７回中央公論文芸賞、2013年『夢幻花』（PHP文芸文庫）で第26回柴田錬三郎賞、2014年『祈りの幕が下りる時』（講談社文庫）で第48回吉川英治文学賞、2019年、出版文化への貢献度の高さで第１回野間出版文化賞を受賞。他の著書に『新参者』『麒麟の翼』『希望の糸』（いずれも講談社文庫）など多数。最新刊は『架空犯』（幻冬舎）。

十字屋敷《じゅうじやしき》のピエロ　新装版《しんそうばん》

東野圭吾《ひがしのけいご》



1992年２月15日旧版　第　1　刷発行
2024年７月５日旧版　第102刷発行
2024年12月13日新装版第　1　刷発行
2025年３月27日新装版第　4　刷発行

発行者──篠木和久
発行所──株式会社　講談社
東京都文京区音羽2-12-21　〒112-8001
電話　出版（03）5395-3510
　　　販売（03）5395-5817
　　　業務（03）5395-3615

Printed in Japan

講談社文庫
定価はカバーに
表示してあります

KODANSHA

デザイン―菊地信義
本文データ制作―講談社デジタル製作
印刷――TOPPAN株式会社
製本――株式会社国宝社



ISBN978-4-06-537878-6

# 講談社文庫刊行の辞

二十一世紀の到来を目睫に望みながら、われわれはいま、人類史上かつて例を見ない巨大な転換期をむかえようとしている。

世界も、日本も、激動の予兆に対する期待とおののきを内に蔵して、未知の時代に歩み入ろうとしている。このときにあたり、創業の人野間清治の「ナショナル・エデュケイター」への志を現代に甦らせようと意図して、われわれはここに古今の文芸作品はいうまでもなく、ひろく人文・社会・自然の諸科学から東西の名著を網羅する、新しい綜合文庫の発刊を決意した。

激動の転換期はまた断絶の時代である。われわれは戦後二十五年間の出版文化のありかたへの深い反省をこめて、この断絶の時代にあえて人間的な持続を求めようとする。いたずらに浮薄な商業主義のあだ花を追い求めることなく、長期にわたって良書に生命をあたえようとつとめるところにしか、今後の出版文化の真の繁栄はあり得ないと信じるからである。

同時にわれわれはこの綜合文庫の刊行を通じて、人文・社会・自然の諸科学が、結局人間の学にほかならないことを立証しようと願っている。かつて知識とは、「汝自身を知る」ことにつきていた。現代社会の瑣末な情報の氾濫のなかから、力強い知識の源泉を掘り起し、技術文明のただなかに、生きた人間の姿を復活させること。それこそわれわれの切なる希求である。

われわれは権威に盲従せず、俗流に媚びることなく、渾然一体となって日本の「草の根」をかたちづくる若く新しい世代の人々に、心をこめてこの新しい綜合文庫をおくり届けたい。それは知識の泉であるとともに感受性のふるさとであり、もっとも有機的に組織され、社会に開かれた万人のための大学をめざしている。大方の支援と協力を衷心より切望してやまない。

一九七一年七月

野間省一

# 講談社文庫　目録

長谷川　卓　嶽神伝《がくじんでん》　鬼哭《きこく》(上)(下)
長谷川　卓　嶽神列伝　逆渡《さかわた》り
長谷川　卓　嶽《がく》神《じん》伝《でん》　血路
長谷川　卓　嶽《がく》神《じん》伝《でん》　死地
長谷川　卓　嶽神伝　風花(上)(下)
原田マハ　夏を喪くす
原田マハ　風のマジム
原田マハ　あなたは、誰かの大切な人
畑野智美　海の見える街
畑野智美　南部芸能事務所 season5 コンビ
早見和真　東京ドーン
はあちゅう　半径5メートルの野望
はあちゅう　通りすがりのあなた
早坂　吝《やぶさか》　○○○○○○○○殺人事件
早坂　吝　虹の歯ブラシ〈上木《かみき》らいち発散〉
早坂　吝　誰も僕を裁けない
早坂　吝　双《そう》蛇《じゃ》密室
浜口倫太郎　22年目の告白〈―私が殺人犯です―〉
浜口倫太郎　廃校先生
浜口倫太郎　AI崩壊
原田伊織　明治維新という過ち〈日本を滅ぼした吉田松陰と長州テロリスト〉
原田伊織　列強の侵略を防いだ幕臣たち〈続・明治維新という過ち〉
原田伊織　虚像の西郷隆盛　虚構の明治150年〈明治維新という過ち・完結編〉
原田伊織　三流の維新　一流の江戸〈明治は「徳川近代」の模倣に過ぎない〉
葉真中《はまなか》　顕《あき》　ブラック・ドッグ
原　雄一　宿命〈國松警察庁長官を狙撃した男・捜査完結〉
濱野京子　with《ウィズ》 you《ユー》
橋爪駿輝　スクロール
パリュスあや子　隣人X
パリュスあや子　燃える息
平岩弓枝　花嫁の日
平岩弓枝　はやぶさ新八御用旅(一)〈東海道五十三次〉
平岩弓枝　はやぶさ新八御用旅(二)〈中仙道六十九次〉
平岩弓枝　はやぶさ新八御用旅(三)〈日光例幣使道の殺人〉
平岩弓枝　はやぶさ新八御用旅(四)〈北前船の事件〉
平岩弓枝　はやぶさ新八御用旅(五)〈諏訪の妖狐〉
平岩弓枝　はやぶさ新八御用旅(六)〈紅花染め秘帳〉
平岩弓枝　新装版 はやぶさ新八御用帳(一)〈大奥の恋人〉
平岩弓枝　新装版 はやぶさ新八御用帳(二)〈江戸の海賊〉
平岩弓枝　新装版 はやぶさ新八御用帳(三)〈又右衛門の女房〉
平岩弓枝　新装版 はやぶさ新八御用帳(四)〈鬼勘の娘〉
平岩弓枝　新装版 はやぶさ新八御用帳(五)〈御守殿おたき〉
平岩弓枝　新装版 はやぶさ新八御用帳(六)〈春月の雛〉
平岩弓枝　新装版 はやぶさ新八御用帳(七)〈寒椿の寺〉
平岩弓枝　新装版 はやぶさ新八御用帳(八)〈春怨　根津権現〉
平岩弓枝　新装版 はやぶさ新八御用帳(九)〈王子稲荷の女〉
平岩弓枝　新装版 はやぶさ新八御用帳(十)〈幽霊屋敷の女〉
東野圭吾　放課後
東野圭吾　卒業
東野圭吾　学生街の殺人
東野圭吾　魔球
東野圭吾　眠りの森
東野圭吾　宿命
東野圭吾　変身
東野圭吾　天使の耳
東野圭吾　ある閉ざされた雪の山荘で
東野圭吾　同級生

東野圭吾　名探偵の呪縛
東野圭吾　むかし僕が死んだ家
東野圭吾　虹を操る少年
東野圭吾　パラレルワールド・ラブストーリー
東野圭吾　天空の蜂
東野圭吾　名探偵の掟
東野圭吾　悪意
東野圭吾　嘘をもうひとつだけ
東野圭吾　赤い指
東野圭吾　流星の絆
東野圭吾　新装版 浪花少年探偵団
東野圭吾　新装版 しのぶセンセにサヨナラ
東野圭吾　新参者
東野圭吾　麒麟の翼
東野圭吾　パラドックス13
東野圭吾　祈りの幕が下りる時
東野圭吾　危険なビーナス
東野圭吾　時《トキ》生《オ》〈新装版〉
東野圭吾　希望の糸
東野圭吾　どちらかが彼女を殺した〈新装版〉
東野圭吾　私が彼を殺した〈新装版〉
東野圭吾　仮面山荘殺人事件〈新装版〉
東野圭吾　十字屋敷のピエロ〈新装版〉
東野圭吾作家生活25周年祭り実行委員会　東野圭吾公式ガイド〈読者1万人が選んだ東野作品人気ランキング発表〉
東野圭吾作家生活35周年実行委員会 編　東野圭吾公式ガイド〈作家生活35周年ver.〉
平野啓一郎　高瀬川
平野啓一郎　ドーン
平野啓一郎　空白を満たしなさい(上)(下)
百田尚樹　永遠の0《ゼロ》
百田尚樹　輝く夜
百田尚樹　風の中のマリア
百田尚樹　影法師
百田尚樹　ボックス!(上)(下)
百田尚樹　海賊とよばれた男(上)(下)
平田オリザ　幕が上がる
東直子　さようなら窓
蛭田亜紗子　凜
樋口卓治　ボクの妻と結婚してください。
樋口卓治　続・ボクの妻と結婚してください。
樋口卓治　喋る男
平山夢明　〈大江戸怪談どたんばたん(土壇場譚)〉魂《たま》豆《どう》腐《ふ》
平山夢明 宇佐美まこと ほか　超怖い物件
東川篤哉　純喫茶「一服堂」の四季
東川篤哉　居酒屋「一服亭」の四季
東山彰良　流《りゅう》
東山彰良　女の子のことばかり考えていたら、1年が経っていた。
平田研也　小さな恋のうた
日野草　ウエディング・マン
平岡陽明　僕が死ぬまでにしたいこと
平岡陽明　素数とバレーボール
ビートたけし　浅草キッド
ひろさちや　すらすら読める歎異抄《たんにしょう》
藤沢周平　新装版 春秋の檻〈獄医立花登手控え(一)〉
藤沢周平　新装版 風雪の檻〈獄医立花登手控え(二)〉
藤沢周平　新装版 愛憎の檻〈獄医立花登手控え(三)〉
藤沢周平　新装版 人間の檻〈獄医立花登手控え(四)〉
藤沢周平　新装版 闇の歯車

藤沢周平　新装版　市塵（上）（下）
藤沢周平　新装版　決闘の辻
藤沢周平　新装版　雪明かり
藤沢周平　〈レジェンド歴史時代小説〉義民が駆ける
藤沢周平　喜多川歌麿女絵草紙
藤沢周平　闇の梯子
藤沢周平　長門守の陰謀
古井由吉　この道
藤田宜永　樹下の想い
藤田宜永　女系の総督
藤田宜永　女系の教科書
藤田宜永　血の弔旗
藤田宜永　大雪物語
藤水名子　紅嵐記（上）（中）（下）
藤原伊織　テロリストのパラソル
藤本ひとみ　新・三銃士　少年編・青年編〈ダルタニャンとミラディ〉
藤本ひとみ　皇妃エリザベート
藤本ひとみ　失楽園のイヴ
藤本ひとみ　密室を開ける手
藤本ひとみ　数学者の夏
藤本ひとみ　死にふさわしい罪
福井晴敏　亡国のイージス（上）（下）
福井晴敏　終戦のローレライ Ⅰ～Ⅳ
藤原緋沙子　遠花火〈見届け人秋月伊織事件帖〉
藤原緋沙子　春《はる》疾《はや》風《て》〈見届け人秋月伊織事件帖〉
藤原緋沙子　暖《ぬく》鳥《どり》〈見届け人秋月伊織事件帖〉
藤原緋沙子　霧の路《みち》〈見届け人秋月伊織事件帖〉
藤原緋沙子　鳴《なる》子《こ》守《もり》〈見届け人秋月伊織事件帖〉
藤原緋沙子　夏ほたる〈見届け人秋月伊織事件帖〉
藤原緋沙子　笛吹川〈見届け人秋月伊織事件帖〉
藤原緋沙子　青《せい》嵐《らん》〈見届け人秋月伊織事件帖〉
椹野道流　亡羊の嘆〈鬼籍通覧〉
椹野道流　新装版　暁天の星〈鬼籍通覧〉
椹野道流　新装版　無《む》明《みょう》の闇〈鬼籍通覧〉
椹野道流　新装版　壺《こ》中《ちゅう》の天〈鬼籍通覧〉
椹野道流　新装版　隻《せき》手《しゅ》の声〈鬼籍通覧〉
椹野道流　新装版　禅《ぜん》定《じょう》の弓〈鬼籍通覧〉
椹野道流　池《ち》魚《ぎょ》の殃《わざわい》〈鬼籍通覧〉
椹野道流　南《なん》柯《か》の夢〈鬼籍通覧〉
深水黎一郎　ミステリー・アリーナ
深水黎一郎　マルチエンディング・ミステリー
藤谷　治　花や今宵の
古市憲寿　働き方は「自分」で決める
船瀬俊介　〈万病が治る！　20歳若返る！〉かんたん「1日1食」!!
藤野可織　ピエタとトランジ
古野まほろ　身元不明《ジェーン・ドウ》〈特殊殺人対策官　箱崎ひかり〉
古野まほろ　陰陽少女
古野まほろ　陰陽少女〈妖《よう》刀《とう》村《むら》正《まさ》殺人事件〉
古野まほろ　禁じられたジュリエット
藤崎　翔　時間を止めてみたんだが
藤井邦夫　大江戸閻《えん》魔《ま》帳《ちょう》
藤井邦夫　三つの顔〈大江戸閻魔帳㈡〉
藤井邦夫　渡世人〈大江戸閻魔帳㈢〉
藤井邦夫　笑う女〈大江戸閻魔帳㈣〉
藤井邦夫　罰《ばち》当《あた》り〈大江戸閻魔帳㈤〉
藤井邦夫　福の神〈大江戸閻魔帳㈥〉
藤井邦夫　野暮天〈大江戸閻魔帳㈦〉

藤井邦夫　仇《あだ》討《う》ち異聞〈大江戸閻魔帳(八)〉
福澤徹三 糸《し》柳《やな》寿《とし》昭《あき》　忌《い》み地〈怪談社奇聞録〉
福澤徹三 糸柳寿昭　忌み地　弐〈怪談社奇聞録〉
福澤徹三 糸柳寿昭　忌み地　惨〈怪談社奇聞録〉
福澤徹三 糸柳寿昭　忌み地　屍《し》〈怪談社奇聞録〉
福澤徹三　作家ごはん
藤井太洋　ハロー・ワールド
藤野嘉子　生き方がラクになる 60歳からは「小さくする」暮らし
富良野馨《かおる》　この季節が嘘だとしても
藤井聡太 山中伸弥　前人未到
藤井聡太 丹羽宇一郎　考えて、考えて、考える
伏尾美紀　北緯43度のコールドケース
ブレイディみかこ　ブロークン・ブリテンに聞け〈社会・政治時評クロニクル2018-2023〉
福井県立図書館　100万回死んだねこ〈覚え違いタイトル集〉
辺見庸　抵抗論
星新一　エヌ氏の遊園地
星新一編　ショートショートの広場①〜⑨
本田靖春　不当逮捕
保阪正康　昭和史　七つの謎

堀江敏幸　熊の敷石
本格ミステリ作家クラブ編　ベスト本格ミステリ TOP5〈短編傑作選002〉
本格ミステリ作家クラブ編　ベスト本格ミステリ TOP5〈短編傑作選003〉
本格ミステリ作家クラブ編　ベスト本格ミステリ TOP5〈短編傑作選004〉
本格ミステリ作家クラブ選・編　本格王2019
本格ミステリ作家クラブ選・編　本格王2020
本格ミステリ作家クラブ選・編　本格王2021
本格ミステリ作家クラブ選・編　本格王2022
本格ミステリ作家クラブ選・編　本格王2023
本格ミステリ作家クラブ選・編　本格王2024
本多孝好　君の隣に
本多孝好　チェーン・ポイズン〈新装版〉
穂村弘　整形前夜
穂村弘　ぼくの短歌ノート
穂村弘　野良猫を尊敬した日
堀川アサコ　幻想郵便局
堀川アサコ　幻想映画館
堀川アサコ　幻想日記店
堀川アサコ　幻想探偵社

堀川アサコ　幻想温泉郷
堀川アサコ　幻想短編集
堀川アサコ　幻想寝台車
堀川アサコ　幻想蒸気船
堀川アサコ　幻想商店街
堀川アサコ　幻想遊園地
堀川アサコ　殿の幽便配達〈幻想郵便局短編集〉
堀川アサコ　魔法使ひ
堀川アサコ　メゲるときも、すこやかなるときも
本城雅人　境界〈横浜中華街・潜伏捜査〉
本城雅人　スカウト・デイズ
本城雅人　スカウト・バトル
本城雅人　嗤うエース
本城雅人　贅沢のススメ
本城雅人　誉れ高き勇敢なブルーよ
本城雅人　シューメーカーの足音
本城雅人　ミッドナイト・ジャーナル
本城雅人　紙の城
本城雅人　監督の問題

## 講談社文庫　目録

本城雅人　去り際のアーチ〈もう一打席！〉
本城雅人　時　代
本城雅人　オールドタイムズ
堀川惠子　裁かれた命〈死刑囚から届いた手紙〉
堀川惠子　死刑の基準〈「永山裁判」が遺したもの〉
堀川惠子　永山則夫〈封印された鑑定記録〉
堀川惠子　教　誨　師
堀川惠子　戦禍に生きた演劇人たち〈演出家・八田元夫と「桜隊」の悲劇〉
堀川惠子　暁　の　宇　品〈陸軍船舶司令官たちのヒロシマ〉
堀川惠子／小笠原信之　チンチン電車と女学生〈1945年8月6日・ヒロシマ〉
誉田哲也　Qros《キュロス》の女
松本清張　黄色い風土
松本清張　殺人行おくのほそ道（上）（下）
松本清張　邪馬台国　清張通史①
松本清張　空白の世紀　清張通史②
松本清張　カミと青銅の迷路　清張通史③
松本清張　天皇と豪族　清張通史④
松本清張　壬申の乱　清張通史⑤
松本清張　古代の終焉　清張通史⑥

松本清張　新装版　増上寺刃傷
松本清張　ガラスの城〈新装版〉
松本清張　黒い樹海〈新装版〉
松本清張　草の陰刻（上）（下）〈新装版〉
松本清張他　日本史七つの謎
松谷みよ子　ちいさいモモちゃん
松谷みよ子　モモちゃんとアカネちゃん
松谷みよ子　アカネちゃんの涙の海
眉村　卓　ねらわれた学園
眉村　卓　なぞの転校生
眉村　卓　その果てを知らず
麻耶雄嵩　翼ある闇〈メルカトル鮎最後の事件〉
麻耶雄嵩　痾《あ》
麻耶雄嵩　メルカトルかく語りき
麻耶雄嵩　夏と冬の奏鳴曲《ソナタ》〈新装改訂版〉
麻耶雄嵩　メルカトル悪人狩り
麻耶雄嵩　神様ゲーム
町田　康　耳そぎ饅頭
町田　康　権現の踊り子

町田　康　浄　土
町田　康　猫にかまけて
町田　康　猫のあしあと
町田　康　猫とあほんだら
町田　康　猫のよびごえ
町田　康　真実真正日記
町田　康　宿屋めぐり
町田　康　人間小唄
町田　康　スピンク日記
町田　康　スピンク合財帖
町田　康　スピンクの壺
町田　康　スピンクの笑顔
町田　康　ホ　サ　ナ
町田　康　猫のエルは
町田　康　記憶の盆をどり
舞城王太郎　煙か土か食い物〈Smoke, Soil or Sacrifices〉
舞城王太郎　好き好き大好き超愛してる。
舞城王太郎　私はあなたの瞳の林檎
舞城王太郎　されど私の可愛い檸檬

舞城王太郎　畏《おそ》れ入谷《いりや》の彼女の柘榴《ざくろ》
舞城王太郎　短篇七芒星
真山　仁　新装版ハゲタカ(上)(下)
真山　仁　新装版ハゲタカII(上)(下)
真山　仁　レッドゾーン(上)(下)
真山　仁　グリード(上)(下)〈ハゲタカIV〉
真山　仁　ハーディ(上)(下)〈ハゲタカ2・5〉
真山　仁　スパイラル〈ハゲタカ4・5〉
真山　仁　シンドローム(上)(下)〈ハゲタカ5〉
真山　仁　そして、星の輝く夜がくる
真梨幸子　孤《こ》虫《ちゅう》症《しょう》
真梨幸子　深く深く、砂に埋めて
真梨幸子　女ともだち
真梨幸子　えんじ色心中
真梨幸子　カンタベリー・テイルズ
真梨幸子　イヤミス短篇集
真梨幸子　人生相談。
真梨幸子　私が失敗した理由は
真梨幸子　三匹の子豚
真梨幸子　まりも日記
真梨幸子　さっちゃんは、なぜ死んだのか?
松本裕士　兄　弟〈追憶のhide〉
円居　挽　原作　福本伸行　カイジ　ファイナルゲーム　小説版
松岡圭祐　探偵の探偵
松岡圭祐　探偵の探偵II
松岡圭祐　探偵の探偵III
松岡圭祐　探偵の探偵IV
松岡圭祐　水鏡推理
松岡圭祐　水鏡推理II〈インパクトファクター〉
松岡圭祐　水鏡推理III〈パレイドリア・フェイス〉
松岡圭祐　水鏡推理IV〈アノマリー〉
松岡圭祐　水鏡推理V〈ニュークリアフュージョン〉
松岡圭祐　水鏡推理VI〈クロノスタシス〉
松岡圭祐　探偵の鑑定I
松岡圭祐　探偵の鑑定II
松岡圭祐　万能鑑定士Qの最終巻〈ムンクの〈叫び〉〉
松岡圭祐　黄砂の籠城(上)(下)
松岡圭祐　シャーロック・ホームズ対伊藤博文
松岡圭祐　八月十五日に吹く風
松岡圭祐　生きている理由
松岡圭祐　黄砂の進撃
松岡圭祐　瑕《か》疵《し》借り
松原　始　カラスの教科書
益田ミリ　五年前の忘れ物
益田ミリ　お茶の時間
マキタスポーツ　一億総ツッコミ時代〈決定版〉
丸山ゴンザレス　ダークツーリスト〈世界の混沌《カオス》を歩く〉
松田賢弥　したたか　総理大臣・菅義偉の野望と人生
真下みこと　#柚莉愛《ゆりあ》とかくれんぼ
真下みこと　あさひは失敗しない
松野大介　インフォデミック〈コロナ情報氾濫〉
松居大悟　またね家族
前川　裕　逸脱刑事
前川　裕　公務執行の罠〈逸脱刑事〉
前川　裕　感情麻痺学院
柾木政宗　NO推理、NO探偵?〈謎、解いてます!〉

松下隆一　侠《きゃん》
三島由紀夫 TBSヴィンテージクラシックス 編　告白　三島由紀夫未公開インタビュー
三浦綾子　ひつじが丘
三浦綾子　岩に立つ
三浦綾子　あのポプラの上が空〈新装版〉
三浦明博　滅びのモノクローム
三浦明博　五郎丸の生涯
宮尾登美子　新装版 天璋院篤姫(上)(下)
宮尾登美子　新装版 一絃の琴
宮尾登美子　東福門院和子《まさこ》の涙(上)(下)〈レジェンド歴史時代小説〉
皆川博子　クロコダイル路地
宮本輝　骸骨ビルの庭(上)(下)
宮本輝　新装版 二十歳《はたち》の火影《ほかげ》
宮本輝　新装版 命の器
宮本輝　新装版 避暑地の猫
宮本輝　新装版 ここに地終わり 海始まる(上)(下)
宮本輝　新装版 花の降る午後(上)(下)
宮本輝　新装版 オレンジの壺(上)(下)
宮本輝　にぎやかな天地(上)(下)
宮本輝　新装版 朝の歓び(上)(下)
宮城谷昌光　夏姫春秋(上)(下)
宮城谷昌光　花の歳月
宮城谷昌光　重耳《ちょうじ》(全三冊)
宮城谷昌光　介《かい》子《し》推《すい》
宮城谷昌光　孟嘗君　全五冊
宮城谷昌光　子産(上)(下)
宮城谷昌光　湖底の城〈呉越春秋〉一
宮城谷昌光　湖底の城〈呉越春秋〉二
宮城谷昌光　湖底の城〈呉越春秋〉三
宮城谷昌光　湖底の城〈呉越春秋〉四
宮城谷昌光　湖底の城〈呉越春秋〉五
宮城谷昌光　湖底の城〈呉越春秋〉六
宮城谷昌光　湖底の城〈呉越春秋〉七
宮城谷昌光　湖底の城〈呉越春秋〉八
宮城谷昌光　湖底の城〈呉越春秋〉九
宮城谷昌光　侠骨記〈新装版〉
水木しげる　コミック昭和史1〈関東大震災〜満州事変〉
水木しげる　コミック昭和史2〈満州事変〜日中全面戦争〉
水木しげる　コミック昭和史3〈日中全面戦争〜太平洋戦争開始〉
水木しげる　コミック昭和史4〈太平洋戦争前半〉
水木しげる　コミック昭和史5〈太平洋戦争後半〉
水木しげる　コミック昭和史6〈終戦から朝鮮戦争〉
水木しげる　コミック昭和史7〈講和から復興〉
水木しげる　コミック昭和史8〈高度成長以降〉
水木しげる　敗走記
水木しげる　白い旗
水木しげる　姑《クー》娘《ニャン》
水木しげる　決定版 日本妖怪大全〈妖怪・あの世・神様〉
水木しげる　ほんまにオレはアホやろか
水木しげる　総員玉砕せよ!〈新装完全版〉
宮部みゆき　新装版 震える岩〈霊験お初捕物控〉
宮部みゆき　新装版 天狗風〈霊験お初捕物控〉
宮部みゆき　ICO《イコ》—霧の城—(上)(下)
宮部みゆき　ぼんくら(上)(下)
宮部みゆき　新装版 日暮らし(上)(下)
宮部みゆき　おまえさん(上)(下)
宮部みゆき　小暮写眞館(上)(下)

宮部みゆき　ステップファザー・ステップ〈新装版〉
宮子あずさ　看護婦が見つめた人間が死ぬということ
宮本昌孝　家康、死す(上)(下)
三津田信三　忌《い》館《かん》〈ホラー作家の棲む家〉
三津田信三　作者不詳(上)(下)〈ミステリ作家の読む本〉
三津田信三　蛇《じゃ》棺《かん》葬《そう》
三津田信三　百《ひゃく》蛇《じゃ》堂《どう》〈怪談作家の語る話〉
三津田信三　厭魅《まじもの》の如き憑くもの
三津田信三　凶鳥《まがとり》の如き忌むもの
三津田信三　首無《くびなし》の如き祟るもの
三津田信三　山魔《やまんま》の如き嗤《わら》うもの
三津田信三　水魑《みづち》の如き沈むもの
三津田信三　密室《ひめむろ》の如き籠《こも》るもの
三津田信三　生霊《いきだま》の如き重《だぶ》るもの
三津田信三　幽女《ゆうじょ》の如き怨むもの
三津田信三　碆霊《はえだま》の如き祀るもの
三津田信三　魔偶《まぐう》の如き齎《もたら》すもの
三津田信三　忌名《いな》の如き贄《にえ》るもの
三津田信三　シェルター　終末の殺人
三津田信三　ついてくるもの
三津田信三　誰かの家
三津田信三　忌《い》物《ぶつ》堂《どう》鬼《き》談《だん》
道尾秀介　カラスの親指〈by rule of CROW's thumb〉
道尾秀介　カエルの小指〈a murder of crows〉
道尾秀介　水の柩
深《み》木《き》章《あき》子《こ》　鬼畜の家
湊かなえ　リバース
宮内悠介　彼女がエスパーだったころ
宮内悠介　偶然の聖地
宮乃《みやの》崎《さき》桜子《さくらこ》　綺《き》羅《ら》の皇《ひめ》女《みこ》(1)
宮乃崎桜子　綺羅の皇女(2)
三國青葉　損料屋見鬼《けんき》控え 1
三國青葉　損料屋見鬼控え 2
三國青葉　損料屋見鬼控え 3
三國青葉　福猫屋〈お佐和のねこだすけ〉
三國青葉　福猫屋〈お佐和のねこかし〉
三國青葉　福猫屋〈お佐和のねこわずらい〉
三國青葉　母上は別《べっ》式《しき》女《め》
三國青葉　母上は別式女 2
宮西真冬　誰かが見ている
宮西真冬　首の鎖
宮西真冬　友達未遂
宮西真冬　毎日世界が生きづらい
南杏子　希望のステージ
嶺里俊介　だいたい本当の奇妙な話
嶺里俊介　ちょっと奇妙な怖い話
溝口敦　喰うか喰われるか〈私の山口組体験〉
三谷幸喜・松野大介　三谷幸喜 創作を語る
三嶋龍朗・協力 小泉徳宏　小説 父と僕の終わらない歌
村上龍　愛と幻想のファシズム(上)(下)
村上龍　村上龍料理小説集
村上龍　新装版 限りなく透明に近いブルー
村上龍　新装版 コインロッカー・ベイビーズ
村上龍　歌うクジラ(上)(下)
向田邦子　新装版 眠る盃
向田邦子　新装版 夜中の薔薇
村上春樹　風の歌を聴け

## 講談社文庫 目録

村上春樹 1973年のピンボール
村上春樹 羊をめぐる冒険(上)(下)
村上春樹 カンガルー日和
村上春樹 回転木馬のデッド・ヒート
村上春樹 ノルウェイの森(上)(下)
村上春樹 ダンス・ダンス・ダンス(上)(下)
村上春樹 遠い太鼓
村上春樹 国境の南、太陽の西
村上春樹 やがて哀しき外国語
村上春樹 アンダーグラウンド
村上春樹 スプートニクの恋人
村上春樹 アフターダーク
村上春樹 佐々木マキ絵 羊男のクリスマス
村上春樹 佐々木マキ絵 ふしぎな図書館
村上春樹 糸井重里 夢で会いましょう
村上春樹・文 安西水丸・絵 ふわふわ
U・K・ル=グウィン 村上春樹訳 空飛び猫
U・K・ル=グウィン 村上春樹訳 帰ってきた空飛び猫
U・K・ル=グウィン 村上春樹訳 素晴らしいアレキサンダーと、空飛び猫たち
U・K・ル=グウィン 村上春樹訳 空を駆けるジェーン
T・ファリッシュ著 B・ルート絵 村上春樹訳 ポテト・スープが大好きな猫
村山由佳 天翔る
睦月影郎 密通妻
睦月影郎 快楽アクアリウム
向井万起男 渡る世間は「数字」だらけ
村田沙耶香 授乳
村田沙耶香 マウス
村田沙耶香 星が吸う水
村田沙耶香 殺人出産
村瀬秀信 気がつけばチェーン店ばかりでメシを食べている
村瀬秀信 それでも気がつけばチェーン店ばかりでメシを食べている
村瀬秀信 地方に行っても気がつけばチェーン店ばかりでメシを食べている
虫眼鏡 東海オンエアの動画が6.4倍楽しくなる本〈虫眼鏡の概要欄 クロニクル〉
森村誠一 悪道
森村誠一 悪道 西国謀反
森村誠一 悪道 御三家の刺客
森村誠一 悪道 五右衛門の復讐
森村誠一 悪道 最後の密命
森村誠一 ねこの証明
毛利恒之 月光の夏
森博嗣 すべてがFになる〈THE PERFECT INSIDER〉
森博嗣 冷たい密室と博士たち〈DOCTORS IN ISOLATED ROOM〉
森博嗣 笑わない数学者〈MATHEMATICAL GOODBYE〉
森博嗣 詩的私的ジャック〈JACK THE POETICAL PRIVATE〉
森博嗣 封印再度〈WHO INSIDE〉
森博嗣 幻惑の死と使途〈ILLUSION ACTS LIKE MAGIC〉
森博嗣 夏のレプリカ〈REPLACEABLE SUMMER〉
森博嗣 今はもうない〈SWITCH BACK〉
森博嗣 数奇にして模型〈NUMERICAL MODELS〉
森博嗣 有限と微小のパン〈THE PERFECT OUTSIDER〉
森博嗣 黒猫の三角〈Delta in the Darkness〉
森博嗣 人形式モナリザ〈Shape of Things Human〉
森博嗣 月は幽咽のデバイス〈The Sound Walks When the Moon Talks〉
森博嗣 夢・出逢い・魔性〈You May Die in My Show〉
森博嗣 魔剣天翔〈Cockpit on knife Edge〉
森博嗣 恋恋蓮歩の演習〈A Sea of Deceits〉
森博嗣 六人の超音波科学者〈Six Supersonic Scientists〉

## 講談社文庫 目録

森 博嗣 捩れ屋敷の利鈍〈The Riddle in Torsional Nest〉
森 博嗣 朽ちる散る落ちる〈Rot off and Drop away〉
森 博嗣 赤 緑 黒 白〈Red Green Black and White〉
森 博嗣 四季 春～冬
森 博嗣 φ《ファイ》は壊れたね〈PATH CONNECTED φ BROKE〉
森 博嗣 θ《シータ》は遊んでくれたよ〈ANOTHER PLAYMATE θ〉
森 博嗣 τ《タウ》になるまで待って〈PLEASE STAY UNTIL τ〉
森 博嗣 ε《イプシロン》に誓って〈SWEARING ON SOLEMN ε〉
森 博嗣 λ《ラムダ》に歯がない〈λ HAS NO TEETH〉
森 博嗣 η《イータ》なのに夢のよう〈DREAMILY IN SPITE OF η〉
森 博嗣 目薬α《アルファ》で殺菌します〈DISINFECTANT α FOR THE EYES〉
森 博嗣 ジグβ《ベータ》は神ですか〈JIG β KNOWS HEAVEN〉
森 博嗣 キウイγ《ガンマ》は時計仕掛け〈KIWI γ IN CLOCKWORK〉
森 博嗣 χ《カイ》の悲劇〈THE TRAGEDY OF χ〉
森 博嗣 ψ《プサイ》の悲劇〈THE TRAGEDY OF ψ〉
森 博嗣 イナイ×イナイ〈PEEKABOO〉
森 博嗣 キラレ×キラレ〈CUTTHROAT〉
森 博嗣 タカイ×タカイ〈CRUCIFIXION〉
森 博嗣 ムカシ×ムカシ〈REMINISCENCE〉
森 博嗣 サイタ×サイタ〈EXPLOSIVE〉
森 博嗣 ダマシ×ダマシ〈SWINDLER〉
森 博嗣 女王の百年密室〈GOD SAVE THE QUEEN〉
森 博嗣 迷宮百年の睡魔〈LABYRINTH IN ARM OF MORPHEUS〉
森 博嗣 赤目姫の潮解〈LADY SCARLET EYES AND HER DELIQUESCENCE〉
森 博嗣 馬鹿と嘘の弓〈Fool Lie Bow〉
森 博嗣 歌の終わりは海〈Song End Sea〉
森 博嗣 まどろみ消去〈MISSING UNDER THE MISTLETOE〉
森 博嗣 地球儀のスライス〈A SLICE OF TERRESTRIAL GLOBE〉
森 博嗣 レタス・フライ〈Lettuce Fry〉
森 博嗣 僕は秋子に借りがある I'm in Debt to Akiko〈森博嗣自選短編集〉
森 博嗣 どちらかが魔女 Which is the Witch?〈森博嗣シリーズ短編集〉
森 博嗣 喜嶋先生の静かな世界〈The Silent World of Dr.Kishima〉
森 博嗣 そして二人だけになった〈Until Death Do Us Part〉
森 博嗣 つぶやきのクリーム〈The cream of the notes〉
森 博嗣 ツンドラモンスーン〈The cream of the notes 4〉
森 博嗣 つぼみ茸《きのこ》ムース〈The cream of the notes 5〉
森 博嗣 つぶさにミルフィーユ〈The cream of the notes 6〉
森 博嗣 月夜のサラサーテ〈The cream of the notes 7〉
森 博嗣 つんつんブラザーズ〈The cream of the notes 8〉
森 博嗣 ツベルクリンムーチョ〈The cream of the notes 9〉
森 博嗣 追懐のコヨーテ〈The cream of the notes 10〉
森 博嗣 積み木シンドローム〈The cream of the notes 11〉
森 博嗣 妻のオンパレード〈The cream of the notes 12〉
森 博嗣 つむじ風のスープ〈The cream of the notes 13〉
森 博嗣 カクレカラクリ〈An Automaton in Long Sleep〉
森 博嗣 DOG&DOLL
森 博嗣 森には森の風が吹く〈My wind blows in my forest〉
森 博嗣 アンチ整理術〈Anti-Organizing Life〉
森 博嗣 原作 萩尾望都 トーマの心臓〈Lost heart for Thoma〉
諸田玲子 森家の討ち入り
森 達也 すべての戦争は自衛から始まる
本谷有希子 腑抜けども、悲しみの愛を見せろ
本谷有希子 江利子と絶対〈本谷有希子文学大全集〉
本谷有希子 あの子の考えることは変
本谷有希子 嵐のピクニック
本谷有希子 自分を好きになる方法
本谷有希子 異類婚姻譚

## 講談社文庫　目録

薬丸 岳 刑事の怒り
薬丸 岳 天使のナイフ〈新装版〉
薬丸 岳 告 解
薬丸 岳 刑事弁護人 (上)(下)
山崎ナオコーラ 可愛い世の中
矢月秀作 A《ア》C《ク》T《ト》〈警視庁特別潜入捜査班〉
矢月秀作 A《ア》C《ク》T《ト》2 告発者〈警視庁特別潜入捜査班〉
矢月秀作 A《ア》C《ク》T《ト》3 掠奪〈警視庁特別潜入捜査班〉
矢野 隆 我が名は秀秋
矢野 隆 戦《いくさ》始 末
矢野 隆 乱〈戦百景〉
矢野 隆 長篠の戦い〈戦百景〉
矢野 隆 桶狭間の戦い〈戦百景〉
矢野 隆 関ヶ原の戦い〈戦百景〉
矢野 隆 川中島の戦い〈戦百景〉
矢野 隆 本能寺の変〈戦百景〉
矢野 隆 山崎の戦い〈戦百景〉
矢野 隆 大坂冬の陣〈戦百景〉
矢野 隆 大坂夏の陣〈戦百景〉

矢野 隆 籠 城〈小田原の陣〉
山内マリコ かわいい結婚
山本周五郎 さ ぶ〈山本周五郎コレクション〉
山本周五郎 白石城死守〈山本周五郎コレクション〉
山本周五郎 完全版 日本婦道記 (上)(下)〈山本周五郎コレクション〉
山本周五郎 戦国武士道物語 死《し》處《しょ》〈山本周五郎コレクション〉
山本周五郎 戦国物語 信長と家康〈山本周五郎コレクション〉
山本周五郎 幕末物語 失 蝶 記〈山本周五郎コレクション〉
山本周五郎 逃亡記 時代ミステリ傑作選〈山本周五郎コレクション〉
山本周五郎 家族物語 おもかげ抄〈山本周五郎コレクション〉
山本周五郎 繁《しげ》 あ ね〈美しい女たちの物語〉
山本周五郎 雨 あ が る〈映画化作品集〉
柳田理科雄 スター・ウォーズ 空想科学読本
柳田理科雄 MARVEL マーベル空想科学読本
靖子靖史 空《くう》色《しき》カンバス〈瑞《ずい》空《くう》寺《じ》凸《でこ》凹《ぼこ》縁《えん》起《ぎ》〉
安本由佳 山本理沙 不機嫌な婚活
山中伸弥 平尾誠二・惠子 友 情〈平尾誠二と山中伸弥「最後の約束」〉
山手樹一郎 夢介千両みやげ (上)(下)〈完全版〉
山口仲美 すらすら読める枕草子

山本巧次 戦国快盗 嵐丸〈今川家を狙え〉
山本巧次 戦国快盗 嵐丸〈朝倉家をカモれ〉
夜弦雅也 逆 境〈大正警察 事件記録〉
夢枕 獏 大江戸釣客伝 (上)(下)
夢枕 獏 大江戸《おおえど》火龍《かりゅう》改《あらため》
唯川 恵 雨 心 中
行成 薫 ヒーローの選択
行成 薫 バイバイ・バディ
行成 薫 スパイの妻
行成 薫 さよなら日和
柚月裕子 合理的にあり得ない〈上水流《かみづる》涼子《りょうこ》の解明〉
夕木春央 絞《こう》首《しゅ》商《しょう》會《かい》
夕木春央 サーカスから来た執達吏
夕木春央 方 舟
吉村 昭 私の好きな悪い癖
吉村 昭 吉村昭の平家物語
吉村 昭 暁 の 旅 人
吉村 昭 新装版 白い航跡 (上)(下)
吉村 昭 新装版 海も暮れきる

## 講談社文庫　目録

# 講談社文庫　目録

よむーくよむーくノートブック
隆 慶一郎　花と火の帝(上)(下)
隆 慶一郎　時代小説の愉しみ
リレーミステリー　宮辻薬東宮
令丈《れいじょう》ヒロ子　原作・文／吉田玲子　脚本　小説 若おかみは小学生!〈劇場版〉
渡辺淳一　失楽園(上)(下)
渡辺淳一　男と女
渡辺淳一　泪《なみだ》壺《つぼ》
渡辺淳一　秘すれば花
渡辺淳一　化粧(上)(下)
渡辺淳一　あじさい日記(上)(下)
渡辺淳一　熟年革命
渡辺淳一　幸せ上手
渡辺淳一　新装版 雲の階段(上)(下)
渡辺淳一　麻酔〈渡辺淳一セレクション〉
渡辺淳一　阿寒に果つ〈渡辺淳一セレクション〉
渡辺淳一　何処《いずこ》へ〈渡辺淳一セレクション〉
渡辺淳一　光と影〈渡辺淳一セレクション〉
渡辺淳一　花《はな》埋《うず》み〈渡辺淳一セレクション〉
渡辺淳一　氷紋〈渡辺淳一セレクション〉
渡辺淳一　長崎ロシア遊女館〈渡辺淳一セレクション〉
渡辺淳一　遠き落日(上)(下)〈渡辺淳一セレクション〉
輪渡《わたり》颯介　古道具屋 皆塵堂
輪渡颯介　猫除け 古道具屋 皆塵堂
輪渡颯介　蔵盗み 古道具屋 皆塵堂
輪渡颯介　迎え猫 古道具屋 皆塵堂
輪渡颯介　祟《たた》り婿《むこ》 古道具屋 皆塵堂
輪渡颯介　影憑《つ》き 古道具屋 皆塵堂
輪渡颯介　夢の猫 古道具屋 皆塵堂
輪渡颯介　呪い禍 古道具屋 皆塵堂
輪渡颯介　髪追い 古道具屋 皆塵堂
輪渡颯介　怨返《おんがえ》し 古道具屋 皆塵堂
輪渡颯介　闇試し 古道具屋 皆塵堂
輪渡颯介　捻《ねじ》れ家《が》 古道具屋 皆塵堂
輪渡颯介　藁《わら》化け 古道具屋 皆塵堂
輪渡颯介　溝猫《どぶねこ》長屋 祠之怪《ほこらのかい》
輪渡颯介　優しき悪霊〈溝猫長屋 祠之怪〉
輪渡颯介　欺きの童霊《わらしれい》〈溝猫長屋 祠之怪〉
輪渡颯介　物の怪斬り〈溝猫長屋 祠之怪〉
輪渡颯介　別れの霊祠〈溝猫長屋 祠之怪〉
輪渡颯介　怪談飯屋古狸
輪渡颯介　祟《たた》り神 怪談飯屋古狸
輪渡颯介　攫《さら》い鬼〈怪談飯屋古狸〉
綿矢りさ　ウォーク・イン・クローゼット
和久井清水《きよみ》　水際のメメント〈きたまち建築事務所のリフォームカルテ〉
和久井清水　かなりあ堂迷鳥草子《めいちょうぞうし》
和久井清水　かなりあ堂迷鳥草子2 盗蜜《とうみつ》
和久井清水　かなりあ堂迷鳥草子3 夏塒《なつねぐら》
若菜晃子　東京甘味食堂

2025年 3月14日現在